백
야
도

백야도

초판 1쇄 발행   2023년 06월 20일

글쓴이   최정삼
펴낸이   김왕기
편집부   원선화, 김한솔
디자인   푸른영토 디자인실

펴낸곳   **푸른문학**
주소   경기도 고양시 일산동구 장항동 865 코오롱레이크폴리스1차 A동 908호
전화   전화 | 0031-925-2327 · 팩스 | 031-925-2328
등록번호   제396-2013-000070호.
홈페이지   www.blueterritory.com
전자우편   book@blueterritory.com

ISBN 979-11-968684-8-2   03810
ⓒ최정삼, 2023

푸른문학은 푸른영토의 임프린트 입니다.

백야도

최정삼 소설집

푸른문학

自
序

1

어린 시절, 동네에 그런 분들이 종종 심심찮게 있었습니다. 식민 지배와 전쟁을 겪은 탓인지는 몰라도, 젊은 시절 건강하고 유능할 때는 가족을 버리고 외지로 돌며 딴살림 차려 실컷 자기 좋은 대로 살다가, 늙고 병들자 버림받고 빈손으로 고향 집 버려둔 가족에게 돌아온 추레한 노인….

청년 시절 문학에 뜻을 두고 그 안에서 살기를 원했으나 삶의 사슬, 관계의 그물에 걸려 겪는 거듭된 파행과 좌절의 굴레에서 벗어나지 못하고 결국 나는 위심이형역以心爲形役, 집 나간 파락호처럼 범속한 아귀다툼으로 좋은 시간을 다 보내고 말았습니다. 그러다가 돌연 췌장암 4기라는 죽음의 밥상을 받고 주위를 돌아보니 이제, 문득 늙고 병든 몸으로 문학이란 이름의 옛집 문 앞에 홀로 서 있는 내가 보입니다.

그간 나의 그 옛집은 기둥이 썩고 들보가 내려앉고 문짝은 부서져 참혹하기만 한데 나의 기력은 쇠할 대로 쇠하여 꺼진 마룻장 하나 고쳐볼 여력이 없으매, 할 수 없이 구멍 숭숭 뚫린 바람벽에 그대로 기대어 바깥세상 친구들에게 편지를 씁니다.

초라하고 남루한 폐가이지만 이제 나 집에 돌아왔습니다. 나 얼마나 더 머물 수 있을지 모르지만, 친구님들 혹 바람결에라도 제 서툰 노랫소리가 실려 오거든 한번 돌아보아 주세요. 작별 인사도 없이 그냥 이대로 떠나가기엔 그 귀로가 너무 고적할 테니까요.

2

예전 계측 기술이 미진할 때는 잠수함에 토끼를 데려갔다고 합니다. 다들 아직 아무렇지도 않을 때 산소결핍에 더 예민한 토끼가 견딜 수 없어 하면 곧 잠수함이 부상해야 할 때임을 알았다고 하지요.

다들 아무렇지도 않게 잘 사는데 유독 저 혼자 못 견뎌 하는 사람 그게 바로 문학하는 자, 예술가, 곧 이 시대의 영매로서의 존재가 가지는 예민한 감성의 촉수일 것입니다. 결국은 아무도 곧 평온하게 살 수 없게 하는 불온한 미래의 징후를 먼저 감지하는 그것이야말로 선지자의 자질에 다름 아닐 것입니다.

그런데, 이런 자질은 어디에서 오는 걸까요. 과거 어느 문학상 수상자의 연설 내용 중에 '문학하는 자란 어떤 사실을 세상 모든 사람들이 다 잊어버린 후에도 오래도록 잊지 못하는 자'라는 언명이 있었던 것이 생각납니다.

'세상 모든 사람들이 다 잊어버린 후에도 오래오래 잊지 못하는 자…', 그 연민과 불망不忘의 감성이야말로 앞서 '잠수함의 토끼'가 지닌 선지자적 예지의 촉수를 이루는 바탕일 것입니다. 불망과 예지는 문학이라는 동전의 양면이 아닌가 합니다.

내게 문학은 남달리 못 견뎌 하고 괴로워하는 일, 남달리 못 잊고 가슴 아파하는 일, 스스로 쓴 그 일의 기록이 되기를 나는 소망했습니다.

3

'하선夏蟬은 사계四季를 모른다'고 합니다. 여름 한 철을 사는 매미는 사계절을 알지 못한다는 거죠. 길어야 기껏 백 년 내외를 사는 인간의 삶을 천년, 만년, 그 이상의 우주적 시간의 관점에서 보면 어떻게 보일까요.

우리는 이 시대에 태어나서 이 시대를 살면서 그것이 마치 절대적인 것처럼 여기지만 만약 수천 년, 수만 년의 시간 속에 단지 우연으로 이 시대에 태어났다면, 그래서 만약 출생 시점을 찍는 바늘의 위치는 고사하고 단지 각도만 약간 기울었더라도 어떻게 되었을까요.

절대로 우리는 흥보의 시대, 심봉사의 시대에 태어나지 않았으리라고 확신할 수 있을까요. 아마 어쩌면 우리는 그 질곡의 시대에 태어나 흥보나 심봉사와 똑같은 삶을 살아야만 했을지도 모릅니다. 이것이 바로 문학하는 자에게 있어 문학 속의 삶을 내 삶의 한 부분으로 공감하지 않을 수 없는 감성의 이유가 되는 것과 마찬가지로, 예술하는 자가 판소리 속의 삶에 가슴 아려하지 않을 수 없는 감성의 이유가 되는 것일 겁니다.

내게 있어 판소리는 문학과 같은 뿌리의 쌍생아입니다. 그것이 내가 이십 대 중반부터 이후 사십 년간에 이르도록 판소리에 더 전심전력했던 것에 대한 옹색한 변명입니다.

우리가 이웃의 삶에 가슴 아파하는 까닭은 그것이 나의 삶과 무관하지 않기 때문입니다. 동시대를 사는 주변 사람들이 공간적 이웃이라면 판소리 속의 사람들은 시간적 이웃입니다. 공간적 이웃이 삶의 조건들로 연결되어 있다면 시간적 이웃은 인과의 운명으로 연결되어 있습니다.

판소리는 외견상으로는 외도였으나 내면적으로는 꼭 풀고 가야만 하는, 내 문학의 매듭이었습니다. 다만 하늘이 더 시간을 주시지 않아 그 구슬을 꿰어보지 못하고 가게 될 것이 안타까울 뿐입니다.

4

생전에 고명했던 한 스님의 말씀이 아니더라도, 글은 세상에 남기는 빚일지도 모릅니다. 지우고 지워도 모자랄 판에 엄연한 업장을 새로이 쌓는 어리석은 일일지도 모르겠습니다. 또한, 어차피 이내 사라져버릴 시간의 흐린 그림자에 불과한 인생에 뭘 남기겠다는 욕심이라면, 그것처럼 부질없는 일도 없을 것이라는 생각도 수긍이 갑니다. 어느 환경운동가의 말처럼 펄프만 낭비함으로써 자연을 훼손하고 세상에 공해를 남기는 죄업을 짓는 일일지도 모릅니다. 낙선에 낙선을 거듭할 때 나도 그런 생각을 했습니다. 수백 매의 원고가 노래 한 토막만도 못하다고….

더구나 누가 얼마나 오래 기억하고 간직할 수 있을까요? 독자란 필자의 기대 속에만 존재하는 허상일지도 모릅니다. 다 각자 고독하고 바쁜 일인분의 인생에, 그것은 단지 번거로운 쓰레기 잡문에 불과하지 않으리라고 어떻게 믿을 수 있겠습니까?

고뇌와 통찰의 소산이라고 하지만, 어차피 필자의 자기만족을 위한 도로徒勞에 지나지 않는 것으로, 종국에는 쓴 거나 안 쓴 거나 별 차이도 없이 잊혀지고 버려지게 되는 것이 대부분의 무명 문학의 운명인지도 모릅니다.

그러나 그렇다고 해서 아무것도 하지 않는다고 세상을 떠날 때 가볍고 홀가분하게 갈 수 있는 것은 아닌 것 같습니다. 저 심해의 울음소리와도 같은 진도씻김굿의 '씻김'과 '고풀이'를 상고해 보십시오. 오늘날 복잡다단한 도시산업사회의 관점에서 보면, 지극히 단순했을 것 같은 촌락 농업사회를 살다간 한낱 촌부의 인생에 무

슨 씻어내지 못한 여한과 갈등의 매듭이 그리 많아 씻어내고 풀어
내야만 했을까요?

어마어마한 역할을 하고 간 세계적 인물이나, 산골에서 평생을
농사만 짓다 간 무지렁이 인사나 인생의 존귀함과 고유성이 가지
는 무게는 똑같습니다. 오히려 씻고 풀어야 할 여한과 매듭이라면
무지렁이 인사로 평생을 살아야 했던 쪽이 더 많을지도 모릅니다.
적어도 문학의 관점에서는 더욱 그렇습니다.

삶에는 스스로 안고 가야 할 것과 반드시 해소해 주어야 할 여한
내지는 풀고 가야 할 매듭이 있습니다. 나는 그것을 통과의례라고
부르고 그 통로가 문학과 예술이라고 믿습니다. 그다지 변변치 않
은 것이었지만 내 삶을 통해서 겪었던 갈등과 고통, 애착과 증오,
육친의 죽음과 관계의 소멸 등등…. 현실에서 미처 씻어내지 못하
고 풀어내지 못한 그것들을 가상의 세계에서나마 씻어내고 풀어내
서 세상 떠날 때의 발걸음을 가볍게 하는 통과 의례, 그것이 내게
는 문학이었기를 바랍니다.

5

열심히 책 정리를 하고 있었습니다. 수천 권의 욕심나는 책들이
내게로 배달되어 만사 제쳐 놓고 분야별 종류별로 서가에 꽂고 있
었습니다. 가장 행복하고 즐거운 시간이었습니다. 미처 서가에 꽂

지 못한 책들은 택배원이 도로 가져가서 폐기한다고 합니다. 그래서 더 정신없이 서둘러 책 정리를 하고 있었습니다. 이제 조금만 더 하면 얼추 웬만큼 정리가 될 것도 같았습니다.

그런데 웬걸 꿈이었습니다. 꿈이 깨면서도 너무나 안타까웠습니다. 조금만 더 했으면 다 할 수 있었는데…. 그러나 한번 깬 꿈은 다시 그 속으로 나를 들여보내 주지 않았습니다. 꿈을 깬 시야에는 그 꿈속에서 환호작약하며 욕심냈던 수천 권의 책이 단 한 권도 없었습니다. 꿈속에서 그 책을 서가에 다 꽂지 못해 그렇게 안타까워했지만, 사실 다 꽂았다 한들 생시에 단 한 권도 가지지 못하는 것은 물론 볼 수조차 없는 것은 마찬가지이었을 것입니다.

이생의 일도 그러하겠지요. 사후에는 만권 서책이 다 몽중의 것이고 필생의 옥고, 설사 불후의 명작이라 할지라도 사자에게는 다 한낱 몽중사에 불과하겠지요. 그렇게 생각하니 마음이 한결 편해지는 점도 있네요.

돌아보면 청천벽력과도 같은 갑작스런 종신지질終身之疾의 선고로 인해, 퇴직 후 20년간으로 계획했던 많은 일들을 못 하는 아쉬움이 이루 형언할 수 없이 컸지만, 이 또한 몽중사라고 생각하니 그 또한 별것 아니라는 생각도 듭니다. 이래서 죽음은 만인에게 평등한 것인지도 모르겠습니다.

지인이 아니었으면 '내일 내일 하다 내생에나' 했을 일, 그 평생의 짝사랑 하나 '심장에서 꺼내' 바람 부는 바깥세상 길모퉁이에 갖

10

다 놓고 짙은 검푸름 우거진 내 정든 고소古巢로 돌아갑니다. 이렇게라도 소통의 신호를 보낼 수 있었음에 무한히 감사합니다.

이제 내가 탈 수 있는 마지막 막차는 없을 것입니다. 내 인생의 차 시간에는 다음이라는 약정이 따로 없기 때문입니다. 아마 그때가 되면, 이후의 단절과 고립은 길고 긴 영원이 될 것이기에….

6

⟨출타⟩

어느 고운 날,
정갈하게 차려입고 당신께 가고 싶어요.

초행길 푸른 산과 맑은 물을 건너
말갛게 씻은 마음 청정한 몸으로
당신께 가고 싶어요.

맨 처음 세상에 오던 날,
작은 기억조차도 없는 깨끗한 몸으로
무구한 울음소리와 해맑은 미소만 가지고
삼세삼생 인연 만나러 왔듯

이제, 얼룩도 흔적도 다 떨쳐버리고
청결 재계, 세상에서 가장 단정한 모습으로
당신을 만나러 가고 싶어요.

어릴 적 할아버지 눈부시게 흰 두루마기
옷고름 겹쳐 단장 짚고 출타하시듯,
울어메 처녀적 분같은 얼굴에 연지 곤지
꽃신에 가마 타고 활옷 화관 긴 댕기 출가하시듯,
가진 것 중 제일 좋은 옷에 오직 설레는 마음만으로
당신을 만나러 가고 싶어요.

세세생생 쌓아온 산 같은 울음일랑
내 가는 길 저 너른 망각의 바다에 다 던져버리고
해 뜨는 부상 너머 삼천대천 세계

웃고 있는 당신을 만나면
단지 나도 맑은 웃음 하나로만
그 너른 품에 안기고 싶어요.

— 고벽당 마루에서

차례

어머니를 찾아서

마흔아홉 명 최기복의 한 고인에 대한 보고서

1

그로부터 마흔일곱 번째 편지가 왔다. 어제 일 같은데 벌써 남편 최기복이 병원으로 간지 그만한 시간이 흘렀다. 그 편지는 그 사실을 새삼 확인이라도 받아내듯 다시 내게 알려주고 있었다. 무심한 일상 속에서 시들어가는 세월의 갈피 끝으로 마치 그것은 무게 없는 은행잎처럼 내 주소지 위로 가볍게 떨어져 왔다. 그리고 그것은 곧 화장대 서랍에 쌓인 마흔여섯 번의 편지 더미 위에 자연스럽고도 익숙하게 얹혀졌다.

나는 그 편지 더미 때문인지 마치 그가 아직도 이 집 안에 있는 것처럼 오래되고 서늘한 한기를 느꼈다. 그런 기분은 아무리 오래되어도 언제나 기껍지 않았다. 한때 문득 모두 버리려고 했던 기억이 훅하고 되살아났다. 그러자 갑자기 끝 모를 허전함과 불안감 같은 것이 등 뒤로 엄습해 왔다. 그것은 내게 조만간 단 한 치도 어김없는 현실로 다가올 것만 같은 그 어떤 것이었다. 그런 와중에 이상하게도 나는 마음 한편으로부터 알 수 없는 안도감 같은 것을 동시에 느꼈다. 그 미묘한 느낌은 마치 서느런 운명의 칼날이 구획하는 생사의 양면처럼 간발의 차이 불안과 안도 사이에서 흔들리고 있었다.

보고 싶은 당신에게

오늘도 병원으로 어머니를 뵈러 갔으나 직접 대화를 나누지는 못했소. 병실에 '나'는 없었고 간병인은 의자에 앉은 채 자고 있었소. 간병인은 내가 들어가자 잠깐 깨는 듯했으나 겨우 아는 체를 하는 둥 마는 둥 이내 졸음 속으로 다시 잠겨 들어갔소. 어머니는 산소마스크를 쓰고 누워 계셨는데 깊이 잠들어 계신 듯 보였다오. 혹시 의식이 없으신 건 아닌지 덜컥 겁이 나 자세히 들여다보았으나 그렇다고 몸을 흔들어 보거나 어머니를 불러 보지는 못했소. '겨우 잠이 들었으니 절대 안정을 위해 일체 깨우거나 자극을 주는 일을 하지 말라'는 간호사의 말 때문만은 아니었소. 내가 깨우려고 어머니를 부르고 흔들었을 때 오히려 어머니는 영영 못 깨어난 채 돌아가시고 말지도 모른다는 생각 때문이었다오. 이상하리만치 과거의 나와 똑같이 생긴 '나'는 오늘도 밖 어디서 또 술이나 마시고 있겠지. 마치 전에 내가 그랬던 것처럼 말이오. 차마 맨정신으로 병든 어머니를 바라보지 못한 채, 끊이지 않는 깊은 울분과 탄식에 잠겨 술독을 헤매고 있겠지. 내 경우도 그랬으니까. 그때 나는 다른 아무 일도 할 수 없었지. 그런 생각을 하자 나는 갑자기 목이 메어왔소. 그때 당신 젊어 예쁘던 시절과 아주 많이 닮은 '당신'이 병실로 들어왔소. '당신'을 어려워하는 나는 인사도 나누는 둥 마는 둥, 그녀가 간병인과 말을 주고받는 사이 밖으로 나왔소. 병원 복도며 로비며 바깥 진입로까지 밖은 온통 익숙한 것 천지였지만 이상하게도 나는 오늘 이 모든 것들이 낯설게 느껴지오. 갑자기 기분이 슬퍼지고 마음이 막막해지오. 기분이 나아지면 다시 연락하겠소. 잘 지내시오.

— 당신의 라훌라 기복 씀

그는 재작년까지만 해도 누구 못지않게 착실히 직장에 잘 다니고 있었던 사람이었다. 너무나 많은 꿈들을 버리지 못하고 사는 사람치고는 그런대로 잘 참고 견디며 지금까지에 이르렀다. '대한민국 중견 기업 직장인'이라는 특수한 상황과 그럼에도 불구하고 꿈꾸는 것은 다 해보고자 하는 그의 허황한 욕심, 그리고 그 상황과 욕심이 드잡이하며 흐트러뜨리고 교란시켜 놓은 생채기들 때문에 그를 모범 가장이라고 할 수는 없었다.

그러나 어쨌든 그는 여느 동료보다 못하지 않은 부지런함으로 새벽같이 일어나 출근했고 밤이 늦어서야 돌아왔다. 어느 해던가는 그것도 모자라 반년이 넘도록 하루씩 철야로 근무하다시피 하는 때도 있었다. 그 와중에서도 그는 대학원을 다닙네, 악기를 배

19

옳네, 시를 쓰네 하면서 더욱 정신없이 살았었다. 현실을 박차고 나갈 용기가 없음에도 불구하고 그는 그 모든 것들을 끌어안고 허덕이면서, 그리고 그 피로와 간극에서 오는 허기를 술과 담배로 달래면서 살았던 것이다. 그러던 그가 갑자기 이렇게 된 데에는 아무래도 느닷없는 그의 발병이 직접적인 원인이 되었다고밖에 달리 말할 수 없을 것이다.

그러나, 수상한 사단의 기미는 이미 그전 건강진단을 둘러싸고부터 시작되었다고 나는 확신한다. 나의 경우 부모님이 각각 간암과 폐암으로 돌아가시고, 여섯 남매 중에 셋이 암 병력이 있어 항상 암에 대한 두려움을 떨칠 수 없었던 것이 사실이었다. 그러던 차에 내가 근무하는 직장에서 무슨 무슨 검사를 받으면 전신의 어느 작은 조기암조차도 예외 없이 발견된다는 공지를 접했던 것이다. 게다가 그 검사를 신청하면 검진비 팔십만 원 중 오십만 원을 직장에서 지원해 준다는 공문이 전달되기까지 하였다. 그런 까닭에 나는 서둘러 그 기회를 놓치지 않으려는 동료 직원들 사이에 끼어 불안 반, 기대 반의 마음으로 검사를 받았다.

마음을 졸이며 기다리던 시간이 지나고, 전신 어느 곳에도 암 따위는 없이 깨끗하다는 검사 결과가 나왔을 때 나는 날아갈 것처럼 기쁘고 마음이 후련했다. 그러나 그런 나를 두고 그는 눈길을 텔레비전에 그대로 둔 채 목소리로만 마치 빈정거리기라도 하는 듯이 어긋어긋 말했다.

"놀아나는 거야, 그거 병원의 장삿속과 로비에 말이지."

"장삿속이라뇨, 로비는 또 무슨 소리에요?"

"생각해 봐. 비싼 장비 들여놨으니 뽑아야 될 거 아냐, 본전은…."

"그래서 로비했다는 거에요?"

"그렇지 않으면 왜 일부만 지원해 주나? 그렇게 좋은 거면 홍보만 해도 충분할 텐데…. 그리고, 정말 그렇게 필요한 거라면 의무화하든지 하잖구? 그 지원이라는 게 미끼라는 거지. 병원은 수익을 올리고, 직장에서는 명분을 세우고. 누이 좋고 매부 좋은 거 아냐? 수검자가 자발적으로 했으니 책임질 일도 없고…."

"좋지도 않고 필요하지도 않은 거란 말인가요, 그럼?"

"엑스레이의 일만 배라는구만, 자그마치 방사선 피폭량이 말야. 씨티가 일천 배이고…."

"그렇지만 안전하다잖아요?"

"누가 장담을 하나, 그걸? 못 들어봤어, 전문가들 말? 있는 암 찾으려다 없는 암 불러들인다고 말야. 사람들이 순진해, 하여간…."

"그래도 난 시원해요. 없다는 걸 확인했잖아요, 항상 불안했는데…."

"그 불안 심리를 이용한 거야. 결국 암도 없는데 해로운 방사성 물질만 몸 안에 들이붓고, 그것도 모자라 기계 속에 들어가 방사선을 또 쬐인 거 아니야?"

"결과가 좋게 나오니까, 병이 없으니까 하는 얘기죠. 그건 검사 후에야…."

"물론 그렇게 생각하기가 쉽겠지. 하지만, 그게 불확실하고 실체 없는 불안 심리를 과도하게 이용해서, 되레 확실하고 실제적인 위험을 무릅쓰게 한 점이 문제라는 거야. 만약 그게 해가 없는 검사라면 열 번이라도 받은들 누가 뭐라겠어? 근데 그게 그렇지가 않다면 그걸 무릅써야 할 더 큰 위험이 확인된 경우에만 시행되어야 하지 않을까?"

"예를 들면요?"

"일단 암 진단을 받은 사람이 추적 검사를 하는 경우라든가 말이지. 전이라든지 확산 진행 정도를 확인하지 않으면 안 되는 때에만 쓰여야 하는 거야. 현재의 예상되는 위험이 그 검사로 추가되는 위험보다 더 클 때에만 말야."

"결국 바보짓을 한 셈이라는 거군요. 내가…."

"병아리 어디 아픈 데 없나 보려고 소 잡는 칼로 여기저기 찔러 보는 격이지."

2

오후의 기우는 햇살이 거실 창 안으로 깊고 비스듬하게 비쳐들었다. 마룻바닥에 비친 창틀 그림자는 그저 고요하기만 했다. 혼자 있는 일요일의 텅 빈 오후는 그가 집에 없다는 사실을 나로 하여금 새삼 실감하게 만들었다. 언제 이 집에서 내가, 그와 시어머니와 아이들이 함께 복닥거리며 살았던 것인지 기억조차 무색하였다. 한때 혼자 살아보는 것이 소원이었던 시절이 있었던가 싶어 나는 공허한 웃음을 허공에 날렸다.

돌아보건대 단언하지만, 시어머니가 떠나시고 아이가 해외로 학교를 간 뒤 단둘이 살면서도 내게 평화란 없었다. 그저 시무룩해 있는가 하면 금세 들떠 즐거워하고, 그런가 하면 또 어느새 울화를 터뜨렸다가 다시 금방 우울해하는 그는 한 사람이되, 한 사람이 아니었다. 사실 그는 내가 알고 있는 다른 모든 사람들을 다 합쳐놓은 것보다도 훨씬 더 내게 감당해 내기 어려운 인물이었다.

아마 그것은 짧은 순간에도 천변만화하는 것만 같아 보이는 그의 생각과 감정의 어지러운 분출, 그 소용돌이 때문이라고 나는 생각했다. 그것은 대부분의 경우 제멋대로이어서 나로 하여금 다음 행동을 예측하기 어렵게 했고, 따라서 매번 나는 어떻게 대처해야 할지 몰라 본의 아니게 허둥대야 했기 때문이었다. 그럴 때마다 나는 그와의 결혼과 함께 추천작가 천료 직전에서 중단해버리고만 그림을 생각하고, '당신은 나의 장애물이야' 하고 소리치며 절규하곤 했다. 그는 술병을 던지고 그릇을 던져 결혼사진이 든 액자를 부수고 식탁 유리를 깨지게 했으며, 때로는 내 얼굴에 상처를 내기까지 했다.

나는 점점 차라리 그가 없으면 더 좋겠다고 생각하는 적이 많아
졌고, 어느 사이 간절하게 혼자 살고 싶다라고 바라기 시작했다.
생각하건대 그것은 내가 남달리 과민하거나 이기적인 사람이어서
가 아니었다. 결단코 그것은 그의 탓이었다.

그는 '목구멍이 포도청'이어서 이었을까, 회사 출퇴근은 열심히
하며 살았지만 자신의 삶을 끝없이 불행해 했다. 내가 보건대 그것
은 그의 그 포기하지 못하는 꿈 내지는 욕심 때문이었겠지만, 그는
자기의 존재를 불운한 운명이라고 생각했으며 자신의 생활을 불우
의 결과라고 여겼고, 스스로의 현재를 세상과의 불화라고 믿었다.
그가 나를 제외한 주변의 반대를 무릅쓴 채 회사에 휴직계를 내고
병원으로 들어간 뒤 내게 처음 보낸 편지에서도 그와 같은 그의 자
기 연민은 축축하고 끈적하게 묻어 나왔다.

사랑하는 당신에게

오늘 처음으로 당신에게 편지를 쓰오. 아니, 결혼하고는 처
음인 것 같구려. 평소 '하게'체로 말하다가 갑자기 '하오'체를 쓰
려 하니 어찌 좀 어색한 듯도 하오. 그러나 막상 써보니 그다지
이상하지는 않구려. 전자메일 대신에 이렇게 손편지를 보내는
것은 조금이라도 당신이 진지하게 읽어주기를 바라는 뜻이라
오, 손편지에 경어로 쓰다 보니 나도 생각보다 차분해지는 것 같
아 모처럼 느낌이 각별하구려. 마치 저 옛날 컴퓨터도 없고 유

선전화마저 드물던 우리들의 대학 시절로 돌아간 듯한 기분까지 들었다오.

각설하고, 내 운명은 내게 왜 이렇게 가혹한지 모르겠소. 어머니도 모자라서 내게까지 이런 혹독한 고통을 주는 이치를 나는 도저히 이해할 수 없소. 병 때문에만 이러는 게 아니라오. 그전에도 내게는 순조로운 일이란 거의 없었소. 운에 맡기는 일은 거의 제대로 되는 적이 없었고, 되는 일조차도 기어이 애를 빡빡 먹이고서야 어렵고 또 어렵게 겨우겨우 되던 것을 당신도 기억할 거요.

돌아보건대 나는 몸부림쳤지만 아무것도 이루지 못했소. 당신도 알다시피 직장 생활의 그 어려운 틈바구니에서 학위 따느라 애를 썼지만 대학으로도 옮기지 못했고, 악기도 열심히 연습했지만 명인이 되지도 못했소. 또 꿈을 버리지 않았지만 등단도 하지 못했고, 희망을 버리지 않았지만 승진도 전직도 하지 못했소. 열심히 산에 다녔지만 등산가도 되지 못했고, 또 열심히 술도 마셨지만 현실을 벗어나지 못했소. 그렇다고 돈을 모아 부자가 되지도 못했고 최소한 좋은 가장조차도 되지 못한 채 나이를 먹어버렸소. 집에서는 어느새 당신의 짐이 되어버렸고, 직장에서는 더이상 승진도 못하고 눈치나 먹는 존재가 되어가고 있었소.

그러니 나의 퇴직을 나무라지 말아 주오. 휴직조차도 말리는 당신에게 차마 말하진 못했지만 나는 이미 사직원도 함께 제출

하고 왔다오. 이제 이 추운 하늘 아래 나는 오직 나 혼자밖에 없소. 당신조차도 내 이 운명의 불우, 이 세상과의 불화를 절대 나눠 가질 수 없을 거요. 당신은 낙천적인 사람이니 나의 이 울분과 비애를 공감하지 못하겠지만, 나는 이제 오히려 그 울분과 비애를 내 삶의 주인으로 영접하고 그것을 위해 복무하려 하오. 당신이야 불행을 잘 느끼지 않는 사람이니 그럴 필요도 없겠지만….

그렇다고 내가 지금 나를 짐스러워한 당신을 탓하거나 원망하는 것은 아니라오. 그러니 부디 부담스러워하거나 미안해하지는 마시오. 나는 이제 순일하게 나 혼자서만 저 망망한 내 불우의 바다를 헤엄쳐 갈 것이오. 잘 지내시오. 내가 또 언제 편지를 보낼 수 있을지 어쩔지는 모르겠지만 소식이 없으면 그만큼 무사히 지내고 있다고만 여겨주구려.

— 당신의 라홀라 기복 씀

그가 그처럼 혐오하다시피 하던 그 검사를 되레 자청하여 받은 것은 두 해마다 한 번씩 의무적으로 하게 되어있는 직장인 건강검진 이후였다. 내시경 검사에서 심각한 위암 소견이 나오자 전이를 우려한 그가 CT 검사를 받느니 기왕 버린 몸 더 확실한 그 검사를 받겠다고 자청한 것이다. 지난번 그의 타박에 내심 한편으로 바보가 된 듯한 느낌에 기분이 상하고, 다른 한편으로 후련함도 잠시,

새로운 우려로 떠안은 아직 낯선 불안에 마음이 불편했던 나는 그때 '그것 봐라' 싶은 심사도 없지 않기는 했다. 그러나 이내 그렇다고 해서 그의 그 같은 자청이 그가 말했던 선후관계의 당위성에 어긋나는 것은 아니라는 것을 나는 깨달아야 했다. 왜냐하면 그의 자청은 병의 확인 뒤에 더 이상의 전이나 확산을 알아내려는 것이었다고 할 수 있고, 무엇보다도 그의 그와 같은 검사가 나의 이 새로운 불안을 없애주거나 덮어주는 것은 아니었기 때문이었다. 그리고 또한 사람의 체질은 개인차가 있어 어떤 사람은 일정량의 방사선에는 별다른 영향이 없을 수도 있지만, 어떤 사람은 몹시 민감하여 치명적일 수도 있는 것일 터, 친정집 부모형제의 병력으로 보아 나의 경우 민감한 체질일 가능성이 높다고 나는 생각하고 있었기 때문이었다.

3

전화벨 소리가 빈 집안을 휘저으며 천정과 바람벽 사이를 몇 차례 무겁게 울리고 지나갔다. 언뜻 남편의 전화일지도 모른다고 무의식적으로 생각했으나 금방 나는 그 생각이 틀렸을 것이라는 것을 깨닫고 스스로 가만히 고개를 저었다. 이미 나는 그가 전화를 할 리 없다는 것을 알고 있었기 때문이었다. 남편은 멀리 남해안의 그 요양병원으로 떠난 이후 거의 정기적으로 보내는 손편지 외에

27

는 단 한 번의 전화도 없었다. 그러한 상황에서 나 또한 일부러 전화를 시도한 적이 없으니, 확신할 수는 없지만 아마도 남편의 휴대폰은 전원이 꺼져 있거나 통화 정지 상태일 거라고 나는 확신했다. 매달 아직도 집으로 배달되어오는 그의 휴대전화 요금고지서에는 매번 사용 정지 시의 기본요금만 부과되어 나왔기 때문이었다.

전화는 남편의 고향 집으로부터 온 것이었다. 몇 주 전 시아버지가 갑자기 쓰러져서 구급차로 병원에 갔는데 검사 결과 9년 전 완치되었다고 했던 암이 다시 발병했다는 진단이 나왔고, 생각보다 병이 위중해서 지금 병원에 입원해 있다는 것이었다. 나는 어떻게 해야 할까 하고 잠시 망설였으나 결국 그에게 알리기로 결정하고 소파 앞 티테이블 밑에서 굴러다니던 그림엽서 한 장을 꺼내 들었다. 어느 절 그림인지 부도탑 하나가 석양을 등에 지고 검은 그림자 하나를 지상 가득 길게 드리우고 있었다.

남편의 고향 집으로부터 전화가 오는 일은 내가 아는 한 지금까지 거의 드물었다. 남편과 고향 집은 서로 왕래도 연락도 끊어진 채로 지내다시피한 지가 이미 오래전부터였기 때문이었다. 수화기 속에서 평생의 거의를 시아버지와 살고있는 '작은' 시어머니의 가늘게 떨리는 듯한 목소리가 어색하게 들렸던 것은 내 기분 때문만은 아닐 것이었다.

내가 시집오기 전부터 시어머니는 이 집의 장손이자 그녀의 외아들인 남편과 함께 살고 있었고, 시아버지는 그러니까 그 '작은'

시어머니, 그리고 그쪽 소생인 당시만 해도 아직 어린 시동생들과 함께 고향 집에서 살고 있었다. 남편은 아무것도 구구하게 설명하지 않았지만 그때 나는 그에게 깊이 침몰되어 있었으므로 그 자신 이외에 다른 것은 아무것도 문제 되지 않았고, 따라서 어떤 그 무엇도 나는 더이상 문제 삼을 수 없었다. 그때만 해도 나는 장님이었고 또 동시에 바보였던 것이었다.

그리운 당신에게

그간 잘 지내고 있으리라 믿소. 어찌 그림은 다시 시작했는지 모르겠구려. 사실은 간밤 초저녁부터 꼬꾸라져 한잠 잘 자고 한밤중에 깨었다가 이른 새벽 다시 잠들었는데, 아직도 자주 꾸는 악몽을 또 꾸었다오. 그런데도 잠시 무기력했던 오전이 지나고 오후가 되자 이상스럽게 몸도 마음도 한결 좋아져서 뒤늦은 산책도 하고, 이곳 프로그램에 따라 명상도 하다가 이제 당신에게 편지를 쓰오. 이곳의 싱거운 음식들과 채소 과일 따위 위주의 식단이 아직 입에 덜 맞긴 하지만 차차 익숙해질 거라 생각한다오. 날짜를 헤어보니 얼마 안 되는 동안인데도 몹시 오랜 시간이 흐른 듯한 느낌이 드는구려.

새벽에 고향 집에 갔는데…, 거기 집에는…, 차갑고 푸른 새벽달만 교교하게 검은 지붕과 빈 뜨락을 비추고 있을 뿐 사람은 아무도 없었소. 마당에는 어머니의 옷가지 같은 것들이 흩어져 있었고 문은 모두 활짝 열려있어 차디찬 밤공기만이 스산하게 그 공간을 감돌고 있었다오. 태풍이 한바탕 쓸고 지나가 버린 폐가 같았다오.

내 어릴 적…, 아마 초등학교도 들어가기 전일 거요. 난데없이 아버지가 밤늦게 들이닥쳤소. '작은 어매'와 딴살림 사는 시내와는 한 십여 리 정도밖에, 더이상 떨어져 있지 않은 가까운 곳이었지만 아버지는 대체로 한 달에 한 번쯤 이상은 거의 집에 오는 일이 없었소. 아니 그보다 더 오랫동안 오지 않았는지도 모르지… 아버지는 부엌에서 일하고 있던 어머니의 멱살을 끌고 나와 마당 가운데 패대기쳤소. 그러자 어머니는 일어나 아버지에게 달려들었소. 그러자 아버지는 마침 마당가 짚더미 옆에 세워져 있던 삽을 들어 어머니를 향해 내리찍었소. 어머니가 그것을 문득 피한 것인지 아니면 아버지의 손이 살짝 엇나갔는지는 분간할 수 없었지만, 삽은 어머니를 살짝 빗나가 땅에 박혔소. 그리고 그 즉시 어머니는 그 자리에서 혼절하고 말았소, 아버지는 그런 어머니의 쓰러진 몸을 향해 무자비하게 삽자루를 휘둘렀고, 그래도 분이 다 안풀렸는지 이내 다시 목을 졸랐오. 이때 다급히 달려 나온 할아버지 할머니가 달려들어 필사적으로 아버지의 손을 떼어냈고 어머니는 질식해 축 늘어져 있었다오. 어머니가 차가운 마당의 흙바닥 위에 몸을 부려버린 것을 본 아버지는 돌연 좌우를 두리번거렸소. 그때 할머니가 소리를 죽어 내게로 왔소. 건넌 방 어둠 속에 숨어 마당을 내다보고 있던 내 입을 당신의 한 손으로 틀어막고, 다른 한 손으로는 내 팔을 잡아끌어 뒷문을 열고 뒷마당에 소리 없이 맨발로 내려섰소. 그리고는 별채 텃밭으로 난 샛문을 통해 밖으로 나왔다오. 동네 고샅길을 두 모퉁이쯤 돌아 할머니는 이웃집 문을 두드렸소. '우리 애기 좀 재워주시오. 오늘 밤만 좀…', 할머니가 그렇게 말하자 이웃은 말없이 대문을 열고 나를 그 대문과 붙어있는 아래채 문간방으로 들이었다오. 할머니는 다시 급히 나가시고 나는 곰팡이 냄새나는 그 빈방에 옆으로 웅크리고 누워 그전 일을 생각했소. 그날도 아주 드물게 아버지가 집에 온 날이었는데, 무슨 일인지 아버지는 할아버지와 서로 고성을 주고받으며 말다툼을 하셨소. 그러다가 갑자기 뛰쳐나와 마침 마루에서 떨고 있던 나의 멱살을 그 크고 억센 한 손으로 틀어잡고 건넌방으로 끌고 들어와 내 목을 졸랐소. 그리고는 마치 할아버지 들으라는 듯이 큰소리로 '내 이놈을 죽이버리고 말겠다'라고 외쳤소. 나는 그때 형언할 수 없는 공포를 느꼈는데, 그 뒤로 할머니는 아버지가 집에 오는 날이면 어김없이 그처럼 나를 그 곰팡이 냄새나는 이웃집 방으로 피신시키곤 했었다오.

얼마나 시간이 흘렀을까, 잠을 이루지 못하고 뒤척이고있던 중에 고요한 시골 밤 정적 위로 아버지의 낡은 오토바이 소리가 들렸소. 그리고 그 '타타'거리는 엔진 소리는 이내 점점 작아지면서 마침내 사라져갔소. 나는 소리가 완전히 사라지기를 기다려 소리 없이 몸을 일으켜 밖으로 나왔다오. 그리고 집으로 가보았소. 집은 문짝들이 열어젖혀 진 채로 텅 비어 있었고 어머니도 할아버지도 어디로 가셨는지 보이지 않았소. 집은 마치 검은 괴물 같았고 희미한 달빛은 창백한 주검의 얼굴 같았소. 바람조차도 불지 않아 정적은 교교하기만 해서 흡사 귀신의 집을 본 듯하였소. 지금도 가끔 잊어버릴 만하면 다시 이 광경을 꿈속에서 보게 돼 곤하오.

그날 밤 할아버지와 할머니가 동네 한약방으로 떠메고 간 어머니는 가까스로 다시 살아났지만, 어머니의 거의 모든 옷가지들은 집 뒷간 커다란 분뇨 항아리 속에 처박혀 있었소. 어머니가 그것을 건져내 머리에 이고 나머지는 코를 싸잡은 머슴의 지게에 지워, 뒷둑골 방죽으로 빨래가던 일이 지금도 눈에 선하오. 지금 같으면 다 버리고 말았겠지만 그때는 또 도저히 그러질 못했던 모양이오. 하지만 비눗물로 빨고 또 빨았어도, 바람과 햇볕의 시간이 얼마나 길게 가고 또 가도, 언제까지나 내내 그 분뇨 냄새는 사라지지 않아 종국에 가서는 다 버릴 수밖에 없었다고 하오. 그 분뇨에 절여진 옷가지들을 머리에 이고 가던 어머니의 마음이 어떠했을까, 나는 상상할 수 없소. 다만 내가 나중에 들은 바를 전하자면, 그 전날 어머니는 이모와 함께 아버지가 '작은 분'과 딴살림을 하던 시내의 그 집을 급습하여 방 안 가득 분뇨를 뿌리고 왔었다 하오.

미안하오. 내 어지러운 꿈 하나 때문에 군말이 길었구려. 혹 '이런 이야기를 뭐하러 하느냐' 하거나 또는 '왜 이제 하느냐'고 묻지는 말아 주구려. 이제는 이미 당신과 내가 여기까지 왔으니 지금부터 서는 이런 부질없는 옛꿈의 그림자에서 벗어나고 싶소. 정말 다시는 이따위 무용한 꿈 부스러기는 더이상 꾸고 싶지 않소. 만약 내가 다시 이런 악몽에서 자유로워진다면 모두 당신 덕이라 여길 것이오. 오늘은 여기서 맺겠소. 잘 지내시오.

— 당신의 라훌라 기복 씀

그가 자청해서 그 검사를 받은 것은 순전히 그의 선택이었다. 그는 내시경 검사 결과 위암 의심이라는 소견에 따라 조직 검사를 받았고 곧 악성이라는 확진을 받았다. 그때 의사는 그에게 수술을 해야 할지 말아야 할지 매우 애매하며 다른 곳으로의 전이는 알 수 없다고 말했다.

경우는 공교롭게도 시어머니 때의 경우와 너무 흡사했다. 남편은 한동안 고민했지만 결국 수술을 포기하고 요양병원을 택했다. 대체의학과 자연치유를 모토로 삼는 암치료 전문 요양병원으로 가서 어머니와는 다른 길을 걸어 보겠다고 한 것이다. 그러면서 그는 대신, 그 검사를 통해 좀 더 확실한 진행 정도와 전이 여부를 확인하겠다고 했다. 나는 그때 그것이 무엇이 되었든 그 무엇도 그에게

권하거나 말리거나 할 수가 없었다. 이미 시어머니의 경우를 통해 어느 선택도 결국 결과를 통해 그 성패가 달라진다는 것을 이미 잘 알고 있었기 때문이었다.

"수술을 하라 마라 못하겠습니다. 저로서는 확실하게 말씀드릴 수는 없습니다. 열어보기 전에는요. 물론 수술이 가장 완치 가능한 방법이긴 합니다만⋯."

"가능성이⋯ 얼마나 있습니까?"

"지금으로서는⋯ 반반입니다."

그때 남편은 어머니의 수술 여부를 놓고 기로에 놓였었다. 그리고 고심 끝에 수술을 선택했다. 완치 가능성을 포기하느냐 아니면 실패를 무릅쓰고 수술을 감행하느냐, 반의 확률이라는데 수술이 불가능하다면 희망은 없다. 나머지 반의 확률로 수술이 가능하다면 완치로 간다. 어차피 수술 외에 완치 희망이 없다면 수술을 택할 수밖에 없지 않은가⋯.

그러나 마음을 졸이며 기다린 한나절 후, 우리는 담당 의사로부터 '복부를 열고 확인해 본 결과 수술이 불가능해 다시 닫을 수밖에 없었다'라는 말을 들어야 했다. 그리고 그때부터 곧 절망적이고 고통스러운 항암치료의 어두운 역정이 시작되었었다. 암이라는 병은 칼을 대면 더 급속히 진행된다는데, 그러한 조건 속에서 개복 수술 실패 후 그 진행을 늦춘다는 항암치료 외의 다른 선택지는 이미 우리에게 없었다.

"그때, 진즉 알았어야 했는데, 이미 가능성이 없는 쪽이었다는 걸…. 반반이라는 건 결국 즈들 임상경험 공부 삼아 확인이나 하겠다는 거였는데…."

그는 어머니의 상태가 돌이킬 수 없이 나빠진 다음에야 뒤늦게 후회했다.

"후회하면 뭘 해요, 이제 와서…."

"의사가 확신을 가졌을 때는 절대 환자의 선택에 맡기지 않아…. 환자 보고 선택하라는 건 내심 나쁜 선택지를 권하면서 그에 대한 책임을 자기는 지지 않겠다는 거 말고는 다른 아무것도 아냐…."

"여한은 없잖아요. 그래도 할 수 있는 데까지는 다 해 봤으니까…. 만약 그때 수술 안 했으면 두고두고 또 다른 후회를 했을 거예요, 그때 수술을 받았어야 했어라고. 당신 성격상…."

"아냐, 되레 여한을 남긴 거지… 다 잃었으니까, 다른 모든 기회도… 그리고, 남은 한 줄기 희망까지…."

4

그에게로 엽서를 보낸 지 두 주일도 훨씬 더 지난 뒤에야 그에게서 답장이 아닌 편지가 왔다. 즉각적인 회답이야 나도 기대하지 않았지만 그의 편지는 생각보다 좀 늦은 것이었다. 앞서 온 그의 편지는 대체로 일주일 정도의 간격을 두었으므로 나는 그 엽서의 회답이 아니라 해도 이미 편지는 올 만한 시간이 훌쩍 지났다고 생각했다. 그사이 나는 그의 편지를 나도 모르는 사이 기다리는 버릇이 생긴 것인지도 모르겠다.

편지를 읽다 말고 나는 무엇을 잊고 있었다가 방금 다시 생각이 나기라도 한 듯 천천히 소파에서 일어섰다. 편지를 손에 든 채 찬 기운이 감도는 거실 마루를 지나 서재로 쓰던 건넌방의 문을 열었다. 주인이 자리를 뜨고 없는 비좁은 방은 그러나 아직 그가 쓰던 그대로 어지러운 모습으로 헝클어져 있었다. 그가 쓰던 물건들이 마치 아직 그를 기다리고 있는 것만 같이 느껴졌다. 나는 잠시 주저하는 듯한 손으로 천천히 그의 책상 서랍을 열었다. 그러나 그의 책상 서랍 안은 아무것도 없이 텅 비어 있었다. 무엇이 거기 있기를 기대했는지 나 스스로도 도무지 알 수 없었다.

그는 사실 발병 전에는 집에 있는 시간 자체가 별로 없었고, 발병 후에도 좀처럼 책상 앞 의자 위에 앉는 일은 별로 없었다. 발병 후 집에 머문 짧은 시간 동안, 그는 좁은 서재 한쪽 구석에 이부자리로 둥지를 틀고 예전에 보던 작은 텔레비전 향해 기대 누워있곤 했다. 그렇다고 반드시 항상 텔레비전 방송을 몰입해서 시청하는 것은 아니어서 대체로 시선만 그쪽을 향해 있을 뿐, 다른 생각에 빠져있거나 오히려 멍하니 있는 듯해 보이는 경우도 적지 않았다. 그러다가 더러는 눕고, 더러는 서 있는 빈 술병들과 더불어 곧 잘 그 자세로 잠들어 버리고는 해서 끼니조차도 제때를 잃고 휘청거렸다. 그럴 때면, 한때 무엇인가를 해보겠다고 정신없이 이것저것 바삐 헤집고 다니던 사람이 과연 이 사람 맞나 싶은 생각이 들어 나는 고개를 갸우뚱해야 했다. 옷자락에서 휘파람 소리가 날 정도로 바삐 살던 사람의 그와 같은 변화는 내게 기묘한 두려움을 불러일으키는 것이었다. 그리고 그 기묘한 두려움은 그에 대한 거리감과 함께 그를 자꾸 기피하게 만드는 원인이 되었던 것 같았다.

　당신에게
　당신의 엽서는 잘 받아 보았소. 겨울이라고는 하지만 한반도의 남쪽 끝 남해 바다를 마주한 이곳의 따뜻한 햇볕과 부드러운 바람결 속에서 나는 여전히 잘 지내오. 그곳은 폭설과 추위가 한창일지 모르지만 이곳은 오늘도 해가 났다오. 이곳에 오래 근무했다는 간호사 말에 따르면 이곳은 일 년 내내 있어도 눈 보기가 어렵다고 하는구려.
　고향 집 소식에도 불구하고 나는 그분을 보러 가지는 못할 것 같소. 그러나 그것은 그분에 대한 내 기억이나 감정 때문이 아니며 또한 저들 말로 결코 가볍지 않다는 내 병세 때문도 아니오. 당신에게만 살짝 알려두는 것이오만, 그것은 지난주부터 막내게 다른 일이 생겼기 때문이라오. 바로… 다름 아닌, 오래전에 잃어버렸던 내 과거… 나였으나 나가 아닌 그때의 '나'와 어머니의 소식을 접한 것이오.

그래서 나는 지난 주말에 거기 다녀왔다오. 어머니와 그 '나'는 둘 다 부재중이어서 직접 만나지는 못했소. 그러한 탓에 이번에 나는 불가피 집안만 둘러보고 올 수밖에 없었다오. 부엌에는 익힌 감자가 한 소쿠리 있었고 차리다 만 밥상이 있었지만 어머니를 뵙지는 못 했던 거요. 아직 삼십 대의 그 '나'는 여전히 바쁜 모양이오. 무엇을 해보겠다고 그렇게 정신없는 삶을 살아야 하는지 만나면 직접 내가 한번 물어보고 싶소. 겸상한 흔적은 없고 방은 옷가지 등속이 어지럽게 흩어져 있었다오. 그를 대신하여 밥 한 끼라도 어머니와 함께 먹을 수 있다면 싶어, 한나절을 기다렸지만 결국 그냥 돌아와야 했소. 아마 어머니께서는 내가 와 기다리는 줄 아시고 일부러 안 들어오시는 것인지도 모르겠소. 하지만 나는 이번 주말에도 어머니를 뵈러 갈 것이오. 보고 싶어 견딜 수가 없기 때문이오. 특히 이곳에 온 뒤로는 더욱 그러하오. 당신에게는 오로지 미안할 따름이구려, 하지만, 왠지 지금도 그 '나'는 어머니와 단둘이 외롭고 슬프게 살고있는 것만 같이 여겨져서 견딜 수가 없소. 나와 어머니가 그랬듯이….

내가 그분을 뵈러 가지 못하는 것처럼…, 당신도 마찬가지로 여의치가 않다면 가보지 않아도 괜찮을 거요. 그러나 들여다보지 않은 때문에 오히려 당신의 마음이 불편해질 수 있다면 다녀오는 것도 그리 나쁘지는 않겠지…. 하지만 어느 쪽이든 당신

뜻대로 하시구려. 이제와서 생각하니 그분도 퍽이나 안됐다는 생각이 드는구려. 한 세상이 그렇게 허망한 것인데…. 나는 왜 그렇게 어머니에게 모질고 매정하게 대했는지 모르겠소.

그곳 날씨는 점점 더 추워질 텐데…, 건강에 주의하고 잘 지내시구려.

— 당신의 라홀라 최기복 씀

시어머니는 수술 실패 후에 오히려 더욱더 철두철미하게 의사의 지시를 철석같이 믿고 따랐다. 시어머니에 앞서 9년 전 임파선 암을 진단받았던 시아버지가 열 몇 번의 기록적인 항암 방사선 치료 끝에 완치되었던 사실이 더욱 그 항암치료와 의사의 처치를 믿고 거기 매달리게 했다. '시'는 물론 '분, 초'까지 맞추다시피 정확하게 시간을 지켜 약을 먹었고, 이를 악물고 항암치료를 견디며 병과 싸웠다. 그 사이에도 꿋꿋이 집안 살림을 해내고 당시 유치원에 다니던 손자 아이를 돌보며 희망을 잃지 않았다. 내가 보다 못해 친정집이 좀 멀긴 하지만 아이라도 거기 맡겨서 짐을 좀 덜어드릴까 했을 때, 시어머니는 고개를 저었다.

"아니야…. 갸가 있어서 그래도 하루가 간단다. 아픈 것을 쪼끔이라도 잊고 참고 견딜 수 있어야!"

"너무 힘드시잖아요. 아이 보기가 얼마나 고된 일인데…."

"아니다. 저것 보고 웃고, 저것하고 그래도 이야기도 하고…, 그러면 시간이 가. 근데 쟈가 없으면 그리 견딜 수 없이 더 아프단다."

"유치원은 어떡할까요? 그러면 종일반도 넣지 말까요…?"

"유치원은 다녀야지…. 하지만 종일반은 넣지 마라. 오후에는 특별히 가르치는 것도 없다더구나. 내가 제일 걱정하는 게 뭔지 아냐?"

"뭔데요, 어머니?"

"내가 더 아파져서, 그래서 힘이 없어지면 쟈를…. 유치원 차에 안아서 태워주고, 안아서 내려줘야 할 텐데…. 힘이 없어 그리 못할까가 제일 걱정이구나…."

시어머니는 남편 최기복이 도회지로 고등학교를 가자, 서슴없이 그를 데리고 그 학교가 있는 도회지로 나와 그때부터 오직 외아들의 뒷바라지만 하면서 살았다고 했다. 모든 것을 다 시아버지와 그 '작은 분'에게 줘버리고 부산으로 서울로 다시 부산으로, 그리고 또다시 서울로…. 외아들의 학교와 직장 행로의 궤적을 따라 당신의 인생 역정도 그림자 바라기처럼 그렇게 따라 떠돌았다고 했다.

외아들의 학비와 그에 따른 최소한의 생활비를 고향 집에서 보내주긴 했지만, 항상 그것은 빠듯하거나 부족한 것이었으므로 당신은 한때 공장에 다니기도 했고, 다른 한때는 병원 세탁일이며 식당 설거지 일 등을 닥치는 대로 하러 다니기도 했다고 했다. 그 산길 물길의 고달픈 먼 길을 다리가 휘고 허리가 굽도록 돌고 돌아왔는데. 그래서 가까스로 남의 것인지만 알고 살았던 그 안정이란 것이 눈에 보인다 싶으니까, 이제는 며느리도 있고 손자도 있고 겨우 먹고살 만하다 싶으니까, 그러니까, 이 모양이라고 시어머니는 깊이깊이 탄식해 마지않았다.

그러나 내가 본 시어머니는 그런 것들만으로는 결코 충분히 행복하지 않았을 것이다. 손자 돌잔치에 시아버지가 '작은 분'과 부부 동반으로 같이 왔을 때, 일가친척들의 애경사에서 만난 시아버지가 시어머니에게는 다정한 말 한마디 없이 '작은 분'과 함께 돌아가 버렸을 때, 그리고 시아버지가 첫 임파선암 발병 때 시어머니를 불러 기껏 한다는 말이 '유산은 모두 저 사람 먹고살게 넘겨주려 하니 자네와 큰아들은 양보하라'고 했을 때, 그때 시어머니는 집에 돌아와 화장실에서 그 아끼던 물을 아낌없이 시끄럽게 틀어놓고 대성통곡으로 엉엉 울었었다.

내게도 열없는 일이었지만, 시어머니는 나중에 내가 그때 일을 말하자 몹시 계면쩍어했다. 그러면서 네 남편에게는 말하지 말고 너만 알고 있으라며 말했다. 당신의 외아들을 따라 고향을 떠날 때, 그때 느그 시할아버지 무덤 앞에서 목놓아 운 뒤로는 어떤 일이 있어도 운 적이 없었는데, 어찌 요즘 들어 눈물이 흔해졌다고, 죽을 때가 가까워지나보다고, 그렇게 말하며 쓸쓸하게 웃었더랬다. 남편은 못 보고 못 들었겠지만 나는 지금도 그 장면이 어제 일처럼 선명하기만 했다.

5

시아버지가 위태로운 숨을 몰아쉬고 있을 그 지방대학병원으로 가는 길은 생각보다 훨씬 멀게 느껴졌다. 겨울의 한가운데를 지나고 있는 오후의 햇빛이 차가운 북풍에 시들어 위태롭게 허공에 걸쳐있는 마른 나무 잔가지 사이에서 가늘게 떨고 있었다. 어차피 한 번은 내처 가봐야 할 걸음이라고 생각했다. 운명의 잔가지 끝에서 떨고 있을 삶의 끝자락을 보는 일이 결코 기꺼운 것은 아니겠지만, 그것을 피해감으로 인해서 져야 하게 될지도 모르는 마음의 빚을 안은 채 살고 싶지는 않았다. 혹시 최악의 경우 남편을 잃거나 헤어지는 날이 오더라도 내 하나밖에 없는 아이한테만큼은 오로지 떳떳한 부모이고 싶었다.

시아버지가 위독하다는 전화는 정오쯤에 남편의 마흔여덟 번째 편지를 받고 나서, 막 시간이 오후로 기울어져 가려는 무렵에 왔다. 시아버지의 용태가 지극히 나빠져 며칠을 못 넘길 것 같다고 의사가 임종을 준비하라는데, 어쩌다 의식이 돌아오면 큰아들인 남편을 찾는다고 전화 속 목소리는 그렇게 말했다. 그러나 그 소식을 듣고도 막상 나는 특별히 놀라거나 당황하지 않았다. 다만 지체하지는 않았을 뿐이었다. 마치 내 것이 아닌 어떤 것이 중간에 멈추어 내게 머무르게 되는 일이 없도록, 단지 주인을 향해 간단없이 흘러가도록 해야 한다는 생각을 놓치지 않으려고 애쓰는 사람처럼 나는 망설이지 않고 곧장 다음 일을 행동으로 옮겼다.

우체국으로 전화를 해서 요양병원의 남편에게 전보를 보내는 한편, 다시 요양병원 간호사실로도 전화를 해서 시아버지의 위독 소식을 그에게 전해달라고 부탁을 했다. 짐작건대 아마도 남편은 그 소식을 듣고도 자기 아버지를 보러 가지 않을 것이다. 그러나 알기는 해야 할 것이라고 나는 생각했다. 평생을 그렇게 살아온 그들 사이에 임종이 무슨 의미가 있을까마는 그 선택은 나의 것이 아니라 그의 몫일 것이기 때문이었다.

다시 당신에게

어머니를 뵈러 갔지만 차마 머리맡에 다가서지 못하고 건너편 병상 곁에 기대서서 지켜만 보고 돌아왔소. 어머니는 통증처치를 받은 그다음 날부터 저렇게 거의 의식이 없으시다오. 그래도 통증 치료 주사를 맞은 그 당일 밤, 그러니까, 뭐가 잘못되었는지 날이 다 새도록 발작을 멈추지 못하던 그 밤에 비하면 이건 비할 데 없이 여간 평화로운 것으로 보이긴 하오. 그러나 저처럼 가사상태의 어머니를 보면 다시 생각해볼수록 고통과 발작으로 이어지는 삶이 좋은 것인지, 상대적으로 평화와 안식일수 있는 죽음이 차라리 나은 것인지 모르겠어서 나는 몹시 혼란스럽소. 뿐만 아니라 저기 저 창백하고 마른 얼굴로 아무 정신 없이 눈 감고 누워있는 어머니가 더 불행한 건지, 병상에 둘러서서 하릴없이 허수아비처럼 지켜만 보고 있는 우리가 더 불행한 건지 그것도 또한 모르겠소.

어쩌다 의식이 돌아와도 사람을 알아보지 못한다고, 아들인 자신조차 알아보지 못한다고, 술 취해 병실로 돌아온 그 '나'가 눈물을 쏟더이다. 그러다가는 또 설움에 겨운 신음소리를 냈소. 아버지는 공교롭게도 어머니가 통증 치료 주사로 밤새 발작을 멈추지 못하던 그 밤에 다녀가셨소. 아버지는 어머니의 그 발작에 몹시 짜증을 내셨소. 그리고는 집안일을 미룰 수 없다고 매정하게 털고 바삐 돌아가 버렸지…. 그 '나'는 또 분개하며 눈물을 흘렸소. 지칠 줄 모르는 통증과 독한 항암치료로 이미 쇠약할 대로 쇠약해진 몸에서 나오는 것이라고는 도저히 믿어지지 않는 그 발작은, 아무리 생각해도 통증 치료 주사의 약 기운 때문으로 보이는데 정작 그 처치를 내린 의사는 속수무책으로 '나 몰라'라 하고 있다고 말이오.

수없이 많은 악마 떼가 화현한 것만 같은 그 악몽의 밤이 지나고 어머니는 탈진되어 피골이 상접한 몸을 병상 위에 아주 부려버렸소. 긴 무의식의 시간이…, 긴 잠의 시간이 끝도 없이 이어지고…, 그러다가 그 사이 좁은 틈새에 기적처럼 잠깐 의식이 돌아오면 어머니는 '집으로 가고 싶다. 집에 가자'라고만 중얼거리다 다시 정신의 끈을 놓아 버리시는구려. 평생을 가사에 매달려 산 것도 모자라 그 와중에도 집을 못 잊는단 말인가….

그러나 아니…, 다시 생각해보면 몹시 집이 그립기도 했을 것 같소. 통증 치료를 위해 잠시 입원한다고 나온 그 길로 영영 집에 못 돌아가시게 되었으니 말이오. 생각해보오. 어머니 당신의 평생을 애착한 그 집이 당자는 얼마나 그리웠겠소. 처음 수술실에 들어가기 전 어머니가 적금통장 비밀번호를 적어 주신 메모를 들고 뒤늦게 눈물짓는 그 '나'를 보며, 나는 좀 더 일찍 그 '나'에게 어머니를 집으로 모시라고 충고하지 못한 것이 막심하게 후회되오. 좀 더 일찍 그 '나'에게 휴직이라도 하고서, 어머니 살아계실 때 병상을 지키는 것이 어떻겠느냐고 조언하지 못한 것이 뼈저리게 억울하오. 그 '나'는 어머니가 남기고 간 수첩에 삐뚤삐뚤한 글씨로 적힌, 장을 본 식품과 물건값이며 라디오에서 들은 살림 아이디어 등을 보고 있었소. 그것을 넘겨다보면서 '왜, 좀 더 일찍, 좀 더 다정하게 어머니를 못대해 드렸을까' 하고 나도 자책할 수밖에 없었다오.

사랑하는 당신이여, 나도 종내는 저렇게 되고 말 것인가. 아니, 불운하면 당신마저도 언젠가는 저렇게 될지도 모르지…. 그날이 내일일지 모레일지 모르나 가능하다면 나는 어머니의 임종을 지키고 싶소. 이 지상 위에서 살아있는 몸을 가진 인연으로 만났다가 그 끈이 다하여 헤어지는 날, 그날의 마지막 고별인사를 진정 놓치지 않고 싶다오. 잘 지내시오. 아마도 다음 편지는 어머니를 보내드린 후가 될지도 모르겠구려.

— 당신의 라훌라 최기복 씀

45

시아버지는 마침내 숨을 거두었다. 연락을 받은 사람들은 남편을 제외하고는 모두 도착하여 병상을 둘러싸고 지켜보는 가운데 그분은 영면에 들었다. 평생을 같이 산 '작은 분'과 그 아들 며느리들이 지켜보는 가운데 이제 하나의 물질로 돌아간 것이다. 내 눈으로 보기에는 삶이 끝난 그분의 얼굴은 겉으로 보기에는 편안한 모습으로 보였다. 그의 법적 장자인 나의 남편만 아니라면 어쩌면 그것은 다복한 한 가정의 평화로운 죽음일지도 몰랐다. 아니, 남편과 시어머니만 아니라면 그 누구라도 이분의 삶과 죽음에 드리워진 그늘을 어둡게 짐작해야 할 이유가 없을 것이었다. 그저 화락하게 살다가 늙고 병들어 죽어간 평범한 노인네의 한 사람일 뿐, 다른 겹말이 붙을 리 없을 것이었다. 생각이 거기에 이르자 시아버지의 삶도 그다지 행복하지 만은 않았을 것이라는 것을 새삼 느낄 수밖에 없었다. 문득 이 노인이 가엾이 여겨졌다. 결국 이렇게 가고마는 것을 무엇 때문에 그토록 혹독하고 매정한 이름으로 시어머니와 남편에게 당신의 기억을 남겨야 했을까.

큰아들인 남편을 마지막으로 보고 싶다고 했다는데 무슨 말을 하려 했을까. 시어머니가 실망하고 서운해했던 것처럼 또 양보하라는 말이었을까, 아니면 미안하다거나 용서하라는 말이었을까. 하지만 내가 병원에 도착했을 때는 이미 혼수상태에 빠져 다시는 의식을 되찾지 못했으므로 그 내용을 알 길은 없었다.

하지만 이제와서 그것이 무엇이었던들 무슨 의미가 있겠는가.

6

집에 돌아오니 남편의 마흔아홉 번째 편지가 도착해 있었다.

마지막으로 당신에게

이번을 마지막으로 나는 이제 당신에게 쓰는 편지를 마감하려 하오. 나의 몸은 더 나빠지고 있는지 혹은 좋아지고 있는지 모르나 마음만은 훨씬 가볍고 상쾌하오. 아마 몸도 더 좋아지고 있을 거라 생각하고 싶소. 여기 의사나 환우들의 말에 따르건대 이때쯤이면 이미 통증이 상당히 심해질 때라는데…, 이상한 일일지 모르지만 별로 통증도 없고 불편도 느끼지 않소. 나의 선택이 현명했던 것인지 아니면 있을 수 있는 개인차의 결과인지는 모르겠소. 그러나 한 가지 분명한 것은 지금 나는 그 어느 때보다도 행복하고 편안하오.

어제 어머니의 장례를 치르고 왔소. '땅땅' 입관 때의 그 차갑고 매정한 나무망치 소리를 내게 남겨 두고 어머니는 차디찬 겨울 땅속으로 들어가셨소. 구덩이 속에 안치된 관 위 붉은 명정 위에 현훈 색실을 던지며, 집사가 '아들 기복이 폐백이오' 하고 외치는 것을 마지막으로 흙을 덮기 시작했소. 사람들은 다투어 삽으로 흙을 떠서 부었고, 그 위에 인부가 떼를 입히자 그것은 봉분이 되었소. 그렇게 해서 어머니는 무덤이 되었다오.

무덤이 된 어머니는 이제 더이상 아버지 때문에 울지 않으실

게요. 정처 없이 아들 따라 타지를 떠돌지 않아도 될 테고…, 울 일도 또한 웃을 일도 없겠지…. 사랑할 일도 괴로워할 일도 그리고 더이상 안타까워할 일도 없을게요. 지난 생이 외롭고 고단했지만 이제 모두 다 지나가 없어져 버린 일이 되었을 테니까.

비로소 나는 어머니를 내 안으로 모시었소. 지금까지 어머니는 나의 밖에 계셨지만 이제부터는 내 안에 계시오. 이제는 서울로 부산으로 또 그 어디로…, 다시는 먼 곳으로 돌아다니며 사시지 않으셔도 된다오. 내 안에 계시는 어머니…, 그 어머니는 더이상 내게 무엇을 요청하지도 않고 나를 꾸짖지도 않겠지만 그러나 항상 내게 말씀하실 거요. 내 아들아 내가 네 안에 있다.

나는 아직 행장을 풀지 않은 채 그대로 서둘러 남편이 있는 한반도의 남쪽 끝, 남해 바다를 마주 보고 있는 요양병원으로 향했다.

녹킹 온 헤븐스도어

1

　나는 조심스럽게 남동생 세준이 남기고 간 랩톱을 열고 스위치에 손을 갖다 댔다. 네일아트를 입힌 손톱 위로 화장대 스탠드의 조명이 한 움큼 떨어져 내려 창백한 빛으로 부서졌다. 낡은 모델의 랩톱은 '위잉~' 하는 구동 음을 내면서 이내 모니터의 화면을 환하게 밝히기 시작했다. 사람은 가고 없는 데 그가 쓰던 랩톱은 여전히 살아서 제 주인의 존재를 고집하고 있었다. 가족들 중 아무도 이 남동생을 일부러 기억하려 하지 않았다. 나조차도 지난밤의 그 꿈이 아니었으면 결코 이 랩톱을 끝내 열어보지 않았을 것이다.

　꿈속에서 남동생과 나를 제외한 가족들은 모두 육지로 떠나는 배 위에 있었다. 황혼녘인지 초저녁 아니면 새벽녘인지 불분명한 노을을 등지고 동생과 나는 섬의 부두에 남겨져 떠나가는 배를 바라보고 있었다. 남동생은 나의 손을 붙들고 있었는데 나는 그런 그의 손을 자꾸 떼어내려고 애를 쓰고 있었다. 동생의 손은 아무 힘도 느껴지지 않는데도 웬일인지 내 손에 척 붙어서 떨어지지를

51

않았다. 나는 울상이 되어있었고 동생은 그런 나를 보며 그저 환하게 웃고 있을 뿐이었다. 그럴수록 나는 점점 더 안간힘을 쓰며 몸을 뒤틀었다. 동생은 이윽고 다른 한 손을 뒤로 가져가더니 이내 나에게 낯선 책 한 권을 집어주었다. 내가 반대편 손으로 그 책을 받아들고 어깨를 들썩여 책을 펼치자 동생은 붙잡은 손을 놓고 물러섰다. 책장 안에는 알 수 없는 문자들로 빽빽했다. 언젠가 명상기도원에서 본 적이 있던 데바나가리 문자 같기도 하고 또는 히브리 문자 같기도 했지만 다시 보면 그것도 아니었다. 문자를 확인하려고 얼굴을 가까이 들이밀자 갑자기 문자가 소용돌이치면서 중심을 향해 빨려 들어가기 시작했다. 그리고는 나까지 그 속으로 빨려 들어가는 느낌에 깜짝 놀라 비명을 지르면서 잠이 깨고 말았다.

명상기도원 '헤븐스도어'의 간판이 떨어져 바닥에 나뒹굴고 있었다. 악몽을 꾸고 난 다음날마다 버릇처럼 찾는 그곳에 오늘 '명상기도'는 없었다. 그저 초겨울의 찬바람만 층계 앞 현관에서 우수수 소리를 냈다. 원장은 보이지 않았고 문은 굳게 잠겨 있었다. 원장의 건장한 어깨를 덮은 긴 머리와 풍성한 수염이 일부러 군데군데 하얗게 염색한 것이라는 것을 그때 우리는 몰랐다. 다만 내가 악몽을 호소했을 때 남동생 세준은 이곳을 내게 알려줬으므로 별다른 생각 없이 이곳을 찾기 시작했을 뿐이었다.

"나도 악몽을 꿔, 자주…. 누나 꿈 비슷한 거지, 그럴 때 거기를 가 원장의 지도를 받으면서 명상에 들어. 그가 이끄는 대로 명상과 기도 과정을 거치면 신기하게도 두통이 사라지고 기분이 가뿐해지지. 그리곤 한동안 악몽도 꾸지 않아."

원장의 방에는 한자도 아니고 알파벳도 아닌 문자들로 된 책이 어지러이 흩어져 있었다. 일부는 서가에 꽂힌 채, 일부는 책상 위에 널린 채 입을 벌리고 있었는데 나는 아무것도 읽을 수 없었다. 책은 기품 있는 하드커버 양장본이었지만 까막눈인 나에게 그것은 그저 흰 것은 종이, 검은 것은 문자일 뿐이었다. 그는 그것을 군데군데 하나씩 들추며 이건 산스크리트어 책, 이건 팔리어 책, 이건 히브리어 책, 이건 헬라어 책이라고 하면서 각기 한 구절씩 원어 발음이라며 읽어주고 그 뜻을 우리말로 옮겨 들려주었다.

그는 인도와 이스라엘에서 공부했으며 카일라스산과 아라라트산에서 수행했다고 했다. 그는 그 모든 것을 편답한 후 귀국하여 명상과 기도를 결합해서 새로운 영적 평화의 경지를 열었다는 것이다. 그것을 그는 '헤븐스도어'라고 말했다.

그의 말에는 우리가 모르는 세계를 자재하게 유영하는 경지가 서려 신비롭고 영험한 기운이 넘쳤고, 그때마다 나는 그를 존경심 가득한 눈으로 올려다보곤 했다. 그럴 때마다 그의 눈빛은 형형했고 목소리는 낮고 울림이 좋아서 나는 그저 알 수 없는 감격에 마음 깊은 곳으로부터 몹시 감격스러워하지 않을 수 없었다.

전화를 걸었다. 신호음만 한참 계속되었을 뿐 연결음은 끝내 떨어지지 않았다. 신호음 끝에 이어진 음성사서함으로 연결한다는 자동응답에 전화를 끊었다. '시크리트가든'이라는 파일명이 랩톱의 모니터 화면에 펼쳐진 문서함의 좌상귀에서 빤히 나를 응시하고 있었다.

'이 모두 지나가리라, 과오와 실패도, 요행 및 성공과 함께 다 쓸려 가리라. 나는 다시 원점에서부터 시작할 것이다. 나는 내 자리로 다시 돌아가리라. 내가 나로 회귀하여 다시 합체하는 날, 나를 떠나간 모든 것들은 다시 내게 돌아올 것이다. 몸 밖에 있는 것들은 본래 고착된 주인이 없는 법이다. 보다 강한 인력에 딸려가고 더욱 강한 중력에 딸려올 뿐이다. 나는 여태껏 거개의 뜻한 바를 기어이 이루어 왔듯이 이번 손실도 반드시 그 잃은 것의 몇 배로 복구해 낼 것이다.'

랩톱 모니터 화면의 활자 위에서 어른거리던 동생의 얼굴이 갑자기 흐릿해지더니 기억의 아득한 레일 위로 사라졌다. 선명히 떠올리려 할수록 그것은 더욱더 몽롱하고 모호해졌다. 나는 호흡을 가다듬고 가뭇없는 기억의 저편으로 사라지는 그의 뒷모습에서 의식의 시선을 거둬들였다.

다시 들여다본 모니터 화면 위에서 짧은 메모들과 '010'으로 시작하는 숫자들이 물끄러미 모니터 밖의 나를 건너다보고 있었다. 짧은 순간의 섬뜩한 느낌이 살짝 지나가고 곧 나른한 피로감이 몰려왔다. 오픈되어 있는 '시크리트가든' 파일을 닫고 마치 오래된 습관이라도 되는 것처럼 무심결에 폴더 안의 다른 파일들을 클릭해 보았다. 하나같이 모두 암호가 설정되어 있는 '시크리트가든' 이외의 파일들은 열리는 대신 클릭할 때마다 '어떤 방법으로도 이 파일을 열 수 없다'고 주의를 환기시켜주었다.

이내 나는 파일을 열려는 시도를 그만두었다. 암호란에 아무 숫자나 입력했다가 지웠다가를 반복하는 일이 무의미하게 느껴졌다. 두 손과 팔에 힘이 모두 빠져나가는 무력감 속에서 이 파일 저 파일을 전전하던 폴더를 닫았다. 그러자 곧 '헤븐스도어'란 폴더명이 모니터 화면 속으로 깜빡 사라져갔다.

다시 전화를 걸었다. 두 번째 번호도 역시 '띠이띠이-' 하는 신호음만 외로이 건너갈 뿐 끝내 연결음은 떨어지지 않았다. 이번에는 '음성사서함-' 어쩌고 하는 녹음이 흘러나오기 전에 먼저 전화를 끊었다. 남동생의 전화번호도 받는 이 없는 신호음으로 아마 이렇게 당분간 수신인이 연결되지 않다가, 마침내는 '없는 번호'라는 통신회사의 자동응답으로 되돌아왔을 것이다. 그러다가 어느 날엔 가는 다른 사람의 번호가 되어 '전화 잘 못 걸었습니다'라는 낯선 목소리로 영영 인연이 단절되어 버렸음을 알려 줄 것이다.

부지부식간에 나는 혼자 나지막이 중얼거리고 있었다.

"구세준, 너는 죽었어도 죽을 수 없어, 자살한 게 아니라는 게 밝혀질 때까지는 말야…."

건전지가 거의 다 닳은 탁상시계가 책상머리에서 째깍째깍 소리를 내고 있었지만, 초침은 힘겹게 제자리에서 끄덕거리고 있을 뿐 숫자판의 한 점조차도 벗어나지 못하고 있었다. 나는 커서를 움직여 '시스템 종료'를 찾아 누르고 랩톱을 닫은 다음 자리에서 일어섰다.

2

"아, 그 참…. 제주 가는 카페리 배 위에서 투신한 것이라니까요. 누가 봤겠어요, 한밤중 갑판에서 어둠을 틈타 혼자 뛰어내린 걸…. 절대로, 내가 보기엔 확실해 보여요. 보세요, 이게 그 현장 사진입니다."

어렵게 만나본 담당 형사의 목소리에서 한 움큼의 피로와 그만한 무게의 짜증이 묻어 나왔다.

"다른 증거는 없나요, 다른 사진이나 영상은…?"

"다른 뭐가 있겠어요? 없어요, 사고 뒤의 이 채증 사진들 밖에는…."

"블랙박스 영상엔 뭐 없었나요, 애가 타고 간 차가 부둣가에 주차되어 있었다면서요?"

"그 차에는 블랙박스가 없었어요, 연식이 오래된 구모델이라서요."

소득 없이 경찰서를 나오자 등줄기에서부터 시작된 피로감이 금세 전신을 엄습해 왔다. 사건 기록에 대한 실망스러운 결과야 아예 예상하지 못한 것은 아니었지만 단지 예상한 것이라고 해서 무력감과 피로감을 속여주진 못했다.

그러나 급격한 피로감은 거기서 온 것만은 아니었다. 아마도 그것은 이제 할 수 없이 만나고 싶지 않은 자를 만나 부탁을 넣는 수밖에 없다는 데서 온 것일 것이었다.

남편으로부터 생활비가 끊긴 지 1년이 채 못 되어 내키지 않는 귀국을 한 이래, 우리는 가급적 서로 상관하지 않고 가능한 한 서로 마주치지 않는 시간을 지내왔다. 별거한 지 10년이 넘어가는 세월이었으니 사실 새삼스러울 것도 없는 '데면데면'이었지만 그러나 그것은 언제나 부자연스럽고 불편한 것일 수밖에 없었다. 생활비야 어차피 아이가 미국에서 고등학교 졸업과 함께 독립할 때까지만 보내기로 합의했던 사항인 데다가, 이미 피차 충분한 심적 거리를 두고 살아온 만큼 그것때문에 불편한 심기가 더 가중되고말고 할 것은 하등 없었다. 단지 그것은, 일테면 오래되고 익숙한 환멸 같은 것일 터이었다.

생각해보건대, 그 환멸의 발자국 소리는 법관 사위를 열망했던 엄마로부터 시작된 것이 아닐 수 없었다. 지극히 세속적 집착을 위해 비싼 값을 치르게 된 것은 비단 물질뿐만이 아니라는 것을 엄마는 그때 미처 알지 못했던 셈이다. 목표를 위해 수단을 무리한 만큼 결과는 외형과 달리 곧 목표를 본질에서 배반하고야 말았다. 딴은 물질적 조건이 필요해서 나한테 온 그나, 예비 법관이란 레테르에 어정쩡하게 타협한 나나, 근본적으로 속물이기는 마찬가지였을 터이니 피차 본색을 드러내고 자기 갈 길을 가게 되는 것은 시간문제에 불과했을 것이었다.

연수원 성적이 그저 그랬던 때문인지 수료 후 원하던 검사 임용 대신 바로 변호사 개업을 했는데 엄마는 그것을 참을 수 없이 애석해 했다. 짐작건대 남달리 아들 둘과 딸 하나를 두었으되 큰아들은 의사요, 작은아들은 회계사로 키웠으니 사위는 법관으로 구색을 맞추고 싶었을 것이다.

"옹서방, 그 화상이 꼭 한 곳이 모자라네. 우리 세몽이나 세준이 같았으면 꼭 뜻대로 이루고야 말았을 텐데…."

"그래도 머리는 좋은 사람이에요."

"머리만 좋아가지고는 안 돼. 어디 한두 놈이야, 머리 좋은 놈들이? 이게 다 그놈이 엄마 없이 커서 그래. 학생 때부터 엄마가 강력히 드라이브를 걸고 억지로라도 독하게 끌어줘야 하는 건데…. 온 에너지를 성적과 공부에만 집중하게끔 말이야. 총소리만 안 나지 세상이 전쟁터라는걸. 눈에 뵈는 칼만 안 들었지 니가 죽냐 내가 사냐 하는 아수라장이라는 걸 새겨 줘야 하는 건데…."

"하지만 성적 말고는 다 엉망이잖아요."

"그런 소리 마라. 성공만 해 봐라, 나머지는 다 따라와. 공부 잘

해서 출세하고 갑부만 되어 봐라, 다 발밑에 와서 굽힌다고. 별의 별 꼴같잖은 위세 떨던 것들도 말야."

"먼저 인간성이 웬만해야죠, 아무리 그래도⋯."

"인간성? 인간성 좋지. 하지만 그게 다 종놈들의 변명이야. 종노릇 하는 주제에 인간성 좋다는 소리 들으면서 남의 봉 노릇이나 하고 바보 취급이나 당하고 살지. 그러면서 정작 지는 이용당하며 사는지도 모르고 인간성 좋다는 말에 그저 헤벌쭉이야. 왜 그렇게 순진하냐, 너는? 니가 그래서 니 오빠나 동생만큼 공부를 못 하는 거야. 내가 뭘 먹고 너를 낳는지 모르것다. 그나마 지지배라서 다행이다마는⋯. 그래, 여자는 시집 잘 가믄 그렇게라도 '반까이'가 되니까."

저 완고한 믿음 앞에 이혼한다고 하면 뭐라고 할까, 엄마의 반응이 궁금했다.

"그러다 이혼하면⋯?"

엄마의 대답은 거침이 없었다.

"돈을 틀어줘어야지, 그러니까⋯. 돈만 확 틀어줘어 봐라, 되레 이혼할까 벌벌 떨 거다. 돈 틀어줄 투자는 부동산이 젤이야. 어떻든 니 이름으로 등기를 해야 해. 학생 때는 공부가 젤이고 사회 나오면 권력과 돈이 제일인데, 큰돈은 능히 권력도 살 수 있어."

3

그를 찾아가는 길은 끊임없이 막혔다. 수많은 차량의 행렬이 끝도 없이 이어져서 지루한 기다림과 굼벵이 걸음을 하염없이 반복하고 있었다.

나는 어느 보통 남자들처럼 아무렇지도 않게 거친 욕지거리를 소리 내어 내뱉지는 않았다. 그러나 차들로 정체된 차창 밖 길바닥 위에는 새된 목소리의 파편들이 들릴 듯 말 듯 난무하며 무질서하게 튀어 오르고 있는 것이 보이는 것만 같았다.

"자살일 리 없어요. 그만한 일로 삶을 포기할 만큼 시시한 사람이 아니라구요. 방법이 없을까요?"

나는 속에서부터 치밀어 오르는 역겨움을 간신히 누르면서 차분한 목소리의 톤을 흐트러뜨리지 않으려고 무척 애를 썼다. 자존심이 구겨지는 것을 무릅쓰고 안부조차 묻고 싶지 않은 허울뿐인 남편에게 부탁해서, 어렵사리 줄을 대어 만난 부장검사 명함을 건네 온 강거래라는 자에게 내 고르지 않은 감정을 드러내 더욱 참담해지고 싶지는 않았기 때문이었다. 나는 할 수 있는 한 최대한의 이성적 냉정함을 유지하면서 그를 통해 조그만 희망이라도 발견해 보고 싶었다.

"흐음…, 이미 종결된 사건이라서요. 어렵겠는데요. 이제 와서 다시 조사한다는 건…, 좀 그렇죠. 사람들이 몰라요, 검사가 지 맘대로 할 수 있는 게 아니랍니다."

식사 끝자리라고는 하지만 그의 목소리는 지나치게 낮고 느릿해서 노골적으로 상대를 내리깔아 보는 듯한 오만함이 뭉텅 묻어나왔다. 게다가 이따금씩 나와 남편을 번갈아 보는 눈빛에는 육식동물적인 탐색의 번뜩임에 먹잇감을 느긋하게 즐기는 느끼함까지 군데군데 교묘히 섞여 있어, 동생 일만 아니라면 당장에 자리를 박차고 일어서 버리고 싶었다. 남편 옹가를 통한 일이 '그러면 그렇지'라는 낭패감과 함께, 오래되어 익숙한 환멸감이 자제력의 한계 근처까지 밀려 올라왔다. 옹가도 자기 의뢰인들을 내심 저렇듯 한심한 그러나 반가운 먹잇감으로 여기면서, 다른 한편으로는 그들을 상대로 권위적인 우월감을 즐기고 있었을 것임에 틀림없을 것이라는 생각이 들면서 그 환멸감은 더욱 격하게 증폭되었다. 그러나 나는 그 위에 일렁이는 동생의 얼굴을 애써 겹쳐 보면서 간신히 턱밑에까지 치밀어 오른 그 충동을 누르고 다음 말을 이어냈다.

"그러나 만약 자살이 아니라면 말예요. 자살이 아니라면 그건 곧 타살⋯, 즉 살인 사건이 되는 거잖아요? 그럼 안 되는 거 아니에요, 그냥 넘어가면?"

그는 다시 한번 거리감 있는 시선으로 나를 건네 본 다음 등받이로 몸을 젖히면서 단호한 목소리로 내 말을 잘랐다.

"물증이 있어야지요. 그럼, 증거를 가져오세요. 막연한 가정은 안 됩니다."

눈앞이 아득해지면서 마음에 굵고 묵직한 절망이 덮어왔다. 그러나 나는 의식의 침착을 잃지 않기 위해, 마치 궁여지책이라도 되는 양 얼른 옹가 쪽으로 눈길을 옮겼다. 그는 진즉부터 나를 보고 있었던 듯, 순간 서로 눈이 마주쳤고 그는 얼른 시선을 거둬들이면서 그 순간까지 그의 얼굴에 그리고 있었을, 그것 보라는 듯이 이죽거리는 듯한 표정을 창가 쪽으로 돌리는 것이 보였다.

강거래 검사는 그것이 마치 혼잣말이거나 지나가는 말인 것처럼 탁하고 낮은 목소리로 중얼거리듯 말했다.

"증거로 말한다고 하지요. 그런데 그게 다시 말하면 이렇습니다. 사실, 서류와 결과가 말하는 겁니다, 법은 말이죠. 서류와 결과가 자살이라면 자살인 거죠."

4

"뭐 하고 있었어요, 왜 그렇게 문을 빨리 안 열어주고? 또 음악 소리는 왜 이렇게 시끄러워요?"

오라비 구세몽의 좁고 낡은 아파트 현관에 들어서자마자 나는 짜증이 탁탁 튀는 목소리로 다그치듯 말했다. 문을 열자마자 시끄러운 음악 소리가 청각을 두드리듯 바깥을 향해 덮쳐왔기 때문이었다. 그것은 마치 지붕 위에 고여 있던 홍수 때의 흙탕물이 천장이 터지자 쏟아져 내리듯 일거에 왕창 밀려왔다.

"뭐하러 와서 그래. 누가 너보고 여기 오라든?"

그는 마지못해 문을 열어준 모습이 역력했다. 주방의 구식 식탁 의자 모퉁이에 무너지듯 털썩 걸터앉으며 잠옷 주머니에서 담배를 꺼내 물었다. 그와 함께 나온 역한 알코올 찌꺼기 냄새가 훅하고 얼굴에 끼쳐 오는 통에 나는 무의식적으로 코를 싸쥐며 반쯤 고개를 돌려야 했다.

"금방도 문 앞에 경비가 다녀갔어요. 이웃들이 난리래요. 웬 음악은 그리 크게 틀고…. 그리고 왜 그렇게 툭하면 싸우는 소리를 크게 내서 원성을 사는 거예요? 주민들이 경찰에 신고하면 어쩌려고?"

방금만 해도 그랬다. 대체로 한두 번 초인종을 눌러서는 좀처럼 열리지 않는 이 낡은 아파트의 현관문이 열리기를 기다리며 출입문 앞에서 거듭 벨을 누르고 있는데, 엘리베이터실 쪽에서 복도를 걸어 경비원이 다가왔다. 그는 이 집 사람과 어떻게 되느냐고 묻고 동생이라는 내 대답에, 그렇다면 '이 말'을 제발 좀 꼭 전해달라고 간절하게 내게 부탁을 했다. 아랫집 윗집 옆집 할 것 없이 매번 경비실에 불평을 해서 죽을 지경이라는 것이었다. 이웃을 아랑곳하지 않고 크게 음악을 틀고 큰 소리로 여자와 싸우는 소음을 내는데, 밤낮을 가리지 않으니 견딜 수가 없다고 폭발 일보 직전이라는 말이었다. 자기는 물론 당사자 주민들까지 직접 여러 차례 얘기를 했는데도 소용이 없으니 조만간 무슨 불상사가 날까 그것이 걱정이라고 했다.

조금 전의 이 상황을 간추려서 조곤조곤 그에게 자초지종으로 이 이야기를 전해 줄까 하고 있는데 그가 먼저 버럭 언성을 높였다.

"신고하라고 그래라! 경찰? 경찰 좋아하네. 누가 무서워할 줄 알고!"

나는 곧 공연히 내 용건도 아닌 것으로 그를 격앙시킬 것은 없다는 생각에 경비원 말은 꿀꺽 삼켜버리고 말았다. 그리고는 잠시 호흡을 가다듬은 다음, 먼저 전화 불통에 대한 질문부터 꺼냈다.

"그건 그렇고, 왜 내 전화는 안 받아요, 그렇게?"

그는 매우 귀찮다는 듯이 나를 향해 손을 내저었다.

"싫어한다고 했잖아. 내가 이미, 전화하지 말라고. 좋은 일이 없어 전화라는 게. 구십구 프로 나쁜 소식이지. 귀찮은 일이거나….."

"부임하라는 전화일 수도 있잖아요. 여러 종합병원들에 이력서 보낸 거?"

"안 간다. 모셔간대도…. 내가 미쳤냐, 즈그들 밑에서 월급쟁이 돌팔이 노릇 하게? 어림없지. 쉬어 볼란다, 나도 좀. 이제."

바닥까지 떨어지고서도 자존심은 살아서 마음에 없는 말을 하는 것이라고 지레짐작을 하지만, 혹시 그게 아닐지도 모른다는 생각도 아주 지워지지는 않았다. 노상 술에 젖어 지내는 것을 보면 혹시라도 정말 의욕과 능력을 동시에 잃어버린 것은 아닌지 하는 생각도 언뜻언뜻 들고, 그럴 때마다 설명할 수 없는 두려운 마음 같은 것이 얼핏 몸서리를 치게 만들었던 것이다.

"좀 쉬어도 좋은데…, 그전에 술이나 좀 줄여요. 병원 좀 걷어치운 게 그렇게 힘들어요? 그러려면 애초에 개업을 말던가, 아니면 부도나기 전에 미리미리 좀 잘 하던가…."

입에서 나오는 대로 쏘아붙이다 보니 말을 그렇게 해버리게 되고 말았지만, 하긴 그의 주벽이 개인병원을 걷어치운 뒤에 생긴 것이 아니라는 것은 나도 익히 잘 아는 바이었다. 인과 관계로 치면 오히려 술이 먼저고 병원 폐업이 나중이다. 그리고 강남 개업 건만 하더라도 엄마와의 합작품이니 그만을 나무랄 일은 아니었다. 일정 수준에 대한 엄마의 강렬하기 그지없는 집착과 부추김에 그의 부박한 물욕과 허영심이 무리수를 감행한 결과가 그것일 것이었다. 지방 의대 출신으로 거액의 대출까지 받아 가면서 무리하게 강남에 클리닉을 개업했다가 폭삭 주저앉아 빚만 안고 손 탈탈 털고 나오게 된 것이니, 반은 그 자신의 책임이되 반은 엄마를 향한 원망의 몫이기도 할 터이었다. 딴은 억울한 면이 없지는 않다는 것이다.

그러나 그렇다고 해도 그것이 그에게 향후 하등의 무슨 도움이 될 것인가. 그러니만큼 빨리 털어버리고 나와야 할 텐데 그는 만사 불식, 요령부득으로 저러고있는 것이다. 그러한 까닭에 나는 그가 되레 그것을 빌미 삼아 자학을 즐기고 있는 것이 아닌가 생각하게 되고, 그만큼 내 눈에 비치는 그의 지금의 행태는 어디까지가 진심인지 작히 의심스러워 보이기까지 하였다.

그러나 다시 생각하건대, 한심스러운 나의 상황보다 한결 더 한

심스러워 보이는 그의 모습이 단지 그만의 것일까라는 데에 생각이 이르자 나는 급격히 우울해졌다. 아직도 한편으로 엄마를 원망하면서도 다른 한편으로는 아직도 엄마에게 기대면서 그렇게 엄마를 거스르지 못하는 그의 모습은 바로 다름 아닌 나를 포함한 우리 형제들의 자화상이 아니던가. 그 단적인 결과가 세준의 죽음으로 나타난 것은 아닌가, 그런 생각이 들자 나는 섬찟 온몸에 소름이 돋는 것을 느꼈다.

"너 어서 가라. 그딴 말 하러 왔니, 겨우? 다른 할 말 없으면 어서 가!"

순간, 그가 빈 그릇들이 어질러진 식탁 위 주발 위에 거칠게 담뱃불을 비벼 끄면서 소리치듯 말했다. 그 통에 나는 다기하게 멸렬해가는 상념에서 벗어나 번쩍 잡념 전의 정신을 되찾았다. 시선을 들자 식탁 위의 백색 전등 빛이 식탁 유리 위에 쨍하고 반사되어 그와 나 사이의 공간을 보이지 않는 아득한 격벽으로 채워 놓고 있는 것만 같았다. 나를 응시하는 그의 안경의 번뜩임 위로 나는 순간 세준의 얼굴이 겹쳐지는 것을 보았다.

"자살이 아닌 것 같아, 더 알아보고 싶은데. 뭔가 더 아는 거 없어, 오빠는? 왜 그…, 오빠하고는 한때 투자도 같이 했으니 뭐든…"

"왜 그러니, 너? 다 끝난 일, 이미 지난 일을…. 이제 와서 뭘 어쩌겠다는 거야, 다시 들쑤셔서?"

"걔 노트북을 봤어. 자살할 얘가 아냐, 거기 걔가 한 메모도 그렇고….”

“뭐야, 노트북이라구? 세준이 거? 그게 왜 너한테 있어?”

내 대답이 나오기도 전에, 그는 그렇게 물은 뒤 곧장 순간적으로 얼굴을 일그러뜨리면서 기괴한 표정을 지었다. 그 표정은 너무나 미묘해서 적대감을 띤 것 같기도 하고 놀란 것 같기도 하며 노기를 띤 것 같기도 한 건가 하면, 또 슬픔에 젖은 것 같기도 해서 뭐라 딱히 하나로 파악할 수 없는 것이었다.

나는 순간 익숙한 기시감에 부르르 몸을 떨었다. 저 표정을 본 적이 있었다. 그것은 엄마가 침이 마르게 '아들 자랑, 돈 자랑'을 해대던, 그래서 내가 한사코 엄마와 동행하기를 싫어했던, 아마도 그 무렵이었을 것이다.

'우리 막내 세준이가 본업인 회계사무소 일 말고도 증권 투자, 그것도 그 어렵다는 선물 투자로 큰돈을 벌었다'고 엄마는 일가친척이며 이웃 지인들을 만날 때마다 신명 나게 떠벌이던 그때였다.

나는 그때 할 수만 있다면 옹가의 경제적 지원을 더이상 받고 싶지 않다는 생각에 빠져 있었다. 아이를 미국의 초등학교에 입학시키고 내가 거기 따라가면서 시작된 그 경제적 지원이라는 것은, 기실 나에 대한 지원이라기보다 제 아들의 학비 지원이라는 성격이 강했지만, 민법상 부부일 뿐 마음과 몸이 이미 모두 갈라선지 오래된 마당에는 그러한 명분조차도 허울 좋은 그의 기만적 술수 내지는 그의 입장에 더 유리한 매우 불공평한 형태라는 생각을 나는 끝내 불식시킬 수 없었다. 왜냐하면 그것은 재산 분할을 통하면 엄연히 내 것에서 덜어 쓰는 것일 것을, 마치 무슨 시혜나 받는 것처럼 그런 식으로 매달 받아쓰는 형태로 주객을 전도시킨 것이었기 때문이었다. 이건 뭐 '내 것 주고 빌어먹는다'라는 시쳇말이 딱 들어맞는 상황으로 내게 여겨질 뿐이었다.

"세준아, 네가 좀 도와줘. 재산 분할 완료되면 이자까지 계산해서 갚아줄게, 그때까지만….'

"왜, 이혼해서 뭐 하려고? 지금이 더 좋잖아? 자유롭게 마음대로 살면서도 남 보기 좋게 변호사 사모님 자리 유지하고 말이지."

"자존심이 상해서 그래.'

"자존심? 이혼하면 더 상할 텐데…. 그리고 말이 나왔으니 말인데, 재산 분할은 지금 할 때가 아냐. 자형 재산이 지금 급속히 늘고 있는 중이니까, 하더라도 좀 기다렸다 해.'

"여유가 없니? 엄마 말로는 니가 크게 성공을 거두고 있다던데, 지금…?'

"그런 게 아니라, 지금 정점을 앞두고 있어서 그래. 곧 잭팟이 쏟아질 텐데, 수익을 최대화할 거야. 나 이번 기회에…. 두고 보라구. 수십 배로 만회하고야 말 테니까….'

그때 나는 세준에게서 그 기괴한 표정을 보았다. 엄마가 말하지 않은 것이 있는지도 모른다는 생각을 했다. 그러나 그때만 해도 나는 그때가 마침맞게 오라비 세몽이 거액을 들여 무리하게 강남에 개업을 하던 그 시점이라는 데까지 생각이 미치지는 못했다. 다만 나는 그날 세준과의 짧은 실망과 긴 연민의 대화 끝에 그가 예상하는 소위 그 정점을 앞두고 뭔가 심상치 않다는 기미를 느꼈을 따름이었다. 그는 긴 대화 끄트머리에 가서는 내가 짐작하던 것보다 훨씬 더 심각하게 심신이 긴장해 있음을 내비쳤다. 그만의 어떤 이유로 스스로 엄폐해 놓은 일정 부분이 부지 부식 간에 삐져나와 내게 모습을 드러낸 것이었다.

"가능하기는 한 거야? 그러다 쪽박조차 깨먹는 건 아니겠지, 그거? 괜히 몸 버려가며 헛고생만 하는 거 아니냐구?"

"못 믿겠지. 그럴 수 있어 누나는…. 걸린 게 없으니까. 하지만 믿지 않을 수 없는 사람이 있지."

"믿지 않을 수 없는 사람이라니?"

"사람은 믿고 싶은 것을 믿어. 특히 거기에 자신의 손익과 흥망 생사가 달려 있으면 더욱…."

"너 혹시, 엄마와 오빠를 말하는 거야?"

"내 말은…, 누나와 내가 손익을 공유하지 않는다는 뜻이야."

"아냐, 널 못 믿는 건 아냐. 난 단지 그 투자란 걸 못 믿는 거지. 변수가 많으니까…. 마음의 마루 밑에는 항상 불안이라는 게 웅크리고 있지 않니? 인간은 내일 일을 몰라."

"사실은 나도 불안하지 않은 건 아냐. 하지만 손 놓고 보고만 있을 순 없어. 눈앞에 가능성이 보이니까. 그리고 다른 무엇보다도…. 이대로 따라지 인생으로 살 순 없어."

"따라지라구? 회계사도 따라지니, 니 기준에는?"

"구멍가게 회계사나 월급쟁이 회계사나 따라지이긴 마찬가지…. 그게 그거지."

"너 그거 외숙 때문에 그러는 거야? 너도 엄마를 닮아가는 거니?"

"넘어서진 못 하더라도 무시당하는 수준은 벗어나야지."

"그런 생각 하지 마. 외숙은 우리와 달라. 밑바닥에서부터 숱한 고생이며 남 못할 일도 많이 하면서 자수성가 한 점도 그렇지만, 결정적인 건 시대를 잘 만났다는 거지. 근데 그런 시대가 아냐, 지금은!"

외숙은 건설 노동자 막일꾼으로 시작을 해서 60~70년대 집 장사를 거쳐 80~90년대 아파트 건설로 준재벌의 자리에 오른 입지전적인 사람이었다. 형제간에는 퍽 인색하고 야박해서 특히 엄마에게 절치부심 자식 교육에 '목숨'을 걸게 만든 사람 중의 하나이기도 하였다. 주위들은 이야기로 판단하건대 외숙 탓만 할 계제가 아니긴 했다. 옛날 한때, 공무원의 아내로 나름 안정된 생활을 하던 엄마는 떠돌이 건설 노동자로 어려운 생활을 하던 외숙에게 지금의 외숙 못지않게 인색하고 야박했다고 하니, 피장파장 준 대로 받고 받은 대로 준 것이라고 할밖에 없었다.

그러나 엄마에게는 그것이 새로운 각오와 결의로 더 높은 목표를 향해 일로 매진해야 하는 이유가 된 것이니, 내가 보기에 그것은 마치 맹수에게 굶주림의 기회를 준 거나 마찬가지로 보였다. 하긴 엄마도 할 말은 있을 것이었다. 말이 안정된 생활이지 '혼자 버는' 말단 공무원의 아내로 자신의 아이 셋을 공부시키기도 허리가 휘는 형편이었을 테니, 다른 형제자매들을 챙겨 줄 여력이 있을 리 없었을 것이다.

　　"시대가 다르지만 본질은 같아. 상황이 다르니 방법이 다를 뿐이지."

　　세준은 짧은 한숨을 긴 호흡으로 밀어내기라도 하려는 듯 날숨을 길게 끌며 낮은 목소리로 말했다. 나는 오래전 아버지가 생전에 언젠가 엄마에게 했던 말이 생각났다. 나도 모르게 그에게 그 말을 하고 있었다.

　　"나 잘 모르지만…, 이건 알아. 큰 부자는 권력과 같은 거야, 하늘이 내는 거지. 제 분수가 아닌 걸 억지로 욕심내다 간 죽어…. 유사 이래 인류의 비극적 죽음의 반 이상은 물욕 때문이야."

　　"알아. 무슨 말을 하려고 하는지는 알겠는데…, 지금 나는 혁명 전쟁을 하고 있는게 아냐. 내가 하고 있는 건 오히려 그 반대지. 투자는 과학이야. 먼저 펀더멘탈을 보고 표적을 골라. 그리곤 들어가서 기미를 기다리지. 바람결에 표적의 냄새가 희미하게 실려 와, 그 미세한 움직임이 감지되면 사냥감인지 사냥꾼인지를 판단해야 돼. 표적이 움직이면 이제 내가 선제적 반응을 할 차례야. 이 리액션이 천당과 지옥을 좌우하지. 순간 포착과 한 스텝 앞서는 기민한 선택, 시황 변화 속에 감춰져 있는 병력 전개를 꿰뚫어 보고 험지에 미리 매복해 있다가 일거에 치는 거지."

"꼭 그걸 해야 하니? 회계사 일만으로도 충분하지 않아? 경제적 수입이?"

"바닥 밑에 지하실이…, 그 지하실 밑에 또 지하실이…, 그런 걸 몇 번 경험하다 보면 투자라는 게 그래. 자신도 모르는 사이 불가피한 곳에 있게 되지. 달리 어떻게 해볼 수 없는 자리, 그래서 되돌아가기엔 이미 너무 멀리 와버린…."

"하기야…, 네가 어련히 알아서 잘하고 있겠니. 넌 천재니까…. 난 널 믿어."

일찍이 소싯적엔 고입 연합고사에서 수석을 했고 대입에서는 S대 공대를 차석으로 들어간 수재. 그걸로 성이 안차서 휴학을 하고 CPA에 도전해서 몇 번의 응시 끝에 마침내 합격을 거머쥔…, 그런 그가 이제 바야흐로 그 모든 굽이친 역정의 궁극적 종착지이자 완결판이라 할 수 있는 갑부에의 꿈을 실현하는 고비에 서 있는 것이었다.

그가 짧은 한숨을 내뿜고 지나가는 말처럼 중얼거렸다.

"엄마가 그 대학을 그토록 절절하게 염원하지만 않았더라면…. 아마, 내가 공대를 가는 일은 없었겠지?"

"하긴, 나도 가끔 그 생각을 해. 네가 한때 미대를 가고 싶다고 했었지. 그랬으면 어떻게 되었을까, 지금?"

"지지리도 가난하게 궁상을 떨고 있겠지. 잘 되었어야 어디 시골 중학교 미술 선생이나 하고 있었을까 몰라. 그것도 바늘구멍이었겠지만…."

"그럼, 그림은 이제는 아주 접어버린 거니?"

"아냐. 가끔 그려 지금도…. 그리지 않고는 견딜 수 없을 때. 그리고는 꿈을 꾸지, 지금 하는 이 일에 성공해서 그림만 그리면서 사는 꿈…."

"불행하구나, 너나 나나…."

"그렇지 않아. 그러나 그런 생각이 드는 때는 있지. 그런 생각에 죽을 것 같을 때. 나는 가끔 약을 해. 그렇지 않고는 이 일을 못해. 재미있는 일이 아니거든. 트레이더 일을 하는 내 친구들 중에는 이일이 정말 재미있다는 놈도 있긴 하지만…."

나는 매우 놀랐지만 애써 태연을 가장했다. 그 가장된 태연의 연장선 속에서, 이내 '약을 하니까 일을 못 하지'라고 말하고 싶었지만 바로 그만두었다. 대신 낮은 목소리로 당연하다는 듯이 물었다.

"감옥 가는 약은 아니겠지?"

"물론이지, 법에 걸리지 않는 게 있어. 형을 통해 구하지."

세준은 오라비 세몽과 달리 술을 못 마시는 체질이니 스트레스가 극심하면 달리 그것을 풀어줄 만한 방법이 없을 것이다. 그러나 꼭 그렇게 살아야 하며, 꼭 그런 식으로라도 그걸 풀어야만 하는 것일까 하는 데 생각이 이르자 나는 마음이 매우 복잡해졌다.

몹시 착잡한 기분으로 오라비 세몽의 집을 나섰을 때 거리에는 어느덧 밤이 찾아와 있었다. 가로등이 드문드문한 이면도로 위로 싸락눈이 이리저리 흩날렸다. 눈의 입자들은 도시를 떠도는 차가운 바람에 맞아 노면에 닿기도 전에 공중에서 웅웅 우는소리를 내며 그저 어둠 속의 무로 흩어져 갔다.

5

바다는 흐려서 수평선은 보이지 않았다. 이곳 서해 바다 무진포의 겨울 날씨가 항용 그러하듯이 하늘과 바다는 시야 밖 얼마쯤에서 서로 몽롱하게 이어져있어, 한없이 흐린 저 안갯속으로 걸어 들어가다 보면 뿌옇게 보이지 않는 하늘 어디쯤으로 오를 수 있을 것만 같았다. 북서쪽 바다 너머로부터 살을 에이듯 불어오는 겨울바람과 때때로의 폭설은 이곳 무진포의 말하자면 트레이드마크 같은 것이었는데, 눈도 없이 찬바람만 빈 하늘가를 휘젓고 있는 해안과 포구의 모습은 살풍경하고 을씨년스럽기 그지없었다. 돌아가신 아버지의 고향이 아니라면 어디 있는지도 몰랐을 궁벽한 곳이었다. 그 궁벽하고 한적한 포구는 흐린 겨울 아래 낮게 엎드려 불어오는 겨울바람에 그저 낮게 엎드려 있었다.

　나는 그 유서라는 것조차도 믿을 수 없었지만, 그들 말에 의하면 세준은 유서에서 '흔적 없이 심해 수심 속으로 사라져 버렸으면 좋겠지만, 혹시라도 시신을 발견하게 되면 화장해서 이곳 바다에 유골을 뿌려달라'고 했다고 한다. 그의 아내, 정확히 말하면 이혼한 그의 전처 혜정이 그의 유언대로 이곳에 그의 분쇄된 유골 가루를 뿌렸다는데 그 지점이 정확히 어디쯤인지는 알 수 없었다. 나는 동행한 혜정에게 그 정확한 위치를 묻지 않았고 그녀도 딱히 내게 그것을 말해주지 않았다. 알고 싶지 않다기보다는 그 위치가 어디가 되었든 또는 그것을 알든 모르든 그것이 별 의미가 없다고 생각했기 때문이었다.

　'세준아, 잘 가…. 아무래도 나는 너를 그냥 이렇게 보내야 할 것 같구나….'

　회색 바다의 중간쯤을 보면서 나는 혼자 중얼거리듯 말했다. 경계가 보이지 않는 바다를 더 바라보지 못하고 걸음을 옮기자 선창이 있는 방파제 쪽까지 주욱 이어진 모래사장이 밟을 때마다 발밑에서 사각사각 속삭거리는 소리를 냈다.

　'그래, 그래, 누나도 쓸데없는 건 빨리 잊고 잘 살아야지….'

　일리노이의 한 대학에 진학한 아이가 작은 사고를 친 일 때문에 다시 미국에 들렀을 때 그 일이 벌어져 사후에야 나는 그 소식을 듣게 되었다. 그 때문은 아니었지만 귀국한 뒤늦은 발걸음을 했다는 것이 죄스럽지는 않았다. 다만 불분명한 상황을 그대로 덮고 이 미진함으로부터 그를 이별해 내야 한다는 허망한 사실이 주는 무력감이 나로 하여금 그의 마지막 흔적이라도 더듬어보지 않을 수 없게 했다. 마음에 걸려있는 채로 다 떼어내지 못한 자책감 같은 것이 나의 발걸음을 아무것도 없는 이 바닷가로 이끌어 냈던 것이다. 이 겨울날의 무진포행은 내 마음으로부터 그를 떠나보내기 위한 최소한의 예의이자 의식으로, 일테면 자기 위안을 위한 통과의례 같은 것일 터이었다.

"시골 교회 목사였던 아버지는 오빠와 세준이가 좋은 목회자가 되기를 바랐어. 그래서 이름도 그렇게 지은 거지."

"……."

혜정은 아무 대꾸 없이 숙이고 있던 고개를 들어 먼바다를 향해 시선을 돌렸다. 내가 출발 전에 전화로 동행했으면 할 때는 싫다고 하더니 결국 여기서 다시 만난 그녀는 시종일관 창백한 얼굴로 별다른 표정이 없이 앞뒤 좌우로 걸음만 자박자박 옮기며 제자리를 맴돌고 있을 뿐이었다.

"세상을 구하는 꿈을 갖고, 그리고 그 꿈을 실현하는 준걸이 되라는 뜻이었대. 하지만 세상을 구하기는커녕…, 세상이 그를 삼켜버렸어."

혜정은 그 말을 듣자 내게로 고개를 돌리고 낮게 가라앉은 목소리로 천천히 말했다.

"세상이 아니라 가족들이 삼킨 거죠."

"가족이라구?"

"물론 저를 포함해서요."

나는 한 번 깊은숨을 내쉬고 나서 잠시 호흡을 멈추었다가 바람을 피해 코트 깃을 올려 한쪽 얼굴을 가리면서 말했다.

"자책하지 말어. 그렇다고 해도, 결국은 세상이 가족을 삼킨 거지 자기 탓이 아니야."

"부채 때문에 이혼하자고 했을 때 그때 잘못했어요. 제가 그렇게 하지 않았어야 하는 건데."

나는 잠시 그녀를 바라보았다. 세준이 빚에 몰리자 궁여지책으로 그의 '아이 둘과 아내라도 살리기 위해서'라며 이혼을 결정했을 때, 내가 그녀였다면 어떻게 했을까? 나라도 그렇게 하지 않을 수 없었을 것이다. 그것이 위장 이혼이든 진짜 이혼이든 이혼하지 않았을 때의 상황과 결과는 말할 수 없이 더 참혹한 것이었을 테니까. 그것은 당시 바로 그들이 당면한 피할 수 없는 엄혹한 목전의 현실이었다.

"하지만 달라진 건 없었을 거야. 결국 그 선택이 어느 쪽이었든 그 끝은 마찬가지로 이렇게 됐을 테니까."

"노트북을 괜히 드렸나 봐요. 그냥 제가 갖고 있든지, 제가 알아서 버리든지 할걸."

"아냐. 그렇지 않아. 덕분에 조금이라도 마음의 빚을 덜어낸 기분이야."

"……."

"고마워. 올케 덕에 이렇게라도 보낼 수 있게 되네."

슬프지도 않은데 공연히 목이 메어 말꼬리를 흐리고 말았다. 그녀는 잠시 망설이는 듯한 표정을 짓다가 이윽고 쭈뼛쭈뼛 내게 휴대용 메모리카드 하나를 내밀었다.

"사실은 이걸 드리려고요. 그냥 버릴까 하다가….."

"응, 고마워. 이젠 필요도 없겠지만….."

나도 모르게 덧붙어 따라 나온 말 때문인지 그녀는 다소 당혹한 표정에 어색한 웃음을 섞어 한마디를 덧붙였다.

"어디서 이게 또 뒤늦게 나왔네요. 노트북 보내드리면서 지난번까지 유품은 다 없앤 줄 알았는데, 근데 이것도 안에 파일마다 비번이 걸려 있어요. 하지만 비번을 안다 해도 저는 더이상 열어보고 싶지도 않아요. 의심을 갖고 뭘 알아낸다고 해도 그래 봐야 뭘하겠어요. 사람이 이미 가버리고 없는데, 마음을 정리한 마당에 뭘 더 알아봐야 남은 삶에 짐만 되겠죠. 그리고 그래 봐야 더 알 수도 없겠지만…."

그리고는 내 표정을 살핀 뒤 조심스럽게 다시 말했다.

"저, 그리고요. 무혐의로 풀려나왔다고 하네요, 그 기도원 원장. 애 아빠가 가입된 자살카페 운영자이긴 했지만 자기는 자살을 예방하고 명상기도를 통해 참 삶으로 인도하기 위해서 그 카페를 운

영했다고 주장한다는군요. 아무튼 증거가 없어서 그렇대요. 몇몇 카페 회원들과 함께 제주 카페리에 동승한 것까지는 확인이 되었지만 딱 거기까지 뿐인가 봐요. 형님도 한때 그 기도원에 같이 다니셨으니 알고 계시는 게 좋을 것 같아서요."

나는 그녀가 이제 세준에 관한 한 모든 것을 버리려 한다는 것을 알 것 같았다. 내가 망연해 하는 사이 그녀가 마지막 한 마디를 더 남겼다.

"이제 저도 아이들과 제 길을 가야죠."

나는 마치 무거운 쇠망치로 머리를 한 대 호되게 얻어맞은 것 같은 충격을 느꼈지만 애써 내색하지는 않았다. 잿빛 하늘과 회색 바다를 일망무제로 헤치고 마침내 뭍 위에 상륙한 바람이 여전히 낮게 웅웅거리는 소리를 내며 칼끝같이 날카롭게 옷깃을 파고들었다.

6

그 밤 나는 또 악몽에 시달렸다. 무슨 일인지 어떤 사람들인지 알 수 없었지만, 수많은 사람들과 함께 묶여서 처형을 기다리는 꿈이었다. 영문도 알 수 없는 후회를 수없이 했다. 불안과 공포와 고통이 불길처럼 휘몰아쳐 차라리 빨리 처형이 끝나서 의식조차 아무것도 남지 않고 모조리 없어지기를 간절히 원했다. 위치를 알 수 없는 외딴섬의 방파제 위에서 군인인지 경찰인지 알 수 없는 사람들이 빙 둘러싸고 있는 가운데 간간이 총소리가 나고 바다 위로 뭔가가 하나씩 풍덩 풍덩 소리를 내며 떨어져 내렸다. 사람들이 웅성이는데 그때 구급차 한 대가 오고 무엇인가가 흰 천에 싸여 구급차에 실리는 것을 보면서 조금이라도 가까이 다가가 그것을 자세히 확인하려다가 선뜩 잠을 깨었다.

다음날 내가 명상기도원 '헤븐스도어'에 다시 간 것은 예전처럼 악몽 때문이 아니었다. 악몽 때문에 잠을 설치지 않은 것은 아니었지만 정작 잠을 못 잔 것은 올케가 건네준 그 메모리 카드 때문이었다. 그 메모리카드를 랩톱에 꽂고 폴더를 열어보았으나 '헤븐스도어'란 랩톱 안의 것과 같은 이름의 폴더명만 뜰뿐 파일은 예외 없이 비번이 걸려 있어 하나도 열리지 않았다. 올케에게 전화를 해서 비번이 될 만한 숫자를 수십 개 얻어다가 넣어보고, 내 머리가 허용하는 한 많은 경우의 숫자를 찾아 입력해 보았으나 허사였다. 마지막으로 원장을 다그치는 수밖에 없다고 생각했다.

"세준 씨는 이미 여러 자살카페에 가입해 있었습니다. 그걸 내게 고백했죠, 내 앞에서의 명상기도 중에요."

원장은 담담한 목소리로 차분하게 말했다. 다소 격앙된 내 모습에 비해 그는 매우 침착한 태도였는데, 그것이 느물느물하고 뻔뻔스러운 속인의 천성에서 온 것인지 평화롭고 관조적인 도인의 경지에서 온 것인지 그 경계를 쉬이 분간할 수 없었다.

지난번에 왔을 때 떨어져 바닥에 나뒹굴던 간판은 어디로 사라졌는지 보이지 않았으나 현관과 실내는 생각보다 깔끔하게 잘 정리되어 있었다. 창을 가린 두꺼운 두 겹의 커튼으로 인해 바깥의 빛은 거의 새어 들어오지 않았으나 간접조명으로 밝힌 실내의 전등 빛은 그의 등 뒤에서 매우 부드럽고 은은하게 그의 후광을 만들어 주었다.

"그는 이미 한 번 자살 기도를 했었습니다, 딴 자살카페 회원들과요. 그걸 내가 이끈 그의 명상기도를 통해 알아냈습니다. 그리고 바로 선제적 조치를 하여 그의 결행을 막고 그들을 구해냈지요. 그리고는 그 사건 이후 이래선 안 되겠다 싶어서 내가 따로 자살카페를 만들어 그들을 모아들인 겁니다."

"……."

"제주도 카페리 건도 그래요. 명상과 기도가 결합함으로써 최상의 평화로운 경지를 얻듯이, 산 기운과 바다 기운이 동시에 함께 충만한 곳에서 최고의 기운을 얻어 새 삶을 찾는 원동력으로 삼기 위해 한라산행을 선택한 것입니다."

웬일인지 나는 아무 말도 못 하고 있었다. 수많은 할 말들이 머리에서 맴돌고 입안에서 좌충우돌하건만 입 밖으로는 한 마디도 터져 나오지를 않았다. 그는 이어서 말했다.

"나 보고 왜 일없이 그 고생을 하냐고 의심할지 모르겠습니다만, 내가 구해낸 그들은 내 진리의 사도가 될 것입니다. 설사 내 진리의 사도가 되지 않는다 해도 그들은 내 진리의 소산입니다. 혹시 그들이 그것마저 부정한다 해도 죽음이라는 낭비를 막은 것은 다른 무엇에도 비길 데 없는 나의 보람입니다. 삶은 곧 절대 선이니까요."

그의 말에서는 알 수 없는 힘이 느껴지고, 그의 눈빛에서는 미묘한 믿음 같은 것이 뿜어져 나오는 듯했다.

"원한다면 세준 씨가 살아있을 때 남긴 에너지를 모아 당신이 미처 듣지 못한 그의 메시지를 들려드릴 수 있습니다. 그의 혼은 이미 흩어져 버려 불러들일 수 없지만요."

원장은 내게 세준이 남긴 메시지를 들을 수 있는 명상기도에 들어가겠느냐고 묻고, 내가 곧 조건 없이 고개를 끄덕이자 먼저 사각으로 접힌 메모지 한 장을 건넸다.

"이건 이따가 명상기도가 끝나면 집에 가서 펴보도록 하세요. 자, 그리고 따라 하세요!"

그는 범어와 라틴어를 섞어서 만들었다는 진언 겸 기도문을 한 구절씩 또박또박 가락을 붙여 읊기 시작했고, 나는 그때마다 뜻 모를 그 소리를 판에 박은 듯이 따라 불렀다. 공명이 좋은 그의 중저음의 목소리가 가락을 타고 천장과 실내 좌우 벽에 메아리처럼 부딪쳐 마치 천상에서 울려오는 교향악처럼 들렸다. 나는 아무것도 거부할 수 없었다. 그가 내놓는 녹차 몇 잔을 마시며 그의 말을 듣기 시작한 이래 점점 시간이 흐르면서 그를 향한 의심과 불신은 조금씩 조금씩 엷어져 가다가 마침내는 부지 부식 간에 완전하게 사라져갔다. 몸과 마음이 점점 편안해지면서 예전의 믿음과 존경이 되살아났다.

"자, 내 눈을 보세요. 마음을 집중하고 내 눈 한가운데 한 점에 시선을 모읍니다. 그리고 동생의 얼굴을 떠올립니다. 지금까지 기억하고 있는 동생 얼굴 중에 가장 선명한 얼굴이 떠오릅니다. 당신은 지금 동생이 보고 싶습니다. 간절하게 무척 곡진하게 몹시 보고 싶습니다. 동생은 당신 눈앞에 나타날 준비가 되어있습니다. 당신을 기다리고 있습니다. 자, 당신 눈앞에 내려가는 계단이 있습니다. 당신은 그 계단으로 내려갑니다. 계단 밑에 커브가 있습니다. 커브를 도니 또 아래로 내려가는 계단이 있습니다. 당신은 또 계단을 내려갑니다. 계단을 다 내려왔습니다. 문이 있습니다. 당신은 그 문을 엽니다. 그 문안에 동생이 있습니다…."

"너, 왜 거기 있니? 거기가 어디야?"
"아이들이 보고 싶어. 아이들 엄마한테 미안해…."
"어서 이리 나와, 아이들과 애 엄마 보러 가야지."
"아니야, 그럴 순 없어. 난 곧 여기를 떠나야 해, 가족들에게 미안하지만…."
"모두 너를 기다려, 보고 싶어 하고…."
"가야만 할 곳이 있어. 정말 가고 싶은 곳을 찾았어. 난 거기 가야 해."

"엄마를 생각해 봐. 나와 형이 있지만 엄만 너를 더 이뻐하고 큰 희망을 걸었어. 아버지 돌아가신 후 엄마에겐 니가 제일 큰 희망이야."

"엄만 날 사랑한 게 아니야, 내 성적을 사랑한 거지."

"성적을 사랑한 거라구?"

"누나도 알겠지만 엄마는 부동산과 우리 성적이라면 수단 방법을 가리지 않았지. 성적만이 최고의 선이었고 재산만이 최상의 힘이었어."

"그치만 한편, 우리들을 위한 것이었어, 그건."

"그런데 거꾸로 그게 우릴 삼켜 버렸어. 엄만 자신이 어떻게 이 재산을 형성했는지, 어떻게 슬하의 삼 남매를 최고로 키울 수 있었는지 그것만이 중요했어. 그것만이 오직 엄마의 유일한 도덕이었지."

"……."

"기억나는 초등학교 시절부터 고등학교 시절에 이르기까지 내게 허용되어진 건 S대학 입학이라는 목표 외에는 없었어. 사람이 어떻게 살아야 하는지를 한 번도 엄마에게 들어본 적이 없어."

"하지만 넌 잘 해냈잖아?"

"아냐, 잘 해낸 게 아냐. 실은 안으로 더 곪은 거지. 내 진짜 꿈과 감정을 외면하고 성적만을 최고의 선으로 키운 죄, 그 결과가 나야. 나는 사실 화가나 화훼 농부, 정원사나 식물학자가 되고 싶었어. 풀과 꽃을 연구하는 사람이 되고 싶었지."

"지금도 그림은 그리고 있잖아?"

"그 그림이 아냐, 내가 그리고 싶었던 것은…. 지금 그림은 내 꿈과 자유를 박탈당한 울분의 표현일 뿐이야. 그리고 그로 인한 죽음에 저항하는 수단일 뿐이지. 그 꿈과 자유를 박탈당한 자에게 유일하게 남겨진 죽음이라는 것에 힘겹게 저항하는 수단…."

"같이 살자. 우리 가난하면 어때? 다시 시작하면 되잖아."

"아냐, 난 그럴 수 없어. 우리 몸도 세상도 물질로 이루어져 있지. 세상은 그 구성도 체계도 작동도 돈으로 이루어지고 환산되지. 누구는 마음이 중요하다고 하지만 절대로 돈의 배타적 선택성을 따라가지 못해. 물질은 이놈한테 주면 저놈한테는 주지 못해. 절대량이 한정되어 있어서 그렇지. 이놈만큼 못 받은 저놈은 섭섭한 거야."

"시간 그 자체를 사랑할 순 없니? 존재 그 자체를 사랑할 순 없냐구?"

"어차피 따라지 인생은 흥미 없어. 그렇게 살아서 뭘 해. 그저 산다는 것은 아무것도 아닌 거에 불과해. 삶 자체는 아무것도 담보해 주지 않아. 그저 일하고 먹고 싸고 자고 닦고 하는 일의 무한 반복이 무슨 삶이야. 결국 그러다가 배신감과 허무감에 젖어 마감하고 말 텐데. 평생을 보이지 않는 종노릇이나 하면서 쳇바퀴 안의 다람쥐로 죽기는 싫어. 어떤 사람은 코웃음 치는 돈에 목숨을 걸어야 하고, 어떤 사람은 제 발가락에 때만큼도 여기지 않는 일의 성패에 일희일비하면서 사는 그런 게 무슨 삶이야. 사실은 투자에도 흥미를 잃었어. 그깟 것에 성공하면 뭘 해. 그래 봤자 하늘 아래 뫼인데 답답한 시시포스의 삶일 뿐이야. 결국은 외롭게 늙고 병들어 요양원에서 맞이할 죽음이 종착지일 것이 뻔한 게 무슨 삶이냐구….”

“그럼 거기는 뭐가 있니? 니가 가려고 하는 곳, 거기엔 뭐가 있어?”

“아니, 아무것도 없어. 나는 다음 세상도 싫어. 내세라는 게 있지도 않겠지만 만약 있다면 그보다 더이상 끔찍한 일은 없을 거야. 그건 사바세계의 연장에 불과할 테니까. 이 아수라의 사바세계만으로도 징그러운데, 하물며 죽음이 없는 사바세계의 반복이라니…. 끝없는 고통과 권태와 환멸의 반복은 이제는 그만 사양하고 싶어.”

“그렇지만 죽는다고 다 끝날까? 죽는다고 해도 네가 남긴 관계는 사라지지 않아, 원인을 만들어 놓고 어떻게 결과를 피해 갈 수 있겠니?”

“그게 제일 두려워. 다음 세상이라는 게 정말 없으면 좋겠어. 난 없다고 믿어. 그런데 있으면 어떡하지? 내 자신으로 다시 태어난다면 그건 생각도 하기 싫어. 나로 다시 살고 싶지 않아. 할 수 없다

면 다른 몸을 받고 다른 사람으로 다시 사는 게 차라리 낫지만, 사
실 그것도 아니야. 다시는 이 세상에 생명으로 태어나고 싶지 않
아. 그런데 내가 가진 에너지가 그리고 내가 남긴 에너지가 그렇게
내 희망대로 날 놓아주지 않는다면 난 어떻게 해야 하지? 난 지금
그게 제일 두려워. 지금 잠시 저 어두운 무로 뛰어들기 전에 누가
좀 말해 줘! 하지만, 이제 시간이 없네…."

그때 세준의 모습 뒤로 무엇인가가 흰 천에 쌓여 구급차에 실
리는 모습이 보였다. 마음이 다급해지는데 다시 그의 목소리가 들
렸다.

나는 뭔가 더 물어보려고 했지만 그럴 수 없었다. 마찬가지로
동생 세준의 이야기도 더이상 들을 수 없었다. 갑작스럽게 들려온
시끄러운 소리와 함께 동생의 모습은 이내 사라지고 말았다. 곧 긴
가민가한 의식 속에 건장한 사내들이 들이닥쳐 원장의 손에 수갑
을 채우는 모습이 눈에 들어왔다.

"당신을 형법 제252조 제2항 자살 교사 및 방조 그리고 사기 및
특수범죄 혐의로 체포합니다. 당신은 묵비권을 행사할 권리가 있
고, 당신이 하는 말은 당신에게 불리한 증거가 될 수 있으며 당신
은 변호사를 선임할 권리가 있습니다."

7

마지막 비번은 끝내 알 수 없었다. 나는 더이상 마지막 비번을 찾는 일을 포기했다. 아니 더이상 알려고도 하지 않았다. 그리고는 비번 대신 원장이 명상기도에 들기 전 내게 준 메모지의 매듭을 풀었다.

'누나야, 이 말을 꼭 해주고 싶어. 혹 오해할지도 몰라 말하는 거야. 아무것도 없는 곳이 나의 시크릿가든이야. 그 시크릿가든에는 아무것도 없어. 그러니 굳이 열어보려고 애쓰지 마. 내가 거기로 떠나는 것은 세상에서의 실패 때문이 아니야. 성공한다 해도 세상에는 더이상 새로운 희망이 없기 때문이지. 그러니 자살이냐 타살이냐 그걸 애써 분별하려고도 하지 마. 그건 중요하지 않아. 중요한 건 살만하냐 아니냐일뿐.'

그날 밤 나는 엄마 꿈을 꾸었다. 엄마의 얼굴은 외할머니의 얼굴과 거의 똑같았는데 그럼에도 불구하고 웬일인지 엄마라는 걸 알았다. 엄마는 오빠의 손을 잡고 앞서서 아버지의 고향 해변 길을 걷고 있었다. 그리고 동생 세준이 해안가 파출소로 들어가는 것이 보였다. 그때 나는 이쪽저쪽을 번갈아 돌아보면서 세준이 나오기를 기다려야 하는지 엄마와 동생을 따라가야 하는지 얼른 판단이 서지 않아 이러지도 저러지도 못하면서 망설이고 있었다. 잠시 후 파출소는 사라져 버리고 엄마와 동생만 멀리 해안 끝으로 작아지고 있었다. 나는 곧 기다리는 일을 잊어버리고 엄마와 동생을 향해 뛰기 시작했다. 그런데 신기한 일은 두 손을 쭉쭉 뻗어 앞을 힘차게 짚고 뛰는데 그것은 영락없는 네발짐승의 질주였고, 믿을 수 없을 만큼 빠른 속도로 곧 엄마와 동생을 따라잡고 이내 오히려 앞서서 뛰고 있는 것이었다.

다만 이제, 우리는 모두 더이상 세준의 빚으로 인해 걱정하지는 않아도 되었다.

그들을 위한 레퀴엠

철로의 북쪽 끝으로부터, 스실사실 내리는 부슬비 자락을 헤치고 둥그런 불빛 하나가 서서히 가까워지고 있었다. 불빛은 점점 커지면서 역 구내 가득히 길게 기적 소리를 풀어 놓고는, 이윽고 육중하고 완강한 쇠바퀴 소리로 다가와 플랫폼 위에 천천히 멈추어 섰다.

그가 열차의 승강구에서 플랫폼으로 내려섰을 때, 시간은 이미 새벽 한 시를 넘어섰다. 잠시 멈추어 선 열차 사이로 하얀 수증기 같은 것이 뿜어져 나왔다. 야간 여행의 선잠에서 깬 몇몇 사람의 얼굴들이 김 서린 창유리 위로 흐릿한 형상을 만들며 한산한 바깥 플랫폼을 부스스한 얼굴로 내다보고 있었다.

"춥군요. 벌써 여긴."

여자가 그의 곁에 서서 중얼거리듯 낮은 목소리로 말했다.

"이제 곧 겨울이니까."

그는 건성으로 대답하며 주머니 속을 더듬어 담배를 찾았다. 열차 안에서 마신 술 때문인지 잠시 뱃속이 메스꺼워지면서 강하게

93

흡연 욕구가 일어나는 것을 느꼈다. 시간이 갈수록 날은 더욱 추워질 것이다. 구겨진 담뱃갑을 주머니에서 꺼내 들자 여자가 근심스러운 표정으로 그를 돌아보았다.

"해롭다잖아요, 담배는."

"해롭다구?"

그는 고개도 돌리지 않은 채 혼잣말처럼 나직이 여자의 말을 되풀이로 받아 흘려냈다. 해롭다는 게 뭘까 하는 반문이 자기도 모르게 뛰쳐나오려는 것을 느끼고 그는 쓴웃음을 한 입 베어 물었다. 라이터를 찰칵하고 켜자 조그만 불꽃 뒤로 어둠이 왈칵 일렁거렸다.

해로운 것이라면 오늘 여기 온 것부터가 무엇보다도 더 치명적으로 해로운 것일지도 모르겠다고 그는 잠시 생각했다. 그리고 정말 그렇다면 그것을 피해 갈 수는 없는 것일까 하고 다시 생각했다. 그러나 그는 다시 검은 허공에다 대고 한차례 머리를 흔들었다. 빚은 받아야 할 것이었다. 지난날 유환 선배의 부탁과 약속이 아니었다면 그에게 지난 십삼 년 세월의 공백은 겪지 않아도 되는 것이었기 때문이었다.

"네게, 해로울 것 같구나. 지금 여기 오는 일은 좀 기다려다오. 내가 상황을 좀 정리하고 연락하마. 지금은 분위기가 안 좋아."

출소 후 제일 먼저 했던 전화에서 유환 선배가 했던 말을 그는 생각했다. 그리고 그에 이어진 몇 달의 기다림 끝에 철새가 떨구고

간 낙엽 한 장처럼 날아든 것은 뜻밖에도 그의 부음이었던 것을 다시 또 생각했다. 그 난데없는 소식 앞에서 그는 적잖이 당혹감에 휩싸이지 않을 수가 없었다.

하지만 그 때문에 십삼 년 세월을 없는 것으로 할 수는 없다고 그는 생각했다. 유환 선배의 죽음으로 인해서 아마도 상황은 더 나빠지기가 쉬울 것이다. 막상 당사자가 없는 그 소도시에 가서 누구에게 약속의 행방을 물어야 하는지 그는 다소 혼란스러움을 느꼈다. 막연할 것이다. 그러나 그렇다고 해서 그가 달리할 수 있는 일이 따로 있을 리 없었다. 이제와서 모든 것을 포기한다면 모를까 달라질 것은 없었다. 가능성이 작아졌다고 해서 그만둘 수 있는 일이 아니었다.

그는 잠시 자기도 모르는 사이, 차라리 출소를 하지 않았더라면 하고 생각했다. 못 봤으면 모르되, 보고 나서는 죽어가는 누이를 그대로 방치할 수는 없을 것이었다. 누이만큼은 어머니처럼 그렇게 보내고 싶지는 않았다. 다시는 발을 디디고 싶지 않은 이 소도시에 이렇게 다시 돌아온 것은, 포기할 수 없는 것이 있어서인 것이었다. 출소 후 그가 내디딘 세상의 한 지점은 그처럼 더이상 내려갈 곳이 없었다.

생각이 거기에 이르자 그는 얼핏 아련한 현기증과도 같은 피로가 그의 덜미를 치는 것을 느꼈다. 그와 함께 의식적으로 애써 자신에게 아무런 의미도 없다고 치부하려 했던 유환 선배의 죽음이라는 사건이, 시간이 흐를수록 점점 더 강한 힘으로 순간순간 전신의 신경을 보이지 않는 곳에서부터 옥죄어 오고 있는 것을 또한 느껴야 했다. 그가 담배 연기를 들이마시다 말고 한 손으로 이마를 짚으면서 깊이 미간을 찌푸리자, 여자가 다시 조심스럽게 그의 얼굴을 살폈다.

"괜찮으세요?"

"괜찮아, 이것때문이 아냐."

재하는 손가락 끝으로 담배를 짓눌러 끄면서 어깨를 한 번 추슬러 자세를 바로잡았다. 열차에서 내린 한 떼의 사람들이 플랫폼 통로를 통해 빨려가듯 지하도 쪽으로 밀려가고 있었다. 플랫폼의 간이 지붕 밖으로 가로등 빛에 비친 빗방울들의 사선이 간간이 어둠 밖으로 드러났다가는 이내 사라지곤 하였다. 그는 잠시 차가운 철제 기둥 옆에 서서 희미한 외등의 불빛이 사라질 듯 켜져 있는 철로의 먼 끝을 돌아보았다.

"생각이 나요, 저도. 십삼 년 전 그때…."

여자의 중얼거리는 듯한 목소리에 재하는 철로 끝쪽을 향했던 시선을 천천히 거두어들였다.

"십삼 년 전…."

그는 무심결에 속으로 그렇게 한 번 되뇌어 보았다. 십삼 년 전 그때도 아마 비가 내리는 밤이었던 것 같았고, 소도시의 역 구내

풍경은 그때도 마냥 을씨년스럽기만 했었던 것 같았다. 그 이후 십삼 년 동안, 그 밤 그 풍경은 그렇게 그의 기억 속에서 마치 스틸 사진처럼 정지해 있었다.

성긴 빗방울들이 플랫폼의 간이지붕 아래로 드문드문 날려 드는 가운데 그녀는 고즈넉하게 거기 서 있었다. 밤바람에 조금씩 날리는 긴 머리칼 사이로 그녀의 표정은 금방 울어 버리기라도 할 것 같은 당혹과 황망함으로 붉게 상기되어 있었다. 재하는 가눌 수 없이 치밀어 오르는 곤혹감에 그 시선으로부터 말없이 고개를 돌려 길게 늘어져 있는 열차의 끝 부분을 망연히 바라보았다. 형언하기 어려운 복잡한 감정들이 가득 낭패감 속에서 지리멸렬 흩어져 갔다.

그녀는 멈추어 선 열차의 끝쪽을 향하고 있는 재하의 옆얼굴을 바라보고 있었다. 그 사이 방향을 잃은 빗방울 몇 개가 그녀의 뺨에 떨어져내려 작은 물방울로 번지며 얼룩을 만들었다. 그때 밤바람 소리 사이로 플랫폼을 가로질러 길게 기적이 울고, 이어 발차를 예고하는 벨 소리가 줄지어 붙어선 객차의 긴 행렬 끝까지 울려 퍼졌다. 재하는 몸을 돌려 승강구의 시커먼 발판 위로 올라섰다. 흐릿한 열차 실내등의 잔광이 그의 어깨 위로 밀려나 승강구 안쪽에 희미한 그림자를 만들었다.

"안 되나요, 저두 같이 가면?"

재하는 등 뒤에서 다급하게 그의 귓전을 아우르는 그녀의 목소리에 멈칫 열차 승강구 안으로 발판을 오르던 발길을 멈추었다. 그리고 다음 순간 몸을 돌려 한 손으로 차가운 승강구의 손잡이를 잡았다. 빗물에 젖은 철제 손잡이의 굵직하고 거친 감촉이 시리게 손바닥을 통해 팔과 어깨 쪽으로 전해져 왔다. 얼어붙은 듯 그 자리에 오도막하니 서 있는 그녀를 내려다보자, 철커덕 열차의 제동이 풀리는 소리가 들리고 이어 피식 허연 수증기가 쇠바퀴의 마찰음과 함께 플랫폼 위로 뿜어져 나오는 것같았다. 한산해진 플랫폼의 한컨에서 제복의 역무원 한 사람이 열차의 맨 앞 기관차 쪽을 향해 야광 신호봉을 머리 위 좌우로 흔들고 있었다. 재하는 낮게 가라앉은 목소리를 그녀의 머리 위로 빠르게 던져 냈다.

"돌아가, 이제!"

순간 그녀의 얼굴에 깊은 절망감 같은 것이 번지는 것을 재하는 짐짓 외면해 버렸다. 그때 열차가 어둠 속을 향해 서서히 움직이기 시작했고, 다시 한 번 더 길게 비명소리 같은 기적이 울었다.

"사실은, 저…."

그녀가 뭐라고 말하고 싶어 하는 것 같았으나 그 소리는 길게 꼬리를 끄는 기적의 여음과 점점 높아지는 쇠바퀴 소리에 금방 묻혀 버리고 말았다. 재하가 여전히 승강구의 차가운 손잡이에 매달려 다시 플랫폼을 보았을 때, 그녀의 모습은 제 자리에 멈추어 선 채 어느새 벌써 저만큼이나 멀어져 점점 작아지고 있었다. 열차가 역 구내를 벗어나자 거세진 바람결과 함께 우두둑 굵어진 빗방울이 재하의 면상을 거칠게 후려쳤다.

　다시 바라보는 역 구내의 밤 풍경은 변한 것이라곤 아무것도 없는 것만 같았다. 생각이 거기에 이르자, 순간 그는 문득 잃어버린 그 십삼 년이라는 세월을 단숨에 거슬러 다시 그때 그 시간의 원점으로 돌아와 선 듯한 착각을 느꼈다. 정말 아무것도 변한 건 없을지 모른다고 잠시 생각했다. 그리고 다시 그 세월은 잠시 꿈을 꾸었을 뿐인 시간이었던 것인지도 모른다는 생각을 했다. 그는 그런 생각들을 떨쳐 버리기라도 하려는 듯 세차게 한 번 머리를 흔들었다. 앞 머리칼이 헝클어져 이마를 덮는 감촉이 싸늘하게 전해져 왔다.

　천천히 여자를 돌아보았다. 여자는 곧추세운 트렌치코트의 깃 안으로 스카프를 고쳐 매면서 그를 쳐다보고 있었다. 물끄러미 그를 바라보는 눈길은 안개에 잠긴 바다처럼 흐릿한 물기에 촉촉이 젖어 있었다. 여자의 눈은 마치 '이제는 돌아갈 수 없어요'라고 말하고 있는 것 같았다. 그러나 곧이어 그는 불현듯 거기서 어떤 낭패감 같은 것을 느끼고는 반사적으로 빠르게 시선을 거두어들였다. 그리고 갑자기 생각난 듯 낮은 소리로 신음처럼 중얼거렸다.

　"잘못 든 길이었어. 하지만 돌이킬 수는 없겠지, 이젠. 어느덧 너무 멀리 와 버렸으니까."

　"아녜요. 돌아보지 마요. 그건 이제 여기 없으니까…. 있는 것만 생각하세요."

그는 여자를 한 번 돌아보고 혼자 생각했다. '그럴까, 정말 여기 없을까?' 십삼 년 전의 그가 한 일을 무화 할 수 있다면, 그래서 더 이상 아무것도 받아야 할 것도 주어야 할 것도 없으며, 아무도 자신을 알아보거나 자신이 한 일을 기억하지 못하게 된다면 어떻게 될까. 어떤 위험을 무릅쓰고라도 십삼 년의 대가를 받아낼 수밖에 없다는 비장한 희망도 가질 필요가 없었겠지만, 대신 그곳을 향해 가는 발걸음이 이렇게 무겁지 않아도 되었을 것이었다.

그는 잠자코 지하도 쪽으로 돌아섰다. 지하도 입구가 거대한 목구멍처럼 그를 향해 머리를 든 채 열려있었다. 지하도의 첫 계단을 내려서자 자칫 보폭이 흔들리며 몸이 약간 허청 옆으로 흔들렸다. 역시 술이 좀 과했나 생각하면서 황망히 허리를 곧추세우며 자세를 바로잡았다. 여자가 종종걸음으로 급히 달려와 한쪽 팔을 붙잡았다.

"그거 보세요, 술이 과했어요. 마음이야 부담이 되겠지만."

"잠깐 헛디뎠을 뿐이야. 뭘 좀 생각하느라."

"저어, 지금이라도 돌아가요. 우리 재희 병원은 제가 어떻게 해볼게요."

"고맙군. 하지만….'

"재하 씨가 있어야 재희도 미래도 있는 거예요."

"……."

여자는 빠르고 단호한 목소리로 말했고 그는 아무 대꾸도 하지 않았다. 하고 싶은 말이 있었지만 지금은 때가 아니라고 생각하는 듯 여자를 한 번 돌아보고는 그만 입을 다물고 말았다.

플랫폼의 통로는 그리 길지 않았다. 사람들은 어느 사이 썰물처럼 지하도로 거의 빨려 들어가고, 아직 뒤처진 몇몇 사람들의 끄트머리에서 이끌리듯 그들 둘은 천천히 계단 아래로 내려섰다. 계단이 끝나는 곳에서부터 지하도는 시작되었다. 성마르게 바깥을 돌고 있는 까탈스러운 바람 소리도, 또 지향 없는 바람결에 이리저리 휘감기는 빗소리도 한순간 지하도 안에서는 멈춘 듯이 끊겨 있었다. 눅눅한 콘크리트 벽과 천장 사이로는 사람들의 발자국 소리만이 터벅터벅 빈 소리로 울리다가 입구 쪽으로 사라져 갔다. 불을 켠 채 웃고 있는 지하도 벽의 아크릴 광고판 몇 개가 무심히 지나가고 그들은 다시 계단을 오르기 시작했다.

"어떻게 하실 건가요, 그들을 만나서?"

한동안의 적막을 깨며 약간 잠긴 듯한 목소리로 여자가 물었다. 그는 문득 지하 통로의 그 짧은 순간이 준 무념의 공백감 같은 것에서 소스라치듯 깨어났다. 그러자 자기도 모르는 사이 저 아래 지하도에서의 공백감처럼 죽음도 무념무상으로 맞이할 수는 없는 것일까 하는 생각이 뇌리의 한 편으로 번져 왔다.

계단 위 활짝 열리듯 트인 출구로 다시 바깥의 바람 소리와 빗소리가 한꺼번에 밀려들어 왔다. 그는 그제서야 생각난 듯 여자를 돌아보며 보일 듯 말 듯 희미하게 웃었다.

"어떻게 하는 건 그들이 해야 할 몫이겠지."

"그게 생각대로 안 되면요?"

"끝낼 수밖에, 피차."

"끝내다뇨, 어떻게요? 설마. 그건 아니겠죠? 그거는 농담이죠?"

여자는 그를 올려다보며 어색하게 웃어 보였다. 그는 얼마간의 망설임과 조심스러운 과장으로 위장된 것같아 보이는 그 웃음 뒤로 알 수 없는 공허함 같은 것이 얼핏 지나가는 것을 보았다. 그는 그것을 지우기라도 하려는 듯 두어 번 빠른 잔기침을 뱉어내면서 지하도의 마지막 계단을 올라섰다. 이 여자와 동행하는 것이 아니었는데 하는 후회가 마음 한켠으로부터 와락 일어났다. 어쩌면 이 여자 때문에 이곳에서 그가 결심한 일들에 차질이 생길지도 모르겠다는 언짢은 예감이 마치 덜미를 치듯이 뇌리를 엄습했다. 그는 마음속으로 머리를 저으며 바깥 출구를 향해 걸음을 돌렸다. 갈피 없는 바람결에 제 방향을 잃은 빗줄기 몇 방울이 한쪽 뺨에 차갑게 와 닿았다.

애초에 이 여자를 만나지 말았어야 했다고 생각했다. 십삼 년 전, 저 철로 위에서 시작된 그의 도피생활이 예상보다 짧게 끝나고 긴 두절의 시간이 시작되었을 때, 그때 이미 이 여자를 마음에서 지웠다고 그는 여겼었다. 그런데 그가 출소한 그 날, 그가 등지고 나온 철문과 담장 밖에 환영처럼 여자가 서 있었다. 그 세월 속에서 이미 다른 한 가족의 구성원이 된 지 오래인 여자가 거짓말처럼 거기 서 있었던 것이다.

블록을 깔아 놓은 보도의 끄트머리쯤에 집찰구가 희미한 외등을 매달고 서 있는 것이 보였다. 집찰구의 문간에 역무원은 없었다. 그들은 맨 뒤로 걸어 나와 저 출구를 통과하는 마지막 승객이 될 것이었다. 사선을 그리는 자잘한 빗방울만이 철제 구조물에 떨어져 지친 듯 투덕투덕 소리를 내며 그들을 기다리고 있었다. 역 구내에서 바깥 광장과 거리로 나가는 출구 전용 집찰구는 흡사 한 번 들어가면 다시 되돌아 나올 수 없는 검은 도시의 입구처럼 보였다. 그는 잠시 음미하듯 뒤를 돌아보았다. 사람들이 모두 빠져나간 역 구내는 한산한 빗방울 소리만이 어둠을 토닥이고 있을 뿐, 고요에 잠긴 채 횅하니 비어 있었다. 십삼 년 전 그가 유환 선배의 부탁대로 검거의 손길을 피해 도망치듯 이 소도시를 떠나던 그 자리에도 그때의 그 흔적은 아무것도 찾아볼 수 없었고, 다만 변함없는 적막감만이 잘게 흩뿌리는 빗방울들 사이에서 무겁게 감돌고 있을 따름이었다.

"먼저 잠부터 좀 주무시는 게 어떨까요? 거긴 아침에 가시구요. 날이 밝으면."

집찰구를 나서면서 여자가 조심스러운 목소리로 말했다. 순간 미세하게 일어서려는 작은 망설임을 밀어버리며 그는 곧 단호한 목소리로 말했다.

"아니야. 가봐야 해, 지금."

역 광장으로 들어서기 전에 그는 잠시 가로등 사이를 가로질러 길 저편으로 장벽처럼 버티고 선 어둠을 둘러보았다. 저 어둠 속에 유환이 누워 있을 것이라고 생각하니 새삼스럽게 그간 응어리처럼 다져왔던 가슴 한쪽이 우르르 무너지면서 그 속이 휑하니 비어오는 듯한 느낌이 들었다. 사실 십삼 년 전 그때, 그는 그 일만 아니라면 결코 그렇게 떠나지는 않았을 것이었다.

"여기서부터는 혼자 가고 싶어."

그가 결심한 듯이 여자에게 말했다. 여자는 가방에서 조그만 접이 우산을 꺼내다 말고 잠시 멈칫했다. 그러나 곧, 정면의 어둠을 응시한 채 밭은 목소리로 대꾸했다.

"그럴 순 없어요. 겁이 나요, 무슨 일이 생길까 봐. 마음이 놓이질 않아요."

"아무 일도 일어나지 않아. 돌아가 아이들을 보살펴."

"……."

여자가 말없이 그를 돌아보자, 그는 고개를 돌려 여자의 시선을 떨치며 낮은 목소리로 다시 말했다.

"가진 걸 잃지 마. 그리고…, 내가 불편해서 그래."

그는 불현듯 역 광장의 어둠과 시내 쪽 멀리 아직도 점점이 색색의 불빛들로 얼룩진 건물들을 바라보았다. 시내로 이어지는 길 양편에는 길게 줄지어 선 가로등들이 빗속에서 고개를 숙여 흐린 불빛들을 매달고 저희들끼리 가뭇없는 어둠 속으로 멀리 자지러들고 있었다.

그는 언뜻 이마에 와닿는 빗방울의 차가움을 느끼고 멈칫 여자의 얼굴을 돌아보았다. 시선이 마주치자 여자는 우산을 펼쳐 가만히 재하에게 내밀었다. 재하는 묵묵히 우산을 받아 들고 다시 시내 쪽으로 눈길을 돌렸다. 저 어둠 속에서 그들은 살고 있을 것이다. 그리고 그들은 또 저 어둠 속에서 아마 그렇게 소멸해 갈 것이다. 오늘은 유환이 그 속에 누워있는 것이다. 다음은 또 누구, 아마도 그것은 내 차례가 될지도 모르겠지. 재하는 잠시 시간이라는 게 뭘까 하는 생각을 했다. 그 사이 빗줄기는 다소 가늘어져 오는 듯 마는 듯 허공에서 조금씩 부슬거리고 있었다. 우산 위에서 빗방울들이 떨어지며 내는 작은 소리가 간단없이 허공중으로 부서져 나갔다.

역 광장을 가로질러 큰길을 건널 때까지 재하는 아무런 말도 하지 않았다. 여자도 트렌치코트 깃에 얼굴을 깊이 파묻은 채 팔짱을 끼고 묵묵히 걸음을 옮길 뿐, 더는 아무것도 묻지 않았다. 어깨에 멘 손가방만이 걸음의 진폭을 따라 가만가만 흔들리고 있을 뿐이었다. 잠시동안의 침묵이 불길한 정적처럼 무겁게 부슬비 속으로 가라앉으며 그들의 발자국 사이를 을씨년스럽게 감돌았다. 형체를 알 수 없는 어떤 두려움 같은 것이 정적 속에서 무겁게 일렁이다가 문득 일어서 등 뒤로 덮쳐왔다. 그리고 곧 그것은 으슬으슬 스며드는 어둠과 함께 등줄기 가득 섬뜩하게 전신을 휩싸고 있었다.

그는 어깨를 한 번 추슬러 새삼 옷깃에 서걱 휘감기는 추위를 털어내며 신음처럼 띄엄띄엄 나지막한 목소리로 말했다.

"그럼 먼저 온천장에 가서 기다려. 일 끝나고 갈게."

잠시 생각에 잠긴 듯, 옅은 물기에 번져 드문드문 불빛들이 엎질러진 아스팔트 노면 위에 작은 구둣발 소리만을 남기며 걷던 여자가 문득 발걸음을 멈춰 섰다. 우산을 든 채 걷던 재하도 따라서 걸음을 멈추었다. 거의 어깨까지 내려온 여자의 숱 많은 파마머리가 그녀의 옆얼굴을 반쯤 가리고 있었다. 재하는 또다시 까닭 모를 낭패감이 아슴아슴 스며오는 것을 느껴야 했다. 그러자 그는 그 낭패감을 지워버리기라도 하려는 듯 시선을 길 건너편 허공으로 향한 채 천천히 고개를 가로저었다. 깊이를 알 수 없는 울밀한 어둠이 가만히 한 번 흔들리다가 다시 제자리로 돌아와 섰다.

야간 할증 택시가 지름길로 주택가 이면도로를 몇 번 돌아, 다시 큰 길가에 들어선 뒤 종합병원 모퉁이 불 켜진 장례식장 앞에 도착한 것은 새벽 두 시가 막 넘어갈 무렵이었다. 혹시 거리가 너무 많이 변해서 새로 생긴 병원 장례식장을 찾기 어려울 수도 있겠다 싶은 염려는 기우였다. 그다지 변한 것이 없는 구시가의 구태의연한 거리를 빠져나올 때는 십삼 년 전의 기억들이 어제 일처럼 선명하게 다시 떠오르는 것을 느꼈다. 거리는 어둡고 여전히 비까지 푸실거리고 있어 마치 지난 세월들이 한순간에 다시 돌아와 그 거리 위에 멈추어 선 것만 같았다.

택시에서 내리자 열차에서 마셨던 술기운은 완연히 깨어 의식은 어느 때보다도 명료하게 맑아진 느낌이 들었다. 병원 모퉁이 담벼락을 따라 안에서부터 삐죽이 새어 나온 불빛이 가는 빗발 속에 부옇게 불무리를 이루고 있는 것이 보였다. 그는 택시에서 내린 뒤 한참동안이나 문 앞에 그렇게 가만히 서 있었다. 십삼 년 전 절명했을 한 사내의 얼굴이 뇌리에 스쳐 지나가고, 그 위로 유환의 모습이 겹쳐지면서 잠시 복잡한 감정의 기복을 느꼈다. 그는 머리를 앞뒤 좌우로 한 번씩 우두둑 소리가 나게 꺾었다가 곧장 앞을 보면서 현관 쪽으로 걸어갔다. 육중한 현관문이 반쯤 열려있는 문간 한 켠 기둥 위에 불을 켠 누런 장명등이 자잘히 흩뿌리는 가랑비 속에 덩그러니 걸려 있었다. 그는 뚜벅뚜벅 현관 안으로 들어섰다.

현관 로비에서 위 아래층으로 난 계단 그리고 복도 양쪽으로 사무실과 조문실들이 보였다. 그는 로비 전광판에서 이름과 호수를 확인하고 곧장 2층 조문실로 올라갔다. 조문실 앞 복도와 입구에는 커다란 근조 화환 너덧 개가 저희들끼리 기대어 졸고 있었다. 조문실 안쪽으로부터 음식 냄새와 술 냄새, 매캐한 담배 냄새가 분향실의 향촉 냄새와 뒤섞여 일시에 훅하고 끼쳐왔다. 재하는 잠깐 왈칵 숨이 막힐 것 같은 역함을 느끼고 자기도 모르게 밭은 기침을 토해 냈다. 사람들 몇몇이 아직까지 군데군데 무리를 이루어 끼리끼리 술을 마시거나 화투장을 돌리거나, 이곳저곳에 기대어 있는 풍경들이 보였다. 검은 정장에 노란 완장을 두른 건장한 체격의 청년들 몇이 팔짱 위에 얼굴을 묻고 접의자에 앉아 졸고 있는 입구를 지나 재하는 빈소 쪽으로 다가갔다.

분향실 한가운데에 마련된 빈소의 국화송이 무더기 한가운데에 유환 선배가 검은 띠를 두른 사진 속에서 망연히 웃고 있었다. 분향실 한쪽 구석에 어지럽게 널려져 있는 두건과 조화들은 그가 들어선 시각이 이미 문상객의 방문이 희소해진 시각임을 말해주고 있었다. 그가 영정 사진 앞에 서서 잠시 망설이고 있을 때, 그제서야 분향실 안쪽 상주 방에서 앳된 젊은이 하나가 나와 황망히 그의 앞에 다가와 섰다.

분향과 참배를 마치고 재하는 물끄러미 유환의 영정을 바라보았다. 병풍을 둘러친 거실 안쪽 한가운데 단 위에 기대 세워져 있는 그것은 한낱 액자에 불과했다. 조화송이들에 쌓인 채 유환은 거기 그 액자의 사진 속에서 아까와 다름없이 망연히 웃고 있을 뿐이었다.

그는 말없이 빈소 앞에서 물러 나와 안내하는 대로 객실 쪽으로 돌아섰다. 살아있는 그의 얼굴을 보지 못하고 만 것이 못내 아쉬웠으나 어쩌면 차라리 잘된 일인지도 모르겠다는 생각을 하며 재하는 눈길을 들어 객실 주위를 돌아보았다. 그리고는 막 그리로 몇 걸음 옮기려는데 탁하게 쉰 목소리가 귓전을 쳤다.

"아니, 이게 누구? 혹시…, 재하 형 아니우?"

순간 그는 반사적으로 그쪽을 향해 고개를 돌렸다. 객실 모퉁이의 화투장을 돌리고 있던 패들 중에서 한 사람이 벌떡 일어섰다. 움푹한 볼에 완강해 보이는 굵은 턱을 가진 사내의 얼굴이 그를 바라보고 있었다. 왼쪽 관자놀이에서 귀 쪽을 향해 나 있는 짧은 흉터가 그의 눈에 선명히 잡혀 왔다. 그도 곧 사내가 누군지를 알아보았다. 사내는 곧 선 자리에서 나와 선뜻 그의 앞으로 다가왔다. 그쪽 화투패들 사이에 같이 섞여 있던 사람들 몇이 흘끗 그를 돌아보았으나 이내 그들은 무리 속에 고개를 박고 자기네들의 화투놀이에 다시 열중하였다.

사내는 덥석 그의 두 손을 마주 잡았다. 그는 사내의 모습으로부터 십삼 년의 세월이 희뿌연 안개의 파편을 털며 일어나 다시 슬금슬금 그의 앞으로 걸어 나오는 것을 보았다. 아릿한 통증이 그의 가슴 한쪽을 치며 되살아났다가는 다시 길게 꼬리를 그으며 그의 의식 뒤로 날아가 박혔다. 재하는 입을 다문 채 어설프게 표정으로만 웃으며 그를 마주 보았다. 줄달음쳐 지나가버린 시간의 앙금들이 아슴아슴 가파르게 그에게로 건너오고 있었다. 사내는 다소 어눌한 어조로 말했다.

"몰라볼 뻔했우. 그래, 하마터면 말요. 긴가민가했는데 맞았구료, 다행히…. 근데, 얼굴이 왜 이렇게 변해 버렸우? 몸도 그렇고 어디 아프기라도 한 거요?"

"아니야, 아프긴. 나이가 든 게지."

"허긴, 세월이 변하기 마련이것쥬, 죽은 사람도 있는 판에. 그나 저나 얼마 만이우, 이거? 십 년이 한참 넘었쥬, 아마?"

"많이 변했군, 자네도. 고생이 많았나 보지?"

"고생이랄 게 뭐 있겠수. 지야 어차피 지 놀던 바닥에서 사는 놈이. 고생이야 형이 많았겠지 거기서."

사내의 걸걸한 목소리가 얼추 잠긴 듯 갈리면서 어느 사이 저음의 바닥으로 낮게 내려앉고 있었다. 그는 아무 말 없이 시선을 들어 그의 두 손을 거머쥔 사내의 얼굴을 마주 보았다. 예전의 강단 있던 인상은 많이 누그러져 있고 대신 어쩔 수 없는 세월의 탓인지 그의 얼굴에는 왠지 모를 음울함이 어스름한 피로의 기색과 함께 깊은 주름으로 패어 있었다. 그가 이 도시를 떠나 영어의 시간들을 견뎌내는 동안 이곳에서의 사내의 삶도 그다지 여유롭지만은 않았다는 것을 느낄 수 있었다. 재하가 그의 얼굴을 바라보며 짧은 감회에 젖어있는 동안 사내가 다소 어색한 표정으로 그의 시선을 마주하면서 잠시 머뭇거리다가 다시 입을 열었다.

"몰랐우, 형이 올 줄은. 지난번에 나왔다는 소식은 들었지만서두."

사내의 얼굴에 완만한 그늘이 내려앉는 것을 그는 놓치지 않고 보았다. 그리고 곧 낮은 소리로 물었다.

"나야 그렇지만. 어떻게 된 일인가, 이게 도대체."

사내는 곧 재하의 옷깃을 잡아끌었다.

"나가서 한잔 하시쥬!"

희미한 불빛이 새어 나오는 천막 술집 하나가 간간한 빗방울 속에 멀찍이 서 있었다. 그들은 잠자코 발걸음을 옮겼다. 그 뒤 한 사람의 그림자가 멀리서 그들을 따라오고 있었으나 그들은 알아채지 못했다. 그들이 장례식장을 나와 천막 술집 앞에 이를 때까지도 가랑비는 여전히 잘게 푸실 거리고 있었다. 사내가 출입문을 열자 위에 고여 있던 빗방울들이 후드득 아스팔트 바닥으로 떨어졌다. 안으로 들어서자 일시에 안온한 공기가 얼굴 위로 감돌아 들어오는 듯했다.

"어서 오세~ 아니, 사장님 아니세요, 늦으셨네요."

"아, 예. 문상을 좀 갔다가. 그 건 그렇고 소주 두어 병 주슈. 안주는 알아서."

주인 여자가 사내를 보고 고개 숙여 인사를 했고, 사내는 익숙한 듯 주문을 하면서 손짓으로 그에게 자리를 권했다. 그는 사내를 따라 앉으며 콧등께까지 둘러 감싼 흰 머플러를 턱 아래로 풀러 내렸다. 나무 의자에 엉덩이를 붙이고 앉자마자 그는 이내 버릇처럼 담배를 꺼내 물고 방금 들어선 출입문 쪽을 쳐다보았다. 약간 열려있는 그 틈 사이로 미처 어둠을 다 밀어내지 못한 불빛이 다시 안으로 쫓겨 들어오고 있었다. 머리 위에선 여전히 가는 빗방울 부스러기가 천막 지붕 위로 떨어지면서 칙칙한 소리를 냈다.

"사실, 난 이번에도 재하 형은 오지 않으리라 생각했우."

그와 사내 사이에 의례적인 몇 마디 말과 함께 술이 몇 잔 돌아간 후에, 그는 마치 작심이라도 한 듯이 사내에게 정색을 하고 물었다.

"어디 아팠던가? 아니면 누구한테 당한 건가?"

"아뇨. 자살이라우. 차 안에서 가스 피워놓고 수면유도제하고."

"자네들은 뭐 하고 그때?"

"다들 여기 없었수. 지도 회장님 일로 서울 가 있었고."

"회장님 일?"

"이번에 서울 진출한다우. 우리 회장님 그 땜에 다들 바빴쥬. 회장님 심부름 가고 어쩌고들 하느라."

"서울 진출이라구? 여기는 어떻게 하고?"

"친동생에게 맡긴다고 하우. 사실 힘든 일 궂은일은 유환 형님이 다 해놓았는데 이번 서울 건도…."

"회장님을 좀 만나려는데."

"회장님을 말이우? 옛날 일 때문이라면 안 만나는 게 좋을 것 같수."

그는 사내의 앞으로 커다란 강물이 흘러내리는 소리를 들었다. 그것은 십삼 년 전의 이명耳鳴과도 같은 울림으로 그의 청각을 두드리며 시간을 거슬러 오르다 말고 천막집 나무 탁자 위로 떨어져 지리멸렬 흩어지고 있었다.

"옛날에 이미 유환 형님이 내게 약속한 거야."

112

"판이 많이 바뀌었슈, 형님. 그 안에 있는 동안 그 세월이 얼마유."

"약속도 약속이지만."

"그래도 그냥 돌아가슈. 회장님은 아마 형님 자체를 부담스러워할 거유."

"지금 이게 다 누구 덕인데….."

"형님 고생한 거야 지도 알지만 잊어버리는 게 좋을 거유. 회장님은 그 일은 없는 걸로 하고 싶어 하우."

"하지만 다른 방법이 없다. 나도."

"……."

"데려다 다오. 할 말이 있어."

머리 위에서는 아직도 여전히 빗소리가 나는 듯 마는 듯 작은 소리로 천막 지붕을 토닥거리고 있었다. 간이 탁자 위 어묵 국물에서 피어오른 수증기에 가려 한순간 사내의 얼굴이 흐릿해졌다. 그는 안주머니에 손을 넣어 지니고 온 물건을 확인했다. 사내가 그런 그를 말없이 바라보았다.

천막 술집에서 나와 얼마간 걸었을 때 그들은 커다란 빌딩의 뒤쪽에 이르렀다. 정확한 시각은 불분명했다. 뒤 어두운 골목길로 접어들었다. 그때 사내가 문득 멈추어 서면서, 순간 그는 그의 몸 안으로 무엇인가 예리하고 차가운 것이 들어오는 것을 느꼈다.

"그냥 돌아갔으면 좋았을….."

안주머니에 손을 넣은 채 바닥에 고꾸라진 그의 위에다 대고 사내가 안 되었다는 듯이 한 마디를 떨어뜨렸다.

그때 한 길 쪽에서 여자가 뛰어들어오며 울부짖었다.

"재하 씨, 재하 씨, 괜찮아요? 재하 씨, 재하 씨!"

사내는 황급히 어둠 속에서 몸을 감추었다. 그리고 그가 몸을 감춘 자리, 그 너머의 어둠 속에서 또 한 사내가 그것을 바라보고 있었다. 얼굴은 어둠에 묻혀 밖으로 드러나 보이지 않았다. 역시 주위의 어둠 때문에 그가 웃는지 우는지도 알 수 없었다.

조난

희무끄레한 어둠이었다. 목구멍을 바싹 말려오는 갈증에 얼핏 눈을 떴다. 간밤 P와 마신 술이 과했던지 곧 둔중한 통증이 뒷골을 때리며 지나갔고 입안에는 역한 알코올 찌꺼기 냄새가 여태 남아 있었다. 물끄러미 미명을 응시하며 잠깐동안 누운 채로 있었다. 차츰 한적한 산골 여관의 사물들이 분명해지기 시작했다. 창호지 문에 새파란 새벽빛이 번져 있었다. 옆에서 곤히 잠들어 있는 P가 깨지 않도록 가만히 몸을 일으켰다. 문을 열고 밖으로 나왔다. 새벽의 여명이 뜰에 가득 푸르게 떨어져 있었다. 여름인데도 싸늘한 한기가 약한 바람결에 묻어 청량하게 살갗에 스며왔다.

술집과 식당을 겸한 실상사 아래의 여관 한옥이 온통 정적 속에 가라앉아 길게 누워있었다. 장중한 산 그림자가 아직 시커멓게 둘러서 있었고 낮은 골짜기로부터 무수히 안개가 피어올랐다. 물통을 찾아 여관 뜰 위쪽으로 걸어갔다. 밤새 골짜기에서 파이프를 타고 내려온 계곡의 차고 맑은 물이 통을 넘쳐서 땅을 적시고 있었다. 바가지로 하나 가득 물을 떠 입으로 가져갔다. 금방 뼈끝까지

와 닿을 듯한 차가움이 시리게 복부로 내리꽂히며 머릿속이 대뜸 개운해지는 것을 느꼈다. 주머니를 더듬어 담배를 꺼내 물었다. 간밤 P에게서 들은 '객승의 죽음' 이야기가 멍멍한 충격으로 자꾸 지분거려 왔고, 어제 하루의 일이 연신 풀려나가듯 손끝에서부터 되살아나는 것을 느꼈다.

용장산 실상사 아래 주차장에 버스가 도착한 것은 오후가 반나절도 더 어우러져 있을 때였다. S시에서 꼭두새벽에 출발했었지만 특급 열차에서 직행버스로, 직행버스에서 시외버스로 열 시간이 넘는 여행길이었다. 용장산은 멀고 깊은 곳이었다. 몸은 칠월의 더위와 장거리의 여독으로 푹푹 절여져 기진맥진해 있었다. 오랫동안 비포장도로를 달려온 버스가 자갈이 깔린 한산한 주차장에 멈추어 섰다. 늦은 오후의 햇살이 금속 차체와 유리창에 부딪혀 쨍쨍 튕겨나가고 있었다. 차가 움직이면서 간간이 푸석한 흙먼지가 뿌옇게 피어올랐다. 차에서 내려 그리 넓지 않은 주차장을 걸어 나왔다. 두어 군데 기념품 상점과 가게, 식당과 여인숙이 보였고, 그 앞으로 사람들 몇몇이 느리게 오가고 있었다.

주위는 둘레가 온통 높고 큰 덩치의 산이었고, 계곡 하나를 끼고 주차장에서부터 위아래로 한 줄기 길이 나 있었다. 용장산은 의외로 초입에서부터 거대하게 버티고 서있었고 나는 다소간 압도되어 갔다. 먼저 가게로 들어갔다. 콜라 한 병을 마시면서 적멸암 가는 길을 물었다. 그러고는 곧장 P가 있는 적멸암을 향해 산을 오르기 시작했다. 실상사로 가는 자갈길에는 시골 사람들 몇몇과 간혹 등산복 차림이 눈에 띌 뿐 한산했다. 본사인 실상사 산문을 지나서부터 적멸암으로 가는 샛길로 들어섰다. 꽉 들어찬 숲 사이로 바위에서 바위로 이어지는 소릿길이 산 위로 줄기차게 계속되었다. 적멸암은 실상사에서도 10여 리나 허덕이며 올라선 곳에 위치해 있었다.

적멸암 한편의 대승당이라는 곳에 P는 있었다. 대여섯 개의 방에 열어젖혀진 문마다 공부하러 와 있는 듯한 일반인들의 모습이 보였다. 그중 한 방에서 뒤로 벌렁 누워 아무렇게나 개켜진 이불 위에 발을 꼬아 얹은 채 책을 뒤적이고 있는 P를 쉽사리 찾아냈다. 그는 나를 보자마자 벌떡 일어나서 반색하고 달려들어 악수부터 청했다.

"오, 정말 왔구나. 햇병아리 기자 선생!"

"녀석. 하필이면 이렇게 험한 데 처박혀 갖고 생고생을 시키냐?"

그의 내민 손을 잡아 쥐면서 아무렇게나 길게 자라난 채 너풀거리는 P의 머리칼을 바라보았다. 바람이 산허리를 감싸 안으며 청청한 송림의 장엄한 행렬 끝으로 불어 갔다.

가까스로 대학을 졸업하고 S잡지사에 들어가 수습 노릇 반년 만에 얻은 여름 휴가였다. 여름 특집호의 온갖 궂은일을 마치고 이 일주일을 어떻게 보낼 것인가 고심참담 망설였다. 그러다가 결국

P가 고시공부랍시고 늦은 나이까지 죽치고 있는 용장산 적멸암을 찾기로 한 것이었다.

"어떻냐, 좋지? 너도 금방 산과 정들게 될 거다. 요즘은 법률책보다 산이 공부하고 싶어져서 탈이다."

"네 녀석이 하두 좋다구 해서 속는 셈 치고 왔다. 또 이 심산유곡에서 고생하고 있는 네가 가엾기두 하구 말야."

그러나 그것은 P가 가끔 편지로 나를 유혹했기 때문만은 아니었다. 반년 동안의 첫 사회생활에서 얻은 회의와 '희'의 결혼 등으로 산만해진 마음과 몸의 피로를 가라앉히기에는, 어디 떠들썩한 해변이나 시끌벅적한 관광지보다는 이곳이 더 좋을 것 같다는 생각에서였다.

잠시 너더분한 생각에 아득한 피로가 전신을 들쑤시고 지나갔다. 그 사이 P는 다시 방에 들어가 러닝셔츠 위에 반소매 상의를 걸치고 나왔다. 조금 윗켠으로 아담한 적멸암 법당의 빛바랜 단청이 아슴아슴 납작하게 내려앉은 대승당 쪽을 바라보고 있었다. 짐작한 대로 P는 산 아랫마을에 술부터 마시러 가자고 나를 잡아끌었다. 그의 모습이 궤변쟁이 대학 시절과 조금도 달라 보이지 않는다는 생각이 들었다.

"뒤늦게 공부한다고 예까지 와서도 술이야? 공분 텄구나."

"터지면 넓어져 좋고, 넓으면 시원해 좋지. 산을 배우면 다 알게 된다."

"언제는 넓으면 엷어 안 좋다더니."

"암튼, 산골 술맛은 기찬 데가 있어."

어긋어긋 객적은 소리를 주고받으며 어스름에 잠기기 시작하는 산길을 되짚어 내려왔다. 울퉁불퉁하게 계속되는 바윗길 사이로 온갖 이름 모를 풀들이 길게 자란 채 어우러져 있었고, 간혹 숲이 트인 곳에선 건너편 산봉우리와 능선 너머로 붉게 걸린 저녁노을을 볼 수 있었다.

실상사 앞을 지나 마을에까지 내려왔을 때는 이미 어둠이 덮이고 있었다. 길섶을 따라 서로 부닥치며 끊임없이 이어지는 계곡의 물소리가 들려왔다. 주차장 쪽으로 기념품 상점과 여관을 겸한 식당에 불이 켜져 있는 것이 보였다.

옷깃에 휘감기는 엷은 어둠을 털며 식당의 유리 밀창문을 열고 안으로 들어섰다. 별반 넓지 않은 식당 한쪽에 방금 식사를 끝낸 듯 나른한 표정으로 마주 앉아있던 중년 부부 두 사람이 잠깐 우리를 돌아보았다. 어수선한 식탁 너머로 주인인 듯한 여인네가 다가왔고 우리는 털썩 의자에 몸을 주저앉혔다. 찌개 끓이는 냄새가 허기를 자극해 왔다.

더덕이며 도라지 등 산채가 주종을 이루는 저녁 식사를 술을 곁들어 맛있게 들었다. 병에 남은 술을 비우며 담배 한 개비를 피워 물었을 때였다. 주인 여자가 빈 그릇을 치우며 지나치는 말투로 잘 아는 사람처럼 P에게 물었다.

"소문에 들응께, 적멸암서 낯선 중 하나가 죽었다던디 정말이라요?"

담배를 한 모금 빨다 말고 나는 번뜩 이상한 예감이 뇌리 깊숙이 박혀오는 것을 느꼈다. P는 잠시 주인 여자를 올려다보았다. 그리고 곧 시선을 거두어들이면서 무표정하게 대답했다.

"네, 그런가 봐요."

주인 여자는 쟁반에 빈 그릇들을 챙겨 들고는 혼자 두어 번 혀를 끌끌차며 주방으로 들어갔다. 뜻밖에 다가서는 호기심과 함께 잘하면 의외로 좋은 특보 기삿감이 되는지도 모른다는 생각에 P를 다그쳐 물었다.

"아니 어떻게 죽었는데? 자살이야 뭐야, 왜 죽었대?"

"마, 내가 그걸 어떻게 알아? 그저 불에 탄 숯덩이를 본 것뿐인데. 술이나 들어! 자…, 이게 진짜 동동주야."

그는 마침 주인 여자가 갖다 놓은 뿌연 빛이 도는 막걸리를 보시기 하나 가득 내게 따라 주었다. 잠자코 술을 받아 마시면서 불현듯 소설 '등신불'이 연상되었다.

술이 주거니 받거니 몇 순배 돌아가고 거나하게 취기가 돌았을 때 재차 그에게 물었다.

"불에 타다니? 그럼 그 소신공양이라고 하는 그런 거 같은 걸 말하는 거야?"

P는 잠시 내 얼굴을 마주 보더니 이내 피식 웃음을 내밀었다.

들고 있던 술잔을 탁자 위에 도로 내려놓으며 탁한 목소리를 훑어 냈다.

"주제에 기자라고 직업 근성 티 내는 거냐? 소신공양? 소신공양 은 무슨 얼어 죽을 소신공양이야, 분신자살이래믄 또 몰라두…."

선뜻 돌아본 유리 밀창문 밖에 가득 밀려온 어둠이 짙게 일렁이 며 덮여와 있었고, 촉수 낮은 실내의 전등 빛이 탁자 위의 흐린 술 잔으로 희뜩 하게 자지러들었다.

"분신자살이라…. 그럼 아무도 모르게 죽었겠군. 근데 숯덩이가 됐다면서 어떻게 누군지 알아볼 수 있었을까?"

"바랑이 있었어. 전날에 암자에서 본 그 객승의 바랑이…. 그리 고 우리 적멸암 스님이 그 숯덩일 거두었어. 다비소로 옮겨 완전하 게 화장해주었어."

"그럼 적멸암 스님과는 아는 중이었던가 보구나?"

"그건 잘 몰라. 꼭 알아야만 그렇게 해주는 건 아니잖어?"

P는 술이 취하자 그의 이야기 속으로 나를 끌고 갈 듯 축축하게 목소리를 연거푸 적셔대며 말하기 시작했다.

"그 객승은 다른 스님들과는 좀 달리 이상한 몰골이었어. 그러 니까 그때가…. 늦은 해가 뉘엿뉘엿 기우는 저녁 무렵이었을 거야. 선승들의 하안거가 시작되고부터는 본사 스님들의 내왕도 끊어지 고 가끔 보는 객승들의 발길도 거의 찾아보기 어려워졌었는데, 그 런데 그 늙수그레한 중이 좀 별나게 추저분한 행색으로 적멸암에 올라왔던 거야. 유독 머리도 깎질 않아서 드문드문 흰 털이 섞인 그 머리칼이 어깨에까지 불결하게 늘어져 있었어. 그런데도 그 무 더운 여름날, 겨울철 스님들이 입은 두꺼운 누더기를 입고 있었어. 눈과 양 볼은 움푹 들어간 채 얼굴은 바짝 타들어 검게 말라붙어 있는 것처럼 보였고. 게다가 어디가 아픈지 몸을 가누는 것도 힘들 어 보였어."

"그러고는 바로 없어진 거야?"

"아냐. 그는 들을 거닐기도 하고 석탑 주변을 서성이기도 하면 서 누굴 기다리는 것 같았어. 곧 어두워졌고 이웃 암자에 갔던 대 허스님이 돌아왔어. 둘이는 서로 알아보는 듯도 했고."

그의 목소리가 내게는 선뜻 의아함으로 다가왔고, 그래서 나는 그가 비워낸 간에 술을 따라 주며 다시 물었다.

"아까는 잘 알 수 없다고 했잖아?"

P는 딸꾹, 잔을 비워내며 총총히 말을 이어갔다.

"근데, 스님들이란 그래. 워낙 처음 만나도 서로 합장하고 문안 하는 게 예사니까. 더구나 깊은 산 속에서의 암자였으니. 아무튼, 그 객승이 대허스님을 기다린 것은 아닌 것 같았어. 그는 대허스 님과 함께 법당 안으로 들어가면서도 멈칫멈칫 자꾸 뒤를 돌아보 곤 했으니까. 지금도 내 귀엔 그의 먹빛 누더기가 온통 가득한 어 둠을 움켜 안고 무겁게 펄럭이는 소리가 들리는 것만 같아. 곧 적 멸암 법당 안에 촛불이 켜지고, 바람이나 쏘일까 하고 밖으로 나와 보면, 밤이 깊어져 가는 데도 법당엔 불이 꺼지지 않았어. 어둠이 밤을 적시며 점점 의식 저편까지 물들여 오고 있는데도. 대허스님이 혼자 법당에서 나와 당신 방으로 건너가는 것을 보고, 그리고 내 방으로 건너와 버렸어. 객승 혼자 남아 있을 그 휑한 적멸암 법당에 오랫동안 촛불 그림자가 어지러이 흔들리고 있는 것을 뒤로하고서."

술 탓인가, 알딸딸한 기운이 파상적으로 얹혀 오면서 가지런히 자세를 허물어뜨리고 있었다. 다시 물었다.

"직접 불에 단 시체를 보았다고 했지?"

"그래. 다음 날이었어. 전에 없이 다소 술렁이는 기척에 늦잠이 깼어. 그때 그 객승은 이미 암자에 없었고, 스님은 무엇에 한 대 맞은 듯한 표정을 지었어. 망연폭포는 한 오 리쯤 떨어진 곳이었는데, 그쪽으로 산책 나갔던 우리 암자의 대학생들이 헐레벌떡 뛰어와 대허스님에게 말하고 있었어. 사람이 죽었다고, 분신자살인가 보다고, 시커먼 숯덩이가 폭포 아래 너럭바위에 있다고, 스님은 그 표정으로 잠자코 그 이야기를 다 듣고 있었어. 그러고는 서둘러 너럭바위로 달려갔지. 우리도 뛰어 따라가 보았는데 차마 바로 볼 수 없더구먼. 대허스님도 '관세음보살'을 연발하면서 눈을 감아 버리데. 처참하게 타 버린 시체, 형체를 알아볼 수 없이 뒤틀린 모습의 시커먼 숯덩이가 거기 있었어. 나는 몇 번씩이나 연거푸 구역질을 토해내야 했고. 바위 밑으로 한쪽에 아무렇게나 해쳐진 바랑이, 그리고 X자가 새겨진 플라스틱 통이 나뒹굴어져 있었고, 곁에 빈 소주병 두 개가 쓰러져 있는 것이 시리게 눈에 들어오더구만."

싸아한 술기운이었다. 그것이 멀미를 치며 온 전신에 휘감아 내리는 것을 느꼈다. 빈 두 홉들이 소주병 두 개의 푸르스름한 빛이 심장의 밑바닥을 모조리 파헤치며 빛과 어둠 사이로 내처 달려가고 있었다.

'드르륵', 밀창문 열리는 소리가 섬광처럼 날아와 탁자 위로 굴러 떨어졌다. 설핏 돌아본 곳에 청년 하나가 안으로 들어서고 있었다. 나는 한순간 P의 얼굴표정이 섬칫 놀라는 것을 놓치지 않았다. 그러나 P는 곧바로 시선을 거둬들여 버렸고, 이내 함구하고 말았다.

청년은 식당 안을 한 번 휘둘러 보고는 풀썩 구석 자리로 가 앉았다. 먼 길을 걸은 사람처럼 피곤한 몸짓이 그와 더불어 식당 안에 들어온 밤공기를 탁하게 호흡하고 있었다. 그는 땟국이 절은 티셔츠 어깨에서 무겁게 매달려 있던 여행 가방을 벗겨냈다. 그는 그것을 힘겹게 옆의 빈 의자 위에 올려놓고는 장발에 가린 갸름해 보이는 얼굴을 들어 주인 여자를 불렀다.

"아주머니, 여기 밥 하나 주세요."

그리 밝지 않은 전등 빛이 그의 자그마한 그림자를 바닥에 늘어뜨리고 있었다. 졸리운 눈을 치켜뜨며 하품하던 주인 여자가 엽차 주전자를 들고 그에게 다가갔다. 컵에 엽차를 따르며 말했다.

"늦었소, 앙. 어디서 오는 길이라요?"

청년은 다소 당황한 듯 우물쭈물 대답했다.

"아⋯, 네. 지금 막 도착했어요."

"어떻게 오셨다요. 차도 없었을 거인디?"

청년은 말없이 뜨악한 표정으로 흘끔 우리 쪽을 한 번 돌아보았다. 나는 급히 그를 향하고 있던 어정쩡한 시선을 거두어 버렸다. 주인 여자는 슬리퍼 끄는 소리를 잘게 남겨 놓으며 주방으로 들어갔다. P가 휘청 나를 잡아끌며 자리에서 일어났다.

나는 마지막 술잔을 비우고 일어섰다. 몸소 가득 거침없이 덤벼드는 알코올 기운에도 나는 비틀했고, 누적된 채 숨어있던 하루종일의 피로가 일시에 몰려오는 것을 느꼈다. 언죽번죽한 취기가 우리 몸에서 탁자로 식당 바닥으로 가파르게 흘러내렸다. P에게 그 객승에 대한 것들을 더 묻고 싶다고 생각했으나 다음으로 미루어야 했다. 암자에 며칠간 머물면서 그 '대허'라는 스님도 만나보고 하면 뭔가 알 수 있을 듯도 하다고 생각했다.

P와 나는 산만한 걸음으로 식당 안쪽 문을 통해 안뜰 왼쪽 편에 함께 딸린 한옥 여관방에 몸을 옮겼다.

새벽이 걷혀가고 있었다. 산골에 묻혀 앉은 여관 뜰의 뒷면에는 개울이 흐르고 있었다. 뜰을 서성이면서 차가운 여울목에 손을 담가 보기도 하고 물풀과 이끼가 함께 자라난 마당 어귀에서 물방개비를 바라보기도 하는 사이, 두 개의 산봉우리 사이로 내리쳐 오던 햇살 한 가닥 한 가닥이 곧 가득해지면서 골안개 서린 계곡의 산 그림자를 거두어 가고 있었다.

산새 소리가 무수히 허공에 흩어지고 있었다. 아침은 먼 산 능선에서부터 계곡으로 번져 왔다. 얼핏 문 열리는 소리에 뒤를 돌아보았다. 먼 끝방이었다. 어젯밤의 그 청년이 막 댓돌 위에 내려서고 있었다. 그의 몸으로부터 덜 깬 듯한 잠들이 우수수 마당으로 떨어졌다. 한순간 그는 내 눈길을 의식하는 듯도 했으나 곧바로 몸을 돌려서 쏜살같이 뜰을 가로질러 가, 이내 밖으로 모습을 감추어 버렸다. 무심코 인사라도 건네려던 나는 아연한 얼굴이 되어 그가 나간 문 쪽으로 잠깐 눈길을 주고 있었다. 그는 아마 첫차를 타러 나가거나 일찍 산에 오르기 위해 서둘러야 했을지도 모른다고 생각했다. 그러자 어지간히도 나른한 여유감이 푹신하게 전신에 덮여왔다.

P가 잠에서 깨어나기를 기다려 같이 늦은 아침을 들었다. 식사를 마치고 밖으로 나왔다. 산골의 오전은 한가롭게 흐르고 있었다. 언덕 쪽으로 올라섰다. 멀찌감치 언덕 아래면 주차장에 택시 한 대가 와 멎는 것을 보았다. 분분히 일어나는 흙먼지 앞으로 택시의 문이 열리고 두 명의 사내가 내려서는 모습이 자그마하게 눈에 들어왔다. 약간 멀어서 확실진 않았으나 다부져 보이는 그들의 모습이 한번 주위를 휘 둘러보고는 바로 주차장 한편의 매표소 쪽으

로 걸어가고 있었다.

P와 나는 실상사 구경이나 할까 하고 절 쪽으로 발걸음을 옮겼다. 길옆엔 성하의 녹음이 빽빽하게 그늘을 드리워 주고 있었고 어디선지 알 수 없는 꽃향기가 신선한 바람결에 묻어 나왔다.

구석구석, 마디마디 고색이 창연하게 배어 있는 실상사를 한 번 둘러보고 적멸암 쪽으로 향해 조금 걸었을 즈음이었다. 바위를 골라 디디며 개울 하나를 건넜을 때, 두어 평 남짓 되어 보이는 풀밭이 나타났다. P가 담배를 피워 물며 한쪽 바위 모서리에 걸터앉았다. 방금 건넌 개울은 옆의 낭떠러지 깊은 골짜기로 층층이 폭포를 이루며 떨어졌고, 소릿길 쪽엔 희끗희끗 페인트가 벗겨진 함석 경고판이 한 쪽 기둥이 빠진 채 모로 누워있었다.

경고

이곳은 해마다 조난 사고가 발생하는 지역입니다. 겨울철 및 우기의 등반을 금하며 노약자, 어린이의 입산을 일절 금지합니다.

-심산 경찰서장-

사람의 키를 넘게 자란 갈대의 숲을 흔들며 산을 비집고 나온 바람이 연이어 그 앞을 지나쳐 가고 있었다. P가 풀밭을 가리키며 말했다.

"이곳을 봐."

"왜? 텐트 치기에 좋겠는데. 야영장인가?"

나는 배수로가 파여진 그 풀밭을 보고 지레짐작 건성으로 되물었다. P가 바로 옆쪽 아래 급류가 흐르는 골짜기를 가리키며 말했다.

"원래는 그래. 야영장이었는데, 얼마 전이었지. 요 아래 급류에 떠내려온 시체를 건져놓았던 곳이야. 그런데 가끔 모르는 등산객들이 여기다 텐트를 치곤 하지."

느릿한 걸음으로 적멸암에 올랐을 때는 정오가 다 되어있었다. 우선 P와 같은 방에 기거하기로 했다. 나는 때마침 부재중인 대허스님을 기다리며 불원간 그를 통해 그 객승의 죽음에 대해 더 물어볼 일을 궁리했다.

대허스님은 저녁 공양 무렵에야 돌아왔다. 암자에서 주는 저녁을 먹고 P와 함께 대허스님 방에 들렀다. 방안에는 방금 향을 살랐는지 은은한 향내음이 엷게 갈려 있었다. P의 소개로 인사를 나누고 나서 방을 둘러보았다. 단정히 앉아있는 스님의 등 뒤로 잘 닫혀진 벽장이 하나 있을 뿐 너무하다 싶게 방안은 검박했다. 오래 묵어 보이는 그리 촛대 위에는 촛불만 둥그런 원을 그리며 방안을 밝히고 있었다.

상투적인 인사말과 소개가 끝난 뒤, 나는 머뭇거리는 기색을 지어 보이며 말을 꺼냈다.

"외람된 말씀이오나, 저어 한 가지 궁금한 일이 있는데요."

"무엇입니까?"

"얼마전 이 부근에서 객스님 한 분이 스스로 유명을 달리했다던
데…."

스님은 뜻밖이라는 듯한 표정을 지으며 P를 돌아보았다. 그러
나 곧 심상한 표정으로 돌아와 내게 눈초리를 돌렸다.

"그렇소만?"

"혹시 그 일에 대해서 잘 아십니까?"

스님은 의아하다는 듯이 되물었다.

"그걸 왜 물으시오?"

나는 잠깐 망설였다. 얼바람 맞은 당혹감이 몰려왔다. 사실대로
기사를 만들기 위함이라고 해야 할지, 아니면 단순한 종교적 관심
이라고 해야 할지, 어느 것이 보다 스님의 마음에 들어 그의 입을
통해 객승에 대해 좀 더 많이 들을 수 있을는지가 얼른 판단이 안
섰기때문이었다. 지금은 그가 가장 중요한 하나의 실마리인 만큼
이 일의 열쇠를 쥐고 있는 그의 심기를 거스를 수는 없는 것이었
다. 잠깐의 고심 끝에 결국 나는 후자 쪽이 좀 더 유리하리라는 생
각이 들었다. 나는 어쭙잖게 입을 열었다

"불교, 그러니까 말하자면, 그 스님의 마음의 세계를 알고 싶어
서 그럽니다."

스님의 뜻밖에 엷은 미소를 지었다.

"그렇다면 스스로 그 마음을 따라 궁구하십시오."

"저 사실은, 그러니까 제 말은 그 스님께서 왜 죽었는가 하는 것이 알고 싶다 이겁니다."

그러자 스님의 미소를 거두고 말했다.

"그런 것은 별로 중요한 일이 아닙니다. 더구나 선생과 같은 분에게는."

결국 현재로서는 그로부터 객승의 이야기를 알아내는 것이 쉽지 않다는 것을 깨달았다. 그러나 한 가지, 그가 객승에 대해 좀 더 많은 것을 알고 있을 가능성이 높다는 것만은 분명하게 느껴졌다. 하릴없이 스님 방을 나오면서도 나는 기어이 그것을 알아내고야 말겠다는 생각을 다져 먹고 있었다.

밖은 이미 어두웠고 대승당의 방문마다 촛불 그림자가 어른거렸다. 같이 방에 들어가면서 P가 말했다.

"어디 그래가지고서야 뭘 좀 알아내겠나?"

"그럼 어떻게 해, 난들?"

P는 비슬비슬 웃음을 세어내며 중얼거리듯 말했다.

"대허스님을 한 번 몰래 따라가 봐, 내일."

다음 날 새벽이었다. 습관처럼 일찍 잠이 깬 나는 법당 뜰이나 거닐어 볼까 하고 나오다가 문득 스님 방에서 나와 빠르게 암자 뒤쪽으로 사라지는 그림자를 보았다. 순간, 나는 그가 바로 실상사 아래 식당에서 보았던 청년임을 직감적으로 알 수 있었다. 새벽빛에 선명하게 비친 그 티셔츠와 청바지가 아니더라도 그의 모습은 충분히 눈에 익은 것이었다. 뜻밖의 광경에 마음을 긴장시키며 서둘러 그가 사라진 법당 뒤쪽으로 몸을 날렸다. 그러고는 조심스레 그의 자취를 좇았다. 사람이 별로 다니지 않은 듯 덤불이 우거진 좁은 샛길이 거기에 은폐되어 있었다. 억새와 칡넝쿨 등에 맺힌 이슬방울들이 사방으로 우수수 흩어지면서 드러난 내 팔에 선득선득 튀어 박혀 왔다.

풀덤불을 헤치면서 얼마쯤 나아갔을 때였다. 갑자기 저만큼 앞쪽에 가던 청년이 발걸음을 멈추고 우뚝 섰다. 나는 얼른 자세를 낮추며 몸을 숨겼고 청년은 뒤를 한 번 돌아다보았다. 주의를 한 번 둘러보고는 고개를 갸웃했다. 누가 뒤따르는 기척을 느꼈는지 아니면 다른 무슨 소리를 들었는지도 모른다고 나는 생각했다. 청년은 다시 걷기 시작했고 나는 잠깐 그 자리에 그대로 머물러 있었다.

그가 시야에서 사라져 버리기를 기다려 더욱 멀리 떨어져서 이번에는 샛길만 따라 걸어갔다. 그가 별난 산짐승이 아닌 바에야 온갖 가시덤불과 넝쿨들 속을 헤치고 갈 수는 없을 것이고, 그렇다면 그는 샛길을 따라갔을 것이었다. 그래서 나도 이 샛길만 따라가면 종내에는 그가 간 곳에 이르게 될 것이기 때문이었다. 물론 갈림길이 나타나거나 다른 등산로나 산길 등을 만날 수도 있는 일이긴 했으나 그런 경우까지 한정 없이 따라갈 수는 없는 노릇이었다.

그렇게 얼마를 걸었을까. 시야가 약간 트이면서 폐옥과 같은 초가가 나타났다. 초가라기보다는 움막에 가까웠다. 한 길도 채 못될 것 같이 납작하게 내려앉은 토담집 낮은 지붕에는 다 삭아 빠진 이엉이 비죽비죽 땅바닥에까지 흘러내려 있었다.

청년은 그 초막 안으로 들어간 것이 분명해 보였다. 마루도 없이 한쪽이 가라앉은 댓돌 위에 그의 것으로 보이는 누런 캐주얼 운동화 한 켤레가 나란히 쓰러져 있는 것이 보였다. 당장 다가가 문을 두드려 볼까 하다가 잠시 생각했다. 아직 그가 누군지 어떤 종류의 사람인지 전연 모르는 상태이고, 대허스님과의 관계도 아직 미지수인데 지금 당장 그를 만나 어떻게 하겠다는 것인지 구체적인 것이 손에 잡히지 않았다. 더구나 그가 의외의 나를 만났을 때 어떻게 나올는지 알 수 없는 일이었다. 당분간 그가 폐옥에 머물러 있을 것으로 예상되고, 그렇다면 차근차근 P나 대허스님을 통하여 뭔가를 알아보는 편이 나으리라는 생각이 들었다. 한 뼘이나 될까 싶은 마당에 이끼가 가득 덮여 있는 것을 곁눈질로 한 번 돌아보고 나는 바로 암자로 돌아왔다.

새벽은 아침으로 환하게 밝아 있었고 문을 활짝 열어 놓은 채 P는 이미 일어나 있었다. 벽에 비스듬히 등을 기댄 채 다리를 꼬고 앉아 책을 굽어보고 있는 모습이 술 마시던 게 언제냐 싶게 새삼스러웠다.

"야, 그 청년을 보았어. 술 마실 때 만난 그 청년 말야."

P는 조금도 놀라지 않았다. 느긋하게 담배를 꺼내 물고 성냥불을 그어 댔다.

"초막에 갔었어?"

나는 아연해진 채 물었다.

"한 두어 달 전쯤 됐을까, 그때부터 가끔 다녀가곤 했으니까."

"그럼 너는 그 청년과는 잘 아는 사이야?"

"아냐. 처음엔 둘이었거든 그런데 그 객승이 죽은 후 얼마 안 있어서, 그러니까 얼마 전부터 산을 내려가 버렸는지 사라지고 안 보여. 주로 그 애가 암자에 다녔거든. 그 애하곤 서로 알아보는 정돈데. 글쎄, 이 청년은 늘상 초막에만 틀어박혀 있는지 어쩌다 한 번씩 보았을 뿐이야. 아마 난 그를 알아봐도 그는 날 몰라볼걸."

나는 머리에 언뜻 스치는 게 있었다.

"혹시, 그럼 얘기라도 해 봤어? 혹시 객승의 죽음과 그 청년 사이에 무슨 상관관계가 있는 건 아닐까?"

"아니, 그냥 얼굴이 좀 익었다는 거지. 관계? 글쎄…, 하지만 그 객승은 내가 알기로는 암자에 처음이고 또 그들과 만나고 말고 할 겨를도 없었을 텐데."

하기야 우연의 일치가 아니더라도 그 객승의 죽음은 은신 생활을 하는 그들의 입장이나 위치를 곤란하게 만들었을 수도 있고, 그래서 한 명은 먼저 딴 데로 갔을 수도 있는 일이었다. 그러나 나는 거기에 뭔가 미묘한 함수 관계가 있을 것만 같은 예감을 받았고 스스로 이미 그 같은 예감을 기정사실화하고 있었다.

아침 공양 시간이 지나고부터 나는 대허스님의 동정만 살피고 있었다. 스님의 방문 쪽을 바라보며 그가 밖으로 나가기만 기다렸다. 그러나 스님은 오전 내내 방문도 열어보지 않았다. 정오쯤이나 되었을까, 나는 얼핏 잠이 들 뻔하였던 모양이었다. 어떤 기미를 느끼고 눈을 떠보니 대허스님이 막 나서고 있었다. 뭔가를 싼 자그마한 보자기를 들고 법당 뒤쪽으로 가고 있었다. 나는 그가 간 방향을 눈여겨보았다. 곧 그가 오늘 새벽 그 청년의 초막 쪽으로 가고 있음을 알 수 있었다.

그는 풀덤불 샛길로 이내 사라졌고 나는 약간 느지막이 그쪽으로 가보기로 하였다. 내 짐작 대로라며 스님은 청년이 있는 그 초막에 들어갔을 즈음해서 거기에 간 다음, 짐짓 산책이라도 나온 척, 그러다 우연히 그곳에 이르른 것처럼 그래서 우연히 만난 것처럼 능청을 부리면 될 것이었다. 담배 한 개비를 더 피우고 난 다음 어슬렁어슬렁 법당 뒤쪽으로 걸어 올라갔다. 곧 오늘 새벽 청년을 따라갔던 샛길로 들어섰다.

한참을 걸어 풀덤불을 헤치고 그 초막에 도착했다. 아침에 본 누런 캐주얼 운동화와 함께 스님의 것으로 보이는 흰 고무신 한 켤레가 새로이 눈에 띄었다. 다시 담배를 꺼내 물고 어정거리는 척 한가한 몸짓을 지어내며 초막으로 다가갔다. 안에서는 뭔가 달그락거리는 소리와 함께 나지막한 말소리가 흘러나오고 있었다. 조용한 음성이어서 무슨 이야긴지 잘 알아들을 수는 없었지만 대허스님의 목소리임에는 틀림이 없었다. 나는 짐짓 다가갔다. 인기척을 느꼈는지 안에서 말소리가 뚝 끊겼다.

"밖에 누구시오?"

곧 대살을 박아 놓은 낡은 방문이 열리고 대허스님의 얼굴이 밖으로 나왔다.

"아, 안녕하세요? 접니다."

나는 약간 당황한 척, 그러나 능청스러이 인사를 했다. 스님은 잠시 놀란 표정을 곧 난감한 얼굴로 바꾸었다. 그러나 나는 아무것도 못 본척하며 무례하게 방 안으로 고개를 들이밀었다. 예의 그 청년이 보였고 마침 그는 식사 중이었다. 청년은 가득 경계하는 눈초리로 나를 훑어보고 있었다. 곧 스님은 자리를 털고 일어서며 청년을 돌아보고 말했다.

"이분은 내 잘 아는 분이니 마음 쓰지 말고. 여하튼 내가 한 말을 잘 생각해보게."

스님은 밖으로 나와 암자 쪽으로 걸어갔다. 나는 급히 그를 따라가며 물었다.

"스님! 저 청년은 누굽니까? 혹시 그 먼 젓 번에 죽었다는 객스님과 어떤 관계가 있는 건 아닌가요?"

스님은 발걸음을 멈추었다. 묵묵히 돌아서서는 찬찬히 나를 바라보았다. 한참 만에 그는 입을 열었다.

"젊은이, 무엇을 알고 싶소?"

"그러니까, 저는 저⋯."

"젊은이의 호기심이나 직업이 그 대상인 어떤 사람에게는 위협이 될 수도 있다는 것을 생각지 못하시오."

나는 그가 무슨 말을 하는지 쉬 알아차렸다. 분연히 말했다.

"결코 그런 일은 없을 것입니다."

"좋소. 그렇다면 말씀드리지요. 하지만 그 일을 가지고 기사를 쓴다거나 하지는 않겠다는 것을 약속해 주시오. 그것은 아마 그 객승 또한 원치 않는 일일 테니."

"그야 물론입니다."

"그 청년은 결코 나쁜 사람은 아니오. 지금 다만 쫓기는 신세가 되어있기는 하지만. 그러나 그 객승의 죽음과는 아무 관계도 없소이다. 청년은 다만 잠시 그 움막에 피신하고 있을 뿐이지요. 단지⋯."

"단지, 무엇인가요?"

"그건 차차 말씀드리겠고. 객승의 죽음과는 관계가 없으니까. 그러니까 그 객승은 옛날 이 절에 있었던 수좌였소. 그때 그의 법호가 혜운이었소. 벌써 십여 년도 넘은 이야기요. 내가 실상사에서 계를 받고 승가의 길로 들어섰을 때 그는 이미 이 도량에서는 가장 촉망받는 수좌였지요. 남달리 강한 의지와 성심으로 다른 이는 엄두도 못 낼 선 수행을 하고 있었던⋯. 같은 대중들 사이에서도 그는 장차 큰 스님이 될 거라고 입들을 모았고, 당시 조실이시던 여진 노장께서는 혜운의 그런 열성을 오히려 경계하라 하였지만. 아무튼 그의 정진 역행은 놀라운 것이었습니다. 그에게는 결제·해제가 따로 없었지요. 하안거나 동안거 때는 본사 선원에서 도반들과 좌선으로 보냈고, 산철이 되어 다른 사문들이 만행으로 운수 행각을 떠날 때도 그는 관음봉 아래에 움막을 지어놓고 생식을 하며 독거생활을 했소."

거기까지 말하고 나서 대허스님은 잠시 말문을 닫았다. 우거진 비자나무 수풀 사이를 빠져나온 바람 한 자락이 그의 잿빛 장삼 옷깃을 한차례 흔들고 지나갔다. 참지 못한 내가 다시 말을 걸었다.

"그러던 분이 갑자기 그런 객승이 되어 버렸단 말씀인가요?"

대허스님은 다시 내 얼굴을 가만히 들여다보았다. 무언가 형언하기 어려운 고요함과 착잡함이 아울러 서려 있는 듯한 눈이었다. 이윽고 그는 다시 말을 이었다.

"그러던 몇 해 후였지요. 어떤 아낙이 하나 아래 절에 찾아왔더랬소. 혜운은 관음봉의 움막에서 그 소식을 들었으나 움쩍도 하지 않았지요. 그러자 그 아낙은, 열두어 살 쯤 먹어 보이는 아이를 데리고 왔었는데, 그만 그 아이를 절에다 버리고 자기는 절에서 십여 리가량 떨어진 저수지에 자기 몸을 던졌다오. 다행히 황혼 녘이라 산밭에서 돌아오는 마을 사람들의 눈에 띄어 목숨은 겨우 건졌다고 합니다만, 그 후로 정신이 반은 돌다시피 하여 도망치듯 사라져 버렸다고 하니, 그 뒤야 뉘가 알겠소?"

스님은 또다시 잠깐동안 말을 끊었다. 그의 침묵에 소슬한 오롯함이 맺히는 것 같았다. 그러나 나는 개의치 않고 다시 물었다.

"그럼 그 아이는 어찌 된 아이였답니까?"

"그 아이는 혜운의 아들이었다고 하오. 물론 혜운은 그때까지만 해도 몰랐지만."

"그러니까 그 혜운이란 분은 그런 아들이 있었다는 것을 몰랐다는 얘기군요? 그 여자와의 한때의 인연, 잊어버리려면 가슴 아픈 젊은 날의 인연, 뭐 그런 것이었을까요?"

"글쎄올시다. 허허⋯."

대허스님은 싱거운 표정으로 빈 웃음소리를 두어 모금 허공에 날렸다.

"그래서 어떻게 되었습니까?"

나는 다급하게 재우쳐 물었다. 그는 빙긋 웃었다.

"재미있소? 듣던 바에 의하면 그 아낙은 대단한 집의 딸이었다 하오. 아무튼 아낙은 혜운을 찾기 위해 십수 년간 안 다닌 곳이 없이 그를 찾아다녔다 합니다. 그때까지 말이오."

"그 아들은 어떻게 되었습니까?"

"아들이오? 그 아이는 우리 방장 스님께서 당시 거두어들였습니다. 처음에는 제 엄마를 찾겠다고 절을 뛰쳐나가곤 해서 내가 몇 번씩이나 면 읍내까지 나가, 장이 선 천막 모퉁이에서 울고 섰는 그놈을 데려오건 했는지 모릅니다. 그러더니 한 번은 제 발로 울며 절에 돌아왔더이다. 그 후로는 다시는 절간을 나가지 않더군요. 나는 그런 고놈이 기특하게만 여겨졌는데 방장 스님은 쯧쯧 하고 혀를 차더이다. 어린 녀석이 가슴에 칼을 품었다고."

대허스님은 잠시 무엇을 생각하는 듯 고개를 들어 먼 산을 바라보았다. 그의 얼굴의 주름살이 그늘처럼 시선 아래 접혔다. 다시 말을 이었다.

"자기 아들이라는 게 있다는 말을 들은 혜운은 갑자기 토굴을 파고 들어가 단식 수행을 하기 시작했소. 그리고 몇 달이나 지났을까, 그가 본사에 내려왔습디다. 거듭된 단식 수행과 가혹한 토굴 독거로 몸은 빈사 상태나 다름이 없었지요. 유난스레 반짝이는 눈만 떼면 그대로인 그는 본사에 내려와 한참동안이나 그 아이를 쳐다보았소. 그런 후 나에게 '저 아이는 중노릇 시키지 말아 주시오'라는 말 한마디만 남긴 채, 겨울 누더기에 걸망을 들쳐메고는 떠나가 버렸지요."

"그뿐이었습니까?"

"그뿐이었소. 그리고는 십수 년이 지난 어느 날 갑자기 찾아왔고, 그다음 날 홀연 죽어 버린 것이라오. '나무아미타불. 무상보리를 일으켜 부디 예토에서 잃은 그대의 비원을 이루시라'."

"그럼 그 아이는 그 후 어찌 되었습니까?"

"그의 말대로 그 아이에게는 먹물 옷을 입히지 않았습니다. 고

것이 신통하게도 공부를 참 잘해서 서울로 대학을 갔지요. 물론 고등학교까지는 예서 다녔소만."

"그래서 지금은요?"

대허스님은 나를 흘깃 돌아다보았다. 쏘아붙이듯이 말했다.

"모르오, 그 뒤론. 그것이 서울로 간 뒤로는 서신 하나 없었으니까. 인연 없는 중생 같으니라고. 허허 참…, 칼을 품었다더니."

그것이 대허스님의 이야기 전부였다. 대허 스님과 나는 어느새 암자 뒷켠 모퉁이에 이르러 있었다. 단청이 바랜 법당 추녀 끝에서 풍경이 약한 바람결에 소리를 내고 있었다. 나는 마지막으로 한 번 더 물었다.

"그럼 그 객스님은 죽기 전 암자에 왔을 당시, 그러니까 스님께 어떤 다른 말은 없었습니까? 혹 무슨 기미를 느끼셨다든가."

그는 잠깐 얼굴을 돌려 나의 눈을 지긋이 쳐다보았다. 그러나 이내 다시 안개에 싸인 먼 산 쪽으로 눈길을 주면서 느릿하게 밋밋한 대답을 흘려냈다.

"없었소, 아무런 말도…. 오랫동안 혼자 법당에서 가부좌를 틀고 죽은 듯이 앉아있었을 뿐."

하늘이 몹시 흐려져 있었다. 서걱대는 바람이 계곡에서부터 몰아닥치고 있었다. 나는 그의 이야기에 뭔가 미심쩍은 인상을 받았으나 일단은 그냥 일어설 수밖에 없었다.

방에 들어와 턱을 괴고 모로 누워있었다. 어느새 스님과의 약속은 아랑곳없이 어떻게 이것을 좋은 기사로 만들 수 있을까 생각을 굴리고 있었다. 아직 너무 미진한 곳이 많았다.

그때였다. 열어젖힌 방문 너머로 암자 입구에 낯선 사내 둘이 올라서는 것이 보였다. 그들은 곧장 대승당 쪽을 향해 걸어왔다. 삼십 대 중반쯤 되었을까 한 다부진 모습의 사나이와, 역시 서른너댓쯤 되어 보이는 큰 키에 완강한 체구의 사나이가 다가와 대승당 마루 끝에 멈추어 섰다. 날씨는 후덥지근했고 그들은 대뜸 방마다 기웃거리며 사람들의 신원을 확인하는 한편 불손한 어조로 주지를 찾았다.

곧 대허스님의 모습이 대승당 한쪽으로 나타났다. 그들은 다짜고짜 고압적은 목소리로 그를 몰아세웠다.

"당신이 바로 이 암자 주지요? 우린 민지철이란 녀석을 연행하러 왔소. 다 알고 왔으니 더이상 숨기지 말고 순순히 나오게 하시오."

"무슨 말씀인지 모르겠소이다. 이 암자엔 그런 사람은 없습니다."

다부진 사나이가 앞으로 썩 나서며 그를 노려보았다.

"흠, 그래요. 하나 알려드릴까? 박도형이가 검거되었소. 당신이 얼마 전까지 이 암자에 숨겨주던 그놈을 어제 실상사 입구에서 우리가 붙잡았지. 그 분신자살해서 죽은 땡중 아들놈 말이오. 이제 아시겠소. 그놈이 죄 불었단 말이요."

암자의 학생들이 옆에서 듣고 있다가 아연한 표정으로 서로의 얼굴들을 돌아보았다. 이번에는 키 큰 사내가 중얼거리듯 말했다.

"에, 그놈의 땡중 영감태기 말이야, 자살하기 전에 우리 손으로 잡아다가 유치장에 콱 집어넣었어야 하는 건데. 하필 예까지 안 잡히고 빠져나와 뒈질 게 뭐야! 검게 실적 하나 놓쳤구만."

"그래도 됐어. 가물치 한 놈 잡았으니까. 또 한 놈은 이제 독 안에 든 쥐고. 그리고 당신, 내 미리 말해 두지만서두, 자알 알아두시오. 당신도 곧 자살 방조 및 고의적인 범인 은닉 혐의로 조사받게 될 거요."

다부진 사내가 대허스님에게 윽박지르듯 말했다. 키 큰 사내가 다부진 사내를 재촉하며 말했다.

"어이 빨리 가자. 이놈이 또 어디로 튀기 전에."

그들은 한바탕 으름장을 놓으며 암자를 한 바퀴 휭 둘러본 다음, 법당 뒷켠에서 예의 그 샛길을 찾아냈고 그들의 모습은 곧 샛길 수풀 속으로 묻혀 사라져 버렸다.

장마가 또 시작되려는지 흐린 하늘에 날씨는 모지락스럽게 무더웠다. 산등성이를 타고 먹구름이 한 무더기 몰려왔다. 나는 누구에게든 뭘 좀 묻고 싶었으나 암자의 사람들이 모두 굳은 표정을 짓고 있었으므로 선뜻 말을 꺼내지 못하고 말았다.

P를 찾았다. 그러나 아침때까지는 보이던 그가 때마침 어딜 갔

는지 보이질 않았다. 드디어 하늘은 뚝뚝 빗방울을 떨어뜨리기 시작했다. 한 사나흘 걷혔던 장마가 다시 시작되려는 조짐을 보이고 있었다.

이상한 일이었다. 한 시간이 넘게 지났는데도 두 사나이가 돌아오지 않고 있었다. 후두둑 거리던 빗발은 진즉 소나기로 변해 산허리를 잡아 삼킬 듯이 퍼붓고 있었다. 더불어 휘몰아치는 바람 속에 크고 작은 봉우리의 모습들은 온통 뿌옇게 감추어져 있었다.

한참 후에야, 온통 후줄근히 비에 젖은 두 사나이가 빈손으로 암자에 돌아왔다. 그들은 젖은 옷을 벗고 수건을 달래서 몸의 물기를 닦아내며 자기네들끼리 말했다.

"하, 고놈아 참 빠르더구만. 산 위로 생귀신같이 달아나 버리는데, 뭐 이건 다람쥐 새끼야."

"자식, 지가 토껴봤자야. 관음봉 쪽으로 갔으니까 내려오는 길은 이쪽 계곡뿐이야. 그러고는 온통 절벽과 덩굴 숲뿐이거든."

"하기야 제깐 녀석, 굶어 죽기 싫으면 나오겠지. 독 안에 든 쥐야."

그날은 하루 내내 소나기가 퍼부었다. 기어이 소나기는 저녁을 넘기고 밤을 꼬박 새워 새벽까지 계속되었다. 희미한 라디오 방송에서 비를 동반한 태풍 '노라'호가 상륙했다고 삑삑거리는 소리를 냈다. 모두가 속수무책으로 비가 그치기만을 기다리고 있었다.

비는 다음날에야 그쳤다. 비 갠 뒤의 푸른 산 모습은 더없이 싱그러운 짙은 초록으로 맑아 있었다. 계곡물은 생각보다 빨리 빠졌다. 점심때쯤에는 하산길이 트였고 나는 서둘러 가방을 챙겨 암자를 내려왔다. 아직 물기가 가시지 않은 바윗길은 미끄러웠다. 조심조심 한참을 걸어 산을 내려왔다.

실상사를 눈앞에 둔 먼젓번 개울 부근을 지날 때였다. 그 입산금지 경고판이 모로 누워있는 곳에 막 계곡에서 건져놓은 듯한 어떤 물체가 거적때기에 덮여 있었다. 그 물체를 중심으로 예의 그 두 사내와 순경이 하나, 인부 둘이 둘러서 있었다.

나는 머뭇거리지 않고 곧장 실상사 앞 정거장으로 뛰었다. 빨리 경찰에 들러 몇 가지 자료를 보충한 다음, 신속히 우리 잡지사와 자매 신문인 S일보사에 그 기사를 타전하기 위해서였다.

떠오르지 않는 섬

I

오늘도 섬은 보이지 않았다. 성에가 짙게 낀 창유리를 또 한 번 손톱으로 긁어냈다. 다시 바다 쪽을 바라보았지만 거기엔 여전히 짙게 흐린 겨울 날씨만 가득히 차갑게 눌러앉아 있을 뿐이었다. 노인의 주검이 파도 끝에 밀려온 날부터 나는 아침마다 습관처럼 회색 기후에 가린 섬 쪽을 바라보고 있었다. 그러나 공교롭게도 섬은 한 번도 그 모습을 드러내 주지 않았고 그때마다 나는 노인의 주검을 떠올리고 말았다.

바다 쪽에서 불어오는 바람 끝에 잠깐 창틀이 흔들리며 가파른 소리를 냈다. 바다 쪽을 향해 난 신문지 한 장 크기만 한 창에서 나는 눈을 뗐다. 작은 포구의 쾌쾌한 냄새와 며칠 동안의 내 체취가 함께 엉거 있는 여관방의 이부자리를 개어 방 한구석으로 밀어 재꼈다.

내가 처음 이 포구에 도착했을 때도 스산한 바람이 불고 있었다. 집 나간 지 오래인 누이의 모습이 어떻게 변했을까 하는 생각에 이제는 오래되어 색이 바랜 회한 같은 것이 잠깐 기억 한켠을 스치며 지나갔다.

K시의 학교들이 긴 겨울 방학에 들어가면서 비교적 한가해진 나는 정월의 추위 한가운데서 그냥 어정쩡한 시간을 보내고 있었다. 그런 나에게 난데없이 눈 속을 뚫고 날아든 한 장의 편지는 급기야 나를 이곳으로 불러들이게 된 것이었다. 포구는 한 번도 전에 가본 적 없는 낯설고 후미진 곳이었다.

작은 포구에 차가 도착했을 때, 흐린 겨울날의 오후는 이미 반나마 더 이울어있었다. 포장도 안 된 험한 빙판길을 시외버스는 몇 시간을 덜컹거리며 달려왔고, 차가 멎었을 때부터 나는 느릿느릿 내 곁에 다가와 앉는 의심스러운 추위와 바람을 함께 만났다. 회색 하늘 밑으로 포구는 겹겹이 추위에 굳게 얼어붙어 있었다. 잔설이 여기저기 희끗희끗하게 남아있는 주차장에 몇 사람을 내려놓은 시외버스는 낡은 엔진을 가르랑거리며 다시 온 길을 되짚어 돌아가 버렸다.

길거리 한쪽 끝으로 공터를 가로질러가는 전신주의 행렬이 길게 꼬리를 감추고 있었다. 얼마 걷지 않아 회색으로 뒤덮인 바다가 눈앞으로 떠올랐다. 썰렁한 선착장 풍경이 방파제 언덕 한편으로 낮게 웅크리고 있는 것이 보였다.

낡은 목조 이층 건물 몇이 드문드문 서있는 거리를 지나, 나는 언덕 위로 올라갔다. 안개같이 흐린 대기 속에서도 바람만은 선명한 차가움의 감촉으로 살갗에 선득하게 와닿았다. 간간이 지나친 점포들은 한쪽 샛문만을 열어 놓았을 뿐 두터운 덧문으로 꼭꼭 움츠러 있었다.

언덕길 모퉁이 돌아섰을 때 바다 쪽을 향해 옹색하게 머리를 들고 있는 교회당 건물이 나타났다. 낡은 퀀셋 막사를 연상시키는 조그맣고 허름한 건물 위로 페인트가 벗겨진 나무 십자가가 위태롭게 얹혀져 있었다. '구세군 울포 영문'이라 쓴 색 바랜 글씨가 엉성한 나무 현판에 힘겹게 매달려 있는 것이 눈에 띄었다. 닫혀 있는 나무 문짝 앞에 노인 하나가 앉아 있었다. 털모자를 깊숙이 목덜미까지 눌러쓴 노인은 바다 쪽을 향해 시선을 던진 채였다. 바다 쪽에서 연방 매운바람이 불어왔고 노인의 옷깃과 성긴 머리카락이 희끗희끗 나풀거렸다.

발걸음을 옮겨 교회당 건물을 끼고 뒤편으로 돌아갔다. 판잣집이나 다름없는 작고 낮은 바라크[baraque, 판잣집. 가건물. 허름하게 임시로 지은 작은 집] 건물이 교회 뒷면에 바짝 붙어 있었다. 두세 평 남짓이나 될까 싶은 마당에 아이 하나가 있었다. 아이는 빵모자에 누비바지를 입은 모습으로 나무 막대를 가지고 언 땅을 툭툭 치며 혼자 놀고 있었다. 부엌 쪽에서 문이 열리고 왜소한 체구에 작업복 차림의 남자 하나가 나타났다. 스물에서 서른이 채 못 되었을까 싶은 그의 손과 옷 이곳저곳에는 시커먼 탄가루가 묻어 있었다. 그는 두꺼운 안경 너머로 나를 쳐다보았다. 그의 등 뒤로 삐죽이 열린 부

얶문의 안쪽이 들여다보였다. 그는 깨진 연탄들을 모아다가 조개
탄을 만들고 있었던 모양이었다. 마당에서 혼자 놀던 꼬마가 빼꼼
히 나를 올려다보았다. 나는 먼저 말문을 열었다.

"나는 희연이의 오빠 되는 사람인데…. 지금 있는지 모르겠군
요?"

순간, 그는 약간 당황한듯한 표정을 지었다. 그런 그의 얼굴에
아득한 그늘 같은 것이 빠르게 지나갔다. 그러나 곧 침착을 회복하
고 애써 반가운듯한 표정을 지으며 나를 맞았다.

"진즉 인사드리지 못해 죄송합니다. 전 김신행이라고 합니다.
우선 좀 들어가시지요."

그는 시커멓게 연탄 가루가 묻은 목장갑을 벗으며 송구스럽다
는 듯이 이 허리를 굽혔다. 예기치 못한 난처함을 느꼈다. 나는 걸
어오면서 봐 둔 거리의 작은 다방을 생각해 내고 정중하게 그의 권
유를 사양했다.

"아뇨, 난 요 아래 다방에 있겠습니다. 포구 구경도 하고 싶고,
이따가 또 들르지요."

나는 당혹해 하는 청년의 대답을 기다리지도 않고 곧장 돌아섰
다. 서둘러 교회당 모퉁이를 돌아 나왔다. 궁상스럽고 을씨년스러
운 교회당 건물을 빠져 나오면서 나는 희연이를 만나면 무슨 말을
해 주어야 할지를 생각하고 있었다. 흐린 하늘을 한번 올려다 보았
다. 회색 구름들이 낮게 눌러앉아 있었다.

모서리가 군데군데 파인 시멘트벽 모퉁이를 막 돌아설 때였다. 물들인 군용 야전 잠바를 입은 청년 하나가 내게 다가왔다. 그는 나를 향해 흰 이를 드러내며 씨익 웃었다.

"아저씨, 이것 보시겠우?"

그는 등 뒤로 감추었던 손을 내 앞으로 들이밀었다. 그의 손에는 아직 완전히 죽지 않은 뱀 두 마리가 꿈틀거리고 이었다. 빼빼한 청년은 백치 같은 웃음을 히죽 베어 물며 익살스럽게 말했다.

"난, 땅군이요. 이곳은 뱀이 많은 지방이랍니다."

그리고는 청년은 돌아섰다. 등을 보이며 샛길로 걸어 올라가는 그의 다리가 절름거리고 이었다. 나는 잠시 멈추었던 걸음을 옮겨 바람 부는 포구의 거리로 들어섰다.

그날, 나는 바다 쪽으로 향한 언덕 한 편에 있는 여관에 숙소를 정했다. 그것은 그날 교회당을 나와 잠시 후에 만난 누이를 보고, 당분간 그 애에 대한 나의 생각을 정리해야 하겠다는 생각과 함께 이 포구의 독특한 분위기와 어떤 거부할 수 없는 음습하고 끈적끈적한 공기 같은 것이 나를 이 작은 포구에 머무르게 하였다.

그날 오후, 선착장 부근의 낡은 이층 건물의 다방에서 누이를 만났다. 회연을 만나면서부터 나는 내가 그 애에 대해서 가지고 있던 생각들에 대한 당혹감을 건져내야만 했다. 난로 위에 올려놓은 주전자에선 뜨거운 김이 연신 솟아올랐으나 한산한 실내 구석구석에는 서늘한 냉기가 흘러다녔다. 나는 외투 주머니에 양손을 깊이 찔러 넣은 채 앉아 있었고 그 애는 추위 속을 걸어와 마악 다방 안으로 들어섰다. 상기된 볼에서 입김을 '호'하고 불어 냈다. 집을 떠난 그 세월 동안을 아마 철새처럼 흘러다녔을 것이다. 나는 그 애의 가냘프게 야윈 어깨를 바라보았다. 그리고 그 애가 자리에 앉기를 기다렸다가 나는 천천히 그러나 단도직입적으로 물었다.

"그럼, 인제 여기 눌러살 거냐?"

그 애는 그냥 엷은 미소만 한 모금 베어 물었다. 그러나 그것은 왠지 내게는 조용한 만큼 견고해 보였다. 그래서였을까, 나는 그 구세군 교회의 김신행이라는 사람에 대해 물어보고 싶었으나 종래 입을 열지 못하고 있었다.

"죄송해요. 미처 알려드리지 못하고…."

나는 어쩐지 내가 그 애를 설득할 수 없을 것 같은 느낌이 들었다. 그 때문이었는지 모르지만 나는 한참을 그저 묵묵히 그 애의 얼굴을 바라보는 것으로 시간을 보냈다. 그러나 내가 할 말은 아주 많은 것 같았고 언젠가는 그 말들을 정리해서 해 주어야만 하리라는 생각이 들었다.

그날 밤 김은 내가 묵는 여관으로 날 찾아왔다. 나는 김과 마주 앉아 있으면서 뭔가 말로 하기 어려운 뭉쳐진 감정 같은 것이 마음속에 묵직하게 내려앉은 것을 느꼈다. 그 크기만 한 어둠을 등지고 선 창밖으로 칼날 같은 바람 소리가 웅웅거리며 지나갔다.

"뭘 약속드릴 순 없지만, 열심히 살아 보기로 했습니다."

그의 차분한 목소리가 결의에 차 있었다. 갑자기 마음 한편으로 그가 고맙게 느껴졌다. 집을 떠난 그 세월 동안 누이가 어디서 무엇을 했는지 나는 알 수 없었다. 딴은 그 철새같이 가엾은 누이의 영혼을 그가 구해냈는지도 모른다는 생각이 들었다. 나는 어린 시절 부모님을 여의고 외삼촌 집에서 자라야 했던 때의 나와 누이의 모습을 머릿속에 떠올렸다. 김이라는 이 사내와 누이가 한편으로는 기특하고 대견하게 느껴진 것일까, 나는 결국 아무 다른 말도 꺼내지 못했고, 결국 누이를 설득해 본다거나 데리고 갈 수 있을까 하는 생각들을 나도 모르는 사이에 지워버리고 있었다.

그러나 나는 김을 배웅해 주고 돌아와서 일말의 미진함 같은 기분에 다시 휩싸였다. 포구 전체를 감싸고 도는 잿빛 대기 때문인지 그런 기분은 여전히 마음 한 모서리에 남아 낮게 눌러앉고 있었다. 그것은 다음날 내가 보게 된 어떤 풍경으로 하여 더욱 무겁게 내 가슴속에 자리 잡고 말았다.

내가 포구에서 첫 밤을 새우고 난 아침, 나는 K시에서의 습관처럼 밖으로 산책을 하였다. 포구의 구석구석에는 아직도 가무린 어둠이 깊숙이 배어 있었다. 선착장 쪽을 등지고 섰던 도드락한 구릉을 향해 걸었다. 얼마지 않아 나는 구릉 위에 올랐다. 그리고는 구부러진 소릿길을 막 돌아서자, 건너편 숲 사이로 언뜻 솟아 있는 망루 같은 것이 보였다. 구릉의 능선을 따라 좀 더 높은 쪽으로 올라섰다. 곧 그것은 부옇게 머물러 있는 모습을 드러냈다. 간간이 창살이 질러져 있는 잿빛 콘크리트 건물이 보였는데, 내륙을 향해 뻗어 있는 산봉우리 사이에서부터 번져 오는 새벽 햇살을 받아 그것은 완강하게 웅크린 모습을 드러냈다.

나는 한동안 그것을 바라보고 있었다. 얼마나 지났을까, 멀리 그곳 입구의 문이 열리고 개미만 한 몇 사람의 모습이 밖으로 나오는 것 같았다. 그들은 잠시 머무는 듯하더니 이내 열을 지어 구릉을 우회하는 건너편 도로를 따라 포구 쪽으로 가는 것 같았다. 나는 서서히 발걸음을 돌려 다시 포구 쪽으로 내려왔다. 날은 완연하게 밝아 있었다.

아침을 먹기 위해 세면을 마친 나는 선착장 부근에 있는 식당으로 향했다. 아스팔트가 짝짝 갈라진 포장도로를 지나 허접쓰레기와 개숫물이 함께 얼어붙어 있는 선착장 앞을 지나갈 때였다. 박박머리를 한 세 명의 늙수그레한 남자가 두 명의 제복 입은 사람과 함께 부두 끝에 서 있는 것이 보였다.

아침의 냉기를 털며 들어선 식당 안에는 병색이 드러나 보이는 사내가 혼자 앉아 창밖을 바라보고 있었다. 한 사십 대 중반쯤 되어 보이는 사내의 남루한 차림이 아침을 을씨년스럽게 만들고 있었다. 그 창밖으로 선착장의 풍경이 눈에 들어왔다. 낡아 보이는 부두의 저편에서 발동선 한 척이 다가오고 있었다. 오래지 않아서 배는 부두에 닿았다. 부두 끝에 서 있던 사람들은 흐린 바다에서 불어오는 안개 같은 찬 바람결에 어깨를 털며 배 위에 올랐다. 나는 조심스럽게 사내에게로 다가갔다. 사내의 창백한 이마와 초췌한 행색 위로 한 겹 더 무겁게 보이는 추위가 깊이 가라앉아 있었다.

"저 배는 어디로 가는 겁니까?"

사내는 나를 돌아보지도 않고 손가락으로 짙은 회색이 풀어진 듯한 바다를 가리켰다.

"섬이요."

나는 사내가 가리킨 바다 끝에서 잿빛으로 흐린 날씨 밖에는 아무것도 발견할 수 없었다. 사내는 석고상같이 표정 없는 얼굴로 입을 다물고 창밖만을 응시하고 있었다. 바다 쪽에서 불어오는 추위를 깃발로 날리며 발동선은 뱃머리를 흐린 바다 쪽으로 돌렸다. 배는 곧 시리게 흰 물살을 그으며 흐린 수평선 쪽으로 멀어져 갔다. 나는 한참 동안이나 바다를 쳐다보고 있었다.

아침 식사를 마치고 교회당 쪽으로 올라갔다. 바다가 마주 보이는 교회당 언덕에 전번의 그 노인이 앉아 있었다. 그의 어깨 위로 칠이 벗겨진 교회 지붕과 십자가가 보였다. 얼굴에 듬성듬성하게 검버섯이 깔린 노인은 무감동한 표정으로 물기 흐린 바다를 바라보고 있었다. 나는 브로크 벽돌 위에 올라서 그의 앞으로 다가섰다.

"무엇을 바라보고 계십니까?"

그는 나를 돌아보았다. 그리고는 손을 들어 바다의 한 방향을 가리켰다.

"섬이오, 보이우?"

"섬이라뇨? 나는 아무것도 안 보이는데…."

"우리가 갈 곳이오. 뭐하러 가냐구? 허허, 뭐하러 가긴, 살러 가지."

노인은 잠시 입을 다물었다가 다시 말했다.

"아냐, 죽으러 가는 거여. 죽을 자리를 찾아가는 거지. 아무도 돌아온 사람이 없으니까…."

바다 쪽에서 불어오는 바람이 면도날처럼 섬뜩하게 얼굴을 때리고 지나갔다. 뼈만 남은 자작나무의 가는 줄기들이 머리 위에서 웅웅거리며 앓는 소리를 냈다. 그때 노인이 느닷없이 나를 붙잡고 말했다.

"선생, 부탁이 있소. 나를 저 섬으로 가게 해 주시오."

나는 노인 곁을 떠나 교회당 안으로 들어섰다. 예배가 시작될 모양이었다. 죄다 해야 겨우 열 명 남짓이나 될까 한 사람들이 교회당의 마룻장 위에 옹기종기 앉아 있었다. 김이 옷깃에 에스자 마크가 선명하게 새겨진 짙은 곤색의 구세군 제복을 입고 강단에 올라섰다. 누이는 조개탄으로 난로를 피우느라 간간이 매운 기침을 하며 부삽을 움직이고 있었다. 꼬마가 앞자리에서 강단 위의 김을 올려다보고 있었다. 예배가 시작되었다. 찬송을 하고 기도를 하고 성경 봉독을 하고, 이윽고 김의 설교가 시작되었다.

"벙어리 귀신아, 귀머거리 귀신아, 내가 너희에게 명령하노니, 이 아이에게서 나와 다시는 들어가지 말라고 마가복음 9장에서 예수께서는 말씀하셨습니다. 또한 더러운 귀신아, 그 사람에게서 나오라라고 5장에서 말씀하셨고, 마가복음 1장 27절에는 권위 있는 명령에 귀신들이 복종하였다라고 기록되어 있습니다. 그런데…"

그때 갑자기 교회당의 뒷문이 거칠게 벌떡 열렸다. 허물어질듯한 노인의 그림자가 열어젖혀 진 문짝에 위태롭게 매달려 있었다. 노인의 목소리가 실내를 울리며 마룻장을 쳤다.

"야, 이놈아! 내 아들을 살려내! 내 아들을…"

노인은 언제 빙판이 된 진흙탕에 넘어진 모양이었다. 옷에 눈과 흙이 엉겨 붙은 채로 강단 위의 김을 향해 고함을 질렀다. 그러자 누이와 뒤쪽에 앉아 있던 교인 하나가 달려갔다. 그들이 다가가자 노인은 눈에 초점을 잃으며 무너지듯 그 자리에 주저앉았다. 그들이 노인을 부축하며 밖으로 데리고 나갔다. 열린 문으로 바다 쪽에서 불어 오는 찬바람이 실내에까지 가득 몰려들고 있었다. 누군가가 일어서서 다가가 문을 닫았다. 바람은 금방 멈추는 듯하였다.

설교는 잠시 중단되어 있었다. 교회당 안에는 잠깐 정적이 흘렀다. 그때, 구석에 앉았던 한 청년이 벌떡 일어섰다. 그리고는 무슨 말을 할 듯 문을, 김을 응시하더니 이내 휙 하고 몸을 돌렸다. 쾅 소리가 나도록 문을 닫고 그가 나갔다. 그는 내가 어제 교회당 앞에

서 마주쳤던 그 뱀잡이 청년이었다. 또, 한 모금의 정적이 허허로
운듯 실내에 깊게 내려앉았다.

사람들은 그저 조용히 앉아 있었다. 그들은 이미 이런 일에는 익
숙해 있는 것처럼 보였다. 김이 잠시 아연해 있다가 눈을 감았다.

"기도하겠습니다. 아버지 하나님…."

좁은 실내였지만 빈자리가 더 많은 공간은 그만큼 더 휑해 보였
다. 김의 기도가 조금씩 조금씩 격렬한 어조를 띠면서 교회당 안의
빈 공간 사이사이를 텅텅 울리며 밖으로 휘역휘역 빠져나갔다.

나는 그만 밖으로 나왔다. 언덕길을 내려와 방파제 쪽으로 천천
히 걸었다. 멀리 바다를 바라보았다. 여전히 날씨는 흐리고 몹시
추운 바람이 불었다. 담배 한 개비를 막 꺼내 무는데 내 곁에 다가
서는 사람이 있었다. 어디서 나타났는지 그 뱀잡이 청년이 나를 쳐
다보고 있었다.

"선생님께선 흑섬을 보셨습니까?"

그가 생각보다 훨씬 진지한 목소리로 물어 왔다. 그러나 나는
탐탁지 않은 기분으로 시큰둥하게 대답했다.

"글쎄요. 흑섬이라뇨?"

"모르시나 보군요. 이 포구 앞바다에는 섬이 하나 있죠. 지금은
안 보입니다만."

나는 담배를 물려던 손을 중간에서 멈추며 그의 얼굴을 바라보
았다. 갑자기 그가 히죽 웃었다. 손가락 두 개를 아래로 세워 내 코

앞에 들이밀었다. 그가 웃으며 말했다.

"이것입니다, 이것. 흑섬엔 뱀이 득시글득시글 많지요."

아연해 하는 나를 그는 익살스러운 표정으로 올려다보았다. 그리고는 이내 몸을 돌렸다. 그는 킬킬대며 절룩거리는 걸음 반, 뜀 반으로 방파제를 따라 멀어져가 버렸다.

그날 밤, 나는 마음속에 육중한 그 무엇을 그러안은 채 교회당으로 돌아왔다. 바깥으로 창틀을 흔들며 지나가는 바람 소리를 귓전으로 찍어 넘기며, 이미 불기가 사라진지 오래된 난로를 사이에 두고 김과 나는 묵묵히 앉아 있었다. 그의 표정은 종잡을 수 없는 선들이 얽힌 듯한 인상을 주고 있었다.

"많이 상심하신 모양이군요?"

마침내 오랫동안의 침묵을 깨면서 어눌한 목소리로 내가 물었다.

"뭘요, 항상 겪는 일인데요, 뭐."

"어쩌다가 이렇게 어려운 길을 택하게 되었습니까?"

나는 너무 가라앉아있는 분위기를 돌려 보려고 다시 말을 꺼냈다.

"아버지가 목사였었죠. 물론 아득한 옛날이야기 같은 것입니다만…."

"아하, 그럼 원래 고향이 여기신가요?"

"아뇨, 본래는 섬에서 살았었죠. 어린 시절 아버진 그 섬 교회의 목사였으니까요. 그때만 해도 섬은 꽤 살기 좋은 곳이었죠."

김은 잠시 어둑신한 표정으로 천장을 올려다보았다. 그런 그의 얼굴 위에 푸르스레한 형광등 불빛이 떨며 퍼득이고 있었다.

"하필이면 왜 이런 곳에 있습니까?"

김은 고개를 반듯이 세우며 잠시 나를 바라보았다.

"이곳은 전형전인 특무들의 베임지였습니다. 다른 교파의 신학교 격인 사관학교를 졸업하지 않아도 이곳을 거치면 목회자인 사관이 되어 나가지요. 말하자면 이곳은 정식 목회자조차 없는 개척 교회가 다를 바 없는 곳입니다. 그래서 이곳을 사관이 되기 전에 잠깐 머물러 거쳐 가는 곳이래서 '사관 양성소'라고 부른답니다."

언제 교회당 안에 들어왔는지 누이가 창문가에 기대서서 어둠이 가득 담긴 바깥을 바라보고 있었다. 김이 다시 중얼거리듯 말을 이었다.

"하지만 전, 자꾸 두려움을 느끼곤 합니다. 저는 사관이 될 때까지 참아내지 못할 것 같은 생각이 들어요. 선배들이 어떻게 이런 곳에서 몇 년씩 버텨냈는지 이해가 안 됩니다. 하긴, 옛날에는 여기도 좋았다더군요. 한때, 그 시절엔 물고기 철 한때 보면 한밑천 잡았더랍니다. 하지만 북쪽에서 부터 흘러온 바닷물이 연안을 온통 까맣게 만든 후 부터는 어림없어요. 이 포구엔 작은 고깃배 하나 얼씬하지 않고…. 지금 이 포구가 하는 일이라곤 오로지 흑섬으로 돌아오지 못할 사람들을 실어 가는 일뿐이에요."

나는 흑섬이란 말에 얼핏 정신이 환기되면서 바르게 되물었다.

"아, 그 이 포구 앞에 있다는 섬 말인가요? 대체 어떤 섬인가요?"

김은 돌아다보지도 않고 뇌까리듯 빠르게 말 말했다.

"흑섬은, 이를테면 섬 전체가 하나의 커다란 병원이죠. 아니 수용소라는 표현이 더 적당하겠군요."

"커다란 병원, 수용소라뇨?

"차차 아시게 될 겁니다. 다만 그래도 그곳에 비교하면 여긴 그래도 가능성이 있는 곳이죠. 하지만 그 가능성이란 게 뭡니까? 어차피 대처로 나가는 길은 막혀 있고, 그러니 섬보다는 나은 편이라고 해서 희망적이라는 건 희떠운 소리에 불과한 거죠. K시에 큰집들이 들어설수록 우리는 더욱 절망합니다. 매년 젊은이들이 K시로 떠나지만 언제나 그들은 바뀌는 계절과 함께 병들고 다친 몸으로 돌아오곤 하지요. 개중엔 K시에서 실려 온 늙고 병든 환자들과 함께 섬으로 보내지는 사람들도 없지 않답니다."

이때 창문가에 기대 서 있던 누이가 몸을 돌려 다가왔다. 조용히 손을 내밀어 김의 어깨를 일으켜 세우며 말했다.

"이젠 쉬셔야 해요. 몸도 좋지 않은데 내일을 생각해야죠."

김은 누이를 따라 순순히 일어서며 나직이 중얼거렸다.

"전, 그 섬이 무섭고 두렵습니다. 그날부터 검은 대기에 가려 보이지는 않지만, 그 섬이 언젠가는 그 섬이 나를 자기 발부리에 데려다 눕히고 말 것만 같은 생각이 들어요. 한번 잡으면 절대로 놓아주지 않는다는 물귀신의 망령처럼…."

나는 교회당 안의 썰렁한 형광등 불빛을 옷깃에 휘감으며 어두운 바깥으로 나왔다. 그때, 나는 교회당의 낡은 나무 문짝 뒤에서 금방 어둠 속으로 사라지는 사람 그림자 하나를 얼핏 본 것 같았다.

어둡고 추운 해변 쪽 언덕길을 걸어 거리로 내려갔다. 어둠이 꽁꽁 얼어붙은 겨울밤을 적시며 포구 가득히 덮여 있었다. 창끝 같은 추위가 앙칼지게 살갗으로 파고들었다. 허물어진 수협 창고 모퉁이를 돌아서면서 교회당 쪽을 한 번 돌아다보았다. 그러나 교회당 모습은 어둠에 가리고 골목에 감추어져 아무것도 보이지 않았다.

여관에 돌아오니 나를 기다리는 사람이 있었다. 그는 오랫동안 그러고 있었던 것처럼 현관 안쪽 불기 약한 연탄난로 곁의 의자에 웅크리고 앉아 있었다. 내가 현관에 들어서자 그가 따라 일어서며 나를 불렀다.

"드릴 말씀이 있어서 왔습니다. 바쁘지 않으시다면, 그리고 일전엔 죄송했습니다."

그는 다리를 저는 바로 그 뱀잡이 청년이었다. 나는 그다지 내키는 기분이 아니었으나 그의 태도가 전과 달리 진지해 보이는 데다가, 야릇한 내 나름대로의 호기심도 없지 않아 일단 방 안으로 들어오기를 권했다.

"그럼, 내 방으로 들어갈까요. 괜찮다면?"

그는 잠시 머뭇거렸다.

"그럼 먼저 들어가 계시죠. 바로 뒤따라 들어가겠습니다."

다급히 현관문을 나서는 그를 뒤로하고 나는 계단을 올라와 삐걱대는 목조 이층 건물의 내방 앞에 섰다.

막 겉옷을 벗어 벽의 못에 걸고 아랫목에 앉아, 펼쳐 놓고 간 원고지의 빈칸을 들여다보고 있는데 그가 왔다. 그는 종이 봉지에 이홉들이 소주 두 병과 오징어 한 마리를 꺼내 놓으며 내 앞에 와 앉았다. 두텁게 누빈 국방색 바지를 입은 그의 왜소한 몸집이 침침한 형광등빛 밑으로 희뜩하게 자지러들었다. 전작이 있었는지 약간의 술 냄새가 그로부터 풍겨 나왔다. 그는 소주병을 하나 들어 이빨로 뚜껑을 따고 내 앞에 먼저 종이컵을 내밀었다.

청년은 내 첫인상과는 달리 제법 진지해 보였고 그런 그의 태도 어느 구석에는 일종의 비장함마저 번득였다. 그러나 그의 그것이 너무 지나쳐서였는지, 다듬어지지 않은 거칠음과 도전적 강렬함을 띤 눈빛 때문이었는지, 나는 약간의 경계심을 그대로 가지고 있지 않을 수 없었다.

그는 왠지 오기에 찬듯한 표정으로, 힘줄이 돋은 손으로 연거푸 종이컵을 비워내고 있었다. 그런 그를 내가 거의 무방비 상태로 쳐다보고 있었는데 청년이 다시 한 번 빠른 동작으로 술 컵을 들다 말고 키들키들한 목소리를 내 앞으로 던져 냈다.

"선생님, 저는 희연씰 사랑하고 있습니다. 희연씰, 희연씰 사랑한단 말입니다. 제기랄!"

갑자기 천장이 가까이 다가오는 듯했다. 나는 그가 무슨 말을

165

하는지 얼른 이해가 되지 않았다. 그가 다시 앉은 채로 몸을 휘청하며 실성한 사람처럼 중얼거렸다.

"난 K시로 돌아가고 말 거요. 난 이곳이 싫소. 죽음과 같은 이곳이 싫어. 더구나 흑섬 따위엔 죽어도 안 갈 거요."

나는 아무래도 청년이 정상적인 대화를 하기엔 너무 취했던가, 아니면 너무 격앙되어 있다고 생각하고 그를 부축해 일으켜 세웠다.

"너무 취한 듯하군요. 오늘은 들어가 쉬시오. 내일 이야기합시다."

그때 청년은 내 손을 거칠게 뿌리치며 큰 소리로 말했다.

"놓으시오, 놓으란 말이야. 나는 혼자 얼마든지 일어서서 나갈수 있어. 난 다린 절지만 매우 건강한 대한민국 남자요, 누구보다도 더…. 그 망할 놈의 비무장 지대, 그 망할 놈의 태풍 지뢰 땜에 한 쪽 발목을 잃긴 했지만 말이야. 그래도 나는 건강한 남자라구!"

청년은 비틀하며 일어서더니, 취한 듯 제풀에 겨워 거칠게 숨을 몰아쉬었다. 문을 열고 나가려다 말고 나를 돌아보았다. 그리고는 다시 쏘아붙이듯 말했다.

"당신은 희연씨가 특무와 결혼한 줄 알지만, 거짓말이오. 그들은 결혼하지 않았어. 그들은 부부가 아니야. 그러므로 나의 사랑은 정당한 거요."

그는 쾅 소리가 나도록 문을 함부로 닫고 방에서 나갔다. 나는 난데없이 한 방 맞은 듯한 기분으로 잠시 멍해 있다가 곧 무의식적으로 방을 나섰다. 삐꺽거리는 나무 계단을 내려와 현관 밖을 둘러보았으나 청년은 어디로 사라졌는지 알 수 없었고 어둠만이 성큼 가득히 다가왔다.

현관문을 밀쳐 열고 나와 잠시 바람 부는 거리에 서 있었다. 가로등 하나 없는 시골 포구의 겨울밤은 인적조차 드물었다. 마치 눈앞에 보이는 듯 청년의 절룩거리던 다리가 억세게 나의 뇌리를 비집고 들어와 박혔다. 낮부터 날씨가 흐렸던 탓인지 하늘에 달빛도 별빛도 새어들지 않았다. 달도 별도 없는 하늘엔 그저 음산한 어둠만이 그득 싸여 있었다.

다음 날 아침, 나는 방파제 언덕 위에 서 있었다. 새벽녘부터 잠이 깨어 뒤척이다가 날이 밝자마자 산책 삼아 바다 쪽으로 나왔다. 바다를 바라보았다. 흐린 날씨 때문인지 수평선이 보이지 않았다. 그 바다로 한 척의 발동선이 떠나고 있었다. 그것이 금방 가무린 회색 대기 속으로 자취를 감추어 버렸고, 짙푸른 바다에 그어냈던 물살도 곧 사라져 버렸다. 눈도 오지 않으면서 하늘은 고집스럽게 무거운 암회색으로 짙게 드리워져 있었고, 앙상한 자작나무의 잔가지 사이로 침침한 겨울 하늘이 찢긴 듯이 걸려 있었다. 나는 눈이 녹다 얼어붙어 미끄러운 진창길을 넘어지지 않도록 조심하며 교회당 쪽으로 걸어 올라갔다.

누이는 표정을 안으로 감추며 아궁이의 연탄불을 갈아 넣고 있었다. 꼬마 아이가 천진스럽게 누이의 뒤를 따라가며 그 조그만 입으로 뭔가 쫑알쫑알거리고 있었다. 나는 몇 발짝을 옮겨 누이 옆으로 다가갔다.

"어젯밤 절름발이 청년이 날 찾아왔다. 글쎄 널 사랑한다는구나. 너희들이 부부가 아니라면서."

누이는 돌아다보지도 않고 말했다.

"그 사람은 제정신이 아니예요. 항상 엉뚱한 짓만 하고 돌아다니죠. 아마 곧 흑섬으로 보내지게 될 거예요."

"흑섬이라니?"

"그러니까 K시에 그 무서운 돌림병이 휩쓸고 지나간 뒤였죠. K시에선 시와 가장 멀리 떨어진 이곳 앞 선에 '시립정신병 보호원'과 '시립 나환자병원'을 세웠어요. 돌림병의 후유증을 치유하기 위한 시책 사업이었다고 해요. 벌써 오래된 옛날이야기가 돼버렸지만…."

누이는 허리를 펴고 일어서서 나를 마주 보았다. 그리고는 방쪽으로 걸음을 옮기며 다시 말을 이었다.

"하지만 아직도 그 돌림병은 끝나지 않은 모양이에요. 아직도 수많은 사람들이 병으로 폐인이 되어 문드러진 얼굴과 손발, 돌아버린 머리를 구멍 난 가슴으로 부둥켜안은 채 섬으로 실려 떠나가니까요."

"나병이나 정신병이라면 치유하기 어려운 병이긴 하지."

나는 그저 무심결에 혼잣말하듯이 나직이 말했다. 누이가 댓돌 위에 신발을 가지런히 벗고 방안에 들어서며 말했다.

"들어오서요. 그인 아버님 때문에 잠깐 나갔어요. 철이야, 너도 이리 들어온."

나를 뒤따라 꼬마 아이가 갸우뚱거리며 방안으로 들어왔다. 둥글고 뽀얀 얼굴에 새까만 눈이 몹시 귀엽게 생긴 아이였다. 아이가 방긋 웃다가 나를 보고는 똘망똘망한 표정으로 눈빛을 빛낸다. 나는 아이에게 두 손을 벌려 보이며 누이에게 물었다.

"귀엽게 생겼구나, 몇 살이니?"

누이는 아이를 추슬러 안으며 아이에게 말했다.

"철이, 몇 살이지?"

아이가 누이의 가슴속으로 파고들며 눈만 나를 돌아보고 말했다.

"세 살"

나는 아이의 얼굴을 잠시 물끄러미 쳐다보다가 누이에게 말했다.

"너무 고생스럽지 않니, 이런 곳에서? 우리가 어렸을 때 생각이 나는구나. 그 시절엔 참 어려웠지 너나 나나. 하지만 이제 살만하니, 나도 너 하나쯤은 돌봐줄 수 있는데."

누이는 아이를 안은 채 그 큰 눈으로 나를 마주 보았다. 어린 시절의 그 눈처럼 그지없이 맑고 깊어서 하늘빛을 담은 것 같았다. 누이가 말했다. 그녀의 나지막한 목소리가 내 가슴 한가운데로 가만가만 건너와 차곡이 쌓이는 것 같았다.

"전, 지금 생활이 좋아요. 그이완 K시에서 만났죠. 그이를 이곳으로 오자고 한 것도 저예요. 물론 이곳이 그의 고향 부근이긴 하지만…, 그이를 처음 만났을 때, 전 그의 어깨너머 등 뒤로 하느님이 계신 걸 봤어요. 물론 그는 그쪽에 등을 돌려댄 모습이었지만. 하긴, 그것이 그이를 제게 보내주시기 위한 주님의 뜻이었는지도 모르겠어요. 그땐, 그렇지 않았더라면 제가 그이를 만날 수 없었을 테니까요."

누이의 차분한 어조 위로 어젯밤 김의 모습이 겹쳐졌다. 그의 못 견뎌 하는 듯한 표정과 중얼거림을 기억하며 내가 말했다.

"그는 이곳 생활에 회의적인 것 같던데?"

"그것이 저를 그이에게로 보낸 주님의 뜻이라고 믿어요. 전 그의 어깨너머로 주님을 보았지만, 그는 제 위치를 통해 자기 자신을 주님의 영광 안에서 실현하게 되리라 믿어요, 결국…."

누이의 거기서 잠시 말을 끊고 천장 쪽으로 시선을 주었다. 그녀의 하얀 얼굴과 단정한 어깨가 일종의 경건함으로 감싸여 있는 듯했다.

"이 사람이 쉬이 안 돌아올 모양이었구나? 좀 볼까 했더니."

나는 천천히 방바닥에서 몸을 일으키며 말했다. 문을 열고 밖으로 나서니 서늘한 냉기가 한 움큼 폐부로 스며들어왔다. 골목 쪽으로 회끗회끗한 잔설이 그대로 주저앉아 있었다. 바닷가 쪽에서는 여전히 찬바람이 불어왔다. 막 교회당 골목 어귀를 돌아 나오려는

데 길 아래편에서 특무 김이 노인을 어깨에 둘러메고 이쪽으로 올라오고 있었다.

나는 곧 그를 부축하며 뒤따라 내려오던 길로 다시 올라갔다. 특무 김의 입에서부터 하얀 입김이 뿜어져 나와 차가운 대기 속으로 흩어져 갔다. 교회당의 시멘트 문기둥을 돌자 누이가 뛰어나왔다. 김이 숨을 헐떡이며 말했다.

"아버님이 하마터면 큰일 날 뻔했소. 얼른 아버님 새 옷 내오고, 침구 펴요. 방에 불도 좀 뜨겁게 지피고."

김이 방안으로 노인을 등에서 내려놓고는 몸을 한 번 부르르 떨며 진저리를 쳤다. 노인은 물에 흠뻑 젖어 있었다. 바닷물에 빠졌는지 젖어 있는 옷자락이 얼음장보다도 차가웠다. 노인을 내려놓은 김의 등에서 더운 김이 피어올랐다. 나는 실신 상태로 누워있는 노인을 쳐다보았다. 흰 머리칼이 물에 젖은 채 헝클어져 있고 입술이 새파래 있었으나, 얼굴 표정은 이상스러우리 만치 평온해 보였다. 지나치게 신산스럽고도 불안했던 것은 단지 주위 사람들의 기분일 뿐이었을까, 아무튼 누워 있는 노인의 모습은 일종의 적요함으로 감싸여 있는 듯했다.

김과 누이가 노인의 젖은 몸을 말리고 새 옷으로 갈아입혀 따뜻한 아랫목 침구 속으로 갈무리하는 동안 나는 밖으로 나와 담배를 한 개비 피워 물고 바다 방향을 그저 바라보고 있었다. 눈이 올듯한 날씨였다. 짓무른 하늘 밑으로 바다의 회색빛이 떠올랐다가는 흐린 잿빛으로 풀어져 내렸다. 나는 바다 쪽을 향한 시선을 거두어들였다. 피우던 담배를 막 발밑에 비벼 끄는데 방 안에서 누이의 목소리가 들려왔다.

"아무래도 당신, 아버님을 저렇게 계속 놔둘 순 없어요. 만약 또 오늘처럼 바다에 뛰어들면 어떡해요. 그리고 이번 일이 처음도 아니잖아요. 별안간 한 번씩 이러시니 그러다가 혹 잘못되기라도 하면…."

"무슨 쓸데없는 소릴!"

"아무튼 이대론 안 되겠어요. 그렇게 원하시는 섬으로 떠나도록 하시던가, 아니면 아예 바깥을 나가시지 않도록…."

"시끄러워요. 그분이 정말 섬에 가고 싶어 하시는 게 아니라는 걸, 아버님이 지금 정상적인 상태가 아니라는 걸 당신도 잘 알지 않소. 그러니 그렇다고 그분을 감금할 수는 없어요."

나는 인기척을 하지 않고 다시 바다 쪽으로 몸을 돌렸다. 그때였다. 교회당 건물과 골목길이 면해 있는 나지막한 담장 너머에 사람의 얼굴이 하나가 이쪽을 바라보고 있었다. 그는 바로 지난번의 뱀잡이 청년이었다. 그는 머리를 빳빳이 세우고 이번에는 내 눈길을 받았다. 그는 상기된 표정으로 눈을 흡떠 나를 바라보다가 곧 얼굴을 돌렸고, 이내 담장 바깥으로 모습을 감추어 버렸다.

내가 한참 동안을 청년이 사라진 담장 쪽으로 멍하니 시선을 주고 있는데 특무 김이 방에서 나와 나에게 다가왔다. 내 옆에 서며 말했다.

"미안하군요, 이런 모습을 보여드려서….."

"아버님 되시는 분이었군요, 저 노인께선. 전에 목사님이셨다고
했었죠? 안 됐군요, 어쩌다 그렇게 되셨는지 모르겠습니다만."

"삼십 년이나 된 옛날이야기지요. 아버진 그때 풍도라는 섬의
목사였습니다. 그땐 지금처럼 연안을 떠도는 검은 폐수도 없었고
해역은 청정해 물고기 떼도 많았다고 하고요. 돌아오는 배들은 심
심찮게 만선의 깃발을 올렸고 포구는 근처에서 몰려드는 고기잡이
배들로 가득 찼었답니다. 물론 돌림병이라곤 생각조차 할 수 없었
고, 거리의 술집들도 흥청거렸지만, 또 한 편으로는 많은 사람들이
신의 은총에 감사할 줄 알았다지요. 아버진 그때 존경받는 훌륭한
목사님이었다고 하고요. 더구나 섬은 이쪽 포구보다 평화롭고 사
람들은 소박했었다고 하니까요."

김의 헝클어진 머리카락이 바다 쪽에서 불어오는 차고 습한 바
람결에 너풀 흔들러서 그의 이마를 덮었다. 나는 바람에 몸을 잠깐
움찔하며 김을 향해 몸을 틀었다. 굵은 테 안경의 두꺼운 유리알
속에서 그의 눈동자가 흐릿한 바다를 향해 풀어져 있었다. 내 시선
끝에서 그의 갸름한 얼굴이 갈씬하게 닿을 듯 말 듯 엎혀져 왔다.
금방 눈이라도 올 것 같은 하늘 밑으로 방향이 일정하지 않은 바람
소리가 한 무더기 몰려와 응웅 울고 지나갔다.

"그럼, 아버님께선 어쩌다가 그렇게?"

내가 조심스레 그에게 물었다. 김이 먼바다 쪽에 그냥 시선을 둔 채로 낮게 흩어지는 목소리를 훑어 냈다. 깡마른 그의 어깨 위에 추위가 소리 없이 내려 싸이는 것 같았다.

"섬은 조금씩 조금씩 달라져 갔다고 합니다. 바다에 검은 조류가 덮이면서 고깃배들이 사라져 가고, 섬 안의 농작물들이 말라죽기 시작하면서 사람들은 섬을 떠나갔습니다. 섬은 점점 황폐해 해 가고 그 아들들을 잃은 섬은 조금씩 조금씩 안개에 잠기기 시작했어요. 대기마저도 흐려지는 것이었습니다. 우리들은 상처 난 마음을 안고 하릴없이 섬을 떠나 포구로 옮겨와야만 했습니다."

김은 거기서 말을 끊고 어둑한 곳을 바라보는 듯한 시선을 아래로 떨구었다. 그런 그에게 내가 무슨 말을 해 줄까 망설이는 사이에 그가 다시 무연한 어조로 말을 이었다.

"그때, 그 참혹했던 돌림병이 K시의 하늘을 휩쓸었을 때, 섬은 초토화되어 버렸기 때문입니다. 섬을 떠나 K시로 갔던 사람들조차 몇몇은 죽어서 돌아왔고요. 물론 그 숫자의 몇 배가 소식이 끊긴 채 그 주검마저도 돌아오지 못하고 말았지만 말입니다. 몇몇은 또, 허물어져 가는 몸을 가까스로 부둥켜안고 돌아와 그 병든 육신을 섬의 발뿌리에 뉘였습니다."

김은 다시 말을 끊고 두 손으로 머리를 감싸 안았다. 나는 그런 그의 모습에서 시선을 돌려 먼바다를 바라보았다. 주머니를 더듬어 담배를 꺼내 물었다. 한참 만에 나직한 목소리로 내가 다시 물었다.

"그 돌림병 때문이었습니까, 아버님께서 저렇게 되신 건?"

"돌림병이 지나가자 방역반이 섬에 들어왔습니다. 교회는 불태워져 버렸고 아버지는 사경을 헤매고 있었지요. 모두 그 돌림병 때문이었어요."

김은 고통스러운 듯이 양손 사이에 얼굴을 파묻었다. 그의 헝클어진 머리칼이 그대로 그의 꺾어진 목덜미 위에서 떨고 있었다. 갈씬한 바람 소리 한 자락이 교회당의 빈 뜰을 이리저리 쓸며 지나갔다. 나는 천천히 그곳을 걸어 나왔다. 교회당 건물의 낡은 판자벽 위에서 겨울은 해묵은 세월의 무게를 얹은 채 무겁게 눌러앉아 있었다. 골목을 돌아 나와 거리로 향했다.

그날 밤, 나는 술을 마셨다. 누이의 슬픈 떠돌이 영혼이 이곳에 안주한 것을 혼자서라도 자축하기 위하여, 그리고 무용한 채로 하릴없이 방황하는 내 스스로의 무료와 이름 모를 구천의 외로운 넋들을 위로하기 위하여, 여관 아래층에 딸려있는 술집 구석방에서 동쪽 창이 푸르스름해 질 무렵까지 술을 마셨다. 그리고 나서 어떻게 되었는지는 나는 알 수가 없었다. 김의 일도 누이의 일도 그 순간 말끔하게 잊어버렸고, 노인도 뱀잡이 청년도 모조리 다 잊어버렸다. 그 순간 나는 지상에서 천국으로, 천국에서 다시 지옥에까지 떨어졌을는지도 몰랐다. 내가 몇 번씩이나 잠에서 깨어났다가 다시 잠들었다를 거듭했는지 알 수 없었다.

잠과 깸의 출렁이는 파도를 얼마나 넘었을까. 나는 목구멍에 메마른 갈증을 느끼며 가까스로 눈을 떴다. 천장이 뱅그르르 돌다가 한참 후에야 제 자리에 멈추어 섰다. 흐린 안개가 걷히듯 방안의 사물들이 조금씩 조금씩 그 빛깔과 모양을 되찾기 시작했다. 깨어나는 순간마다 사물들이 다시 만들어지고 있었다. 몸이 납덩이처럼 무거웠다. 신열과도 같은 육신의 아득함 속을 걸어 나온 내 의식은 오히려 투명한 무기력 같은 것으로 가뜬하게 해맑아 있었다. 새털처럼 가벼이 구름 위로 둥실 떠오를 것 같았다.

물그릇을 찾으려고 누운 채로 어렵사리 몸을 틀었다. 그때 나는 내 쪽으로 등을 돌린 채 모로 누워 자고 있는 청년을 발견했다. 바로 지난번의 그 뱀잡이 청년이었다. 나는 하마터면 '아'하는 소리를 튕겨 낼 뻔했다. 청년의 옆얼굴이 깊은 잠 속에 파묻혀 있었다. 어기찬 표정과 함께 윤곽이 뚜렷한 턱의 선이 인상적인 그의 얼굴이 불현듯 어디선가 많이 본 듯한 느낌으로 다가왔다.

나는 물그릇을 집어 든 채 두엄자리처럼 어수선한 머릿속을 털어내며 어제 일을 생각해 보았다. 그러나 기억은 도무지 명료하게 돼 살아오지를 않았고, 깊은 어둠과 함께 교차하는 흐리멍덩함만 그저 가득히 기억의 공지에 깔려 있었다. 나는 다시 청년의 자고 있는 모습을 바라보았다. 이 땅 위에 발붙이고 사는 인간들의 가장 자연스러운 모습인 듯, 신에게 버림받은 또는 스스로 신을 떠나온 인간의 마지막 모습이 저런 것일지도 모르겠다는 생각이 얼핏 뇌리를 뚫고 지나갔다.

몸을 일으켰다. 푸석푸석한 얼굴에 데면데면한 표정이 거울 속에서 충혈된 눈으로 나를 마주 바라보고 있었다. 청년이 한차례 사갈스러운 신음 소리를 내며 돌아누웠다. 그대로 한참 동안 청년의 얼굴을 바라보았다.

잠시 후 칫솔과 수건을 챙겨 들고 방을 나왔다. 아래층에 있는 세면장으로 내려가는 동안 정오를 알리는 벽시계의 괘종소리가 들려왔다. 세면장 유리창에 성에가 두껍게 끼어 이상스런 꽃 모양을 만들고 있었다. 한쪽 모퉁이가 깨어져 나간 거울에 '이'하고 이를 비추어 보았다. 역한 알코올 찌꺼기 냄새가 스스로도 느껴졌다.

양치질을 하고 세면을 마치고 나니 정신이 쇄락해 왔다. 칫솔을 뒷주머니에 꽂고 수건을 흔들면서 세면장을 나왔다. 삐걱이는 나무 계단을 올라 방으로 돌아왔다. 어젯밤 술은 도무지 혼자 마신 것만 같은데 '도대체 어떻게 되어 청년이 내 방에서 나와 함께 자게 되었을까?' 하고 이리저리 생각을 뒤져 보았으나 역시 허사였다.

방 앞에 돌아와 보니 방문은 열려 있고 청년은 보이지 않았다. 그사이에 벌써 일어나 밖으로 나갔을까, 휑뎅그런 방 안에는 아랫목 쪽으로 밀쳐진 이불자락뿐이었고 나는 무엇에라도 홀린 양 아연한 기분이 되고 말았다. 다시 아래층으로 내려가 여관과 붙어 있는 술집 밀창을 열어 보았다. 제쳐진 밀창 안쪽으로 주인 여자가 손에 고무장갑을 낀 채 빗자루를 움직여 홀 바닥을 쓸고 있었다.

의자를 걷어 올린 탁자들 사이로 겨울날의 트릿함이 빙충스럽게 굴러다니고 있었다. 멍한 얼굴로 문을 열고 서 있는 나를 발견하고 주인 여자가 비질하던 손을 멈추면서 말했다.

"나오셨군요. 괜찮으신가요, 그렇게 드시고도? 어지간히도 드셨더군요. 아침에 그 방문을 열어 보니 그 술병이라니."

"아, 예. 그보다도 혹시 제가 어제 누구하고 같이 술을 마셨던가요? 물론, 처음에 혼자 마시기 시작했던 건 저도 생각이 납니다만."

그렇게 말하자 여자가 께끄름한 표정으로 나를 마주 보았다. 그러다가 잠깐 무엇을 생각하듯 고개를 갸웃거리다가 자신 없는 목소리를 느릿하게 흘려 냈다.

"글쎄요, 자정이 넘어도 계속 드시기에 저는 그냥 들어가 자버렸으니깐요. 저기 있던 맥주를 아예 상자째 갖다 드리고선 말에요."

주인 여자는 바깥으로 통하는 출입문 옆에 내다 놓은 빈 맥주 상자를 가리키며 말했다. 빈 병들이 아무렇게나 꽂힌 채로 싸여 있었다. 주인 여자가 다시 말했다.

"아무튼, 처음엔 혼자 마셨더랬어요. 아주 천천히."

나는 말없이 밀창문을 닫고 밖으로 나왔다. 거리로 나섰을 때는 이미 정오가 한참이나 넘어있었지만 날씨는 여전히 우중충한 회색빛으로 웅크려 부치고 있었다.

나는 그날 오후 내내 어정쩡한 기분에 휩싸여 있었다. 포구 바깥쪽으로 비교적 멀리 걸어나가 보기도 하였고, 선착장 뒷길을 돌아 야트막한 산길을 걸어 보기도 하였다. 늦게 시작된 오후가 기울어갈 무렵, 포구의 거리로 돌아들어 오면서 나는 내일쯤 이 포구를 떠나야겠다는 생각을 했다. 어떤 모습이 되었든 일단은 누이가 자기의 삶을 살고 있으며 나의 개입이 그런 그 애의 삶에 아무런 변수로도 작용하지 못할 바에는 그 애의 얼굴을 보고 안부를 확인한 것만으로도 나의 이 겨울 포구행은 이미 할 일을 마무리한 셈이었다. 뿐만 아니라 혹시나 하여 싸들고 온 원고 뭉치는 풀어 놓지도 않은 채, 메꾸어 볼 엄두도 내지 못하고 있었고, 시간이 지날수록 공연스레 포구의 누척지근한 분위기에 젖어 가는 나 자신을 스스로도 걷잡을 수 없을 것만 같았기 때문이었다.

　생각해 보면 쓸데없이 뱀잡이 청년이라든가 하는 사람들의 일에 내가 끼어들어가 말려들 필요는 없는 것이었다. 설사 그것이 내 누이와 관계있는 일이라고 해도 그것은 다른 누군가 대신할 수 없는 그들 스스로 해결하고 다스려야 할 문제라는 생각이 들었다. 그리고 내가 끼어든다고 해서 또는 내가 이 포구에 남아 있다고 해서 도움이 될 성질의 것도 아니라는 생각이 들었다. 아직도 포구는 겨울 하늘 밑으로 둔중하고 음험하게 눌러앉아 있었고, 포구의 어둑신한 대기는 내가 우물쭈물하는 사이에 내 발목을 잡고 말 것만 같은 불안감으로 어느덧 내 곁에 다가와 있었다.

포구의 이곳저곳을 돌아다니다 거리 아래편의 다방으로 들어섰을 때는 한낮의 오후가 반을 지나고 있었다. 조그마한 난로 하나가 한가롭고 지루하게 조곤조곤 졸고 있는 실내에는 철 지난 유행 음악이 저 혼자 길게 흘러나오고 있었다. 주방 쪽에서 조리대에 기대 앉아 있던 종업원이 놀란 듯 화들짝 일어났다.

뜨거운 커피를 한 잔 시켜서 마시고 있는 중이었다. 떠나기 전에 누이에게 무슨 말을 해 줄까 하는 것을 막 생각하고 있는 찰나에 다방의 출입문이 활짝 열렸다. 특무 김이 다급한 동작으로 실내에 뛰쳐 들어왔다.

"여기 계셨군요, 한참 찾아다녔습니다."

"무슨 일이 생겼습니까, 그 사이에?"

"희연이가 아침부터 보이질 않아서요. 더구나 저희 아버님께서도 어딜 가셨는지 지금 걱정이 말이 아닌데."

김과 나는 바로 다방을 나왔다. 싸한 바깥공기가 단번에 가슴으로 파고들었다. 우리는 서로가 어떤 예감에라도 사로잡힌 듯한 기분이 되어 포구 안팎 이곳저곳 찾아다녔다. 내가 묵는 여관을 비롯해서 선착장 주변과 포구의 거리, 포구에서 사면으로 오리쯤 떨어져 있는 백사장과 그 뒤편의 송림 숲, 여기저기 폐선의 잔해가 널리 있는 개펄을 거쳐서 포구 뒤의 구릉에까지 올라갔다.

포구 반대편 내륙 쪽으로 회색 콘크리트 건물이 멀리 보이는 곳까지 왔을 때, 김이 다리를 풀며 지친듯한 목소리로 중얼거렸다.

"정말, 이제는 다시 떠나야 할까 봐요. 빌어먹더라도 K시의 하늘 밑이 나을 것 같습니다. 여기선 숨통이 조여서 못 견디겠어요. 여긴 너무나 황폐하고 사람들은 넋을 잃어서 더 이상 종교도 희망이 없어요. 이런 곳에서 이런 사람들에게 신의 존재가 무슨 감명을 주겠어요? 신은 다만 무력할 뿐입니다, 여기선."

나도 그를 따라 걸음을 멈추었다. 멀리 건너다보이는 잿빛 콘크리트 건물을 향해 시선을 던지며 내가 말했다.

"그러나 풍요가 신앙을 키우는 것은 아닐 텐데요. 오히려 궁핍과 절망적인 상태에 처해 있는 곳에 신앙의 할 일이 더 많지 않을까요? 그런 사람들에게 종교가 더욱 필요할 테구요. 당신과 같은 목회자에겐 무겁고 힘겨운 십자가가 되겠지만 말입니다. 이건 물론 내 개인적인 생각이오만."

그는 아무런 말이 없이 그의 발끝만 내려다보고 있었다. 나는 공연스레 생뚱맞은 소리를 했나 싶어 그에게 미안한 생각이 들었다. 데설궂은 계면쩍음을 어설프게 흘리며 조심스레 다시 말했다.

"사실은, 저도 내일쯤은 이 포구를 떠나려고 했습니다만."

나의 이 말에 김이 고개를 들어 나를 올려다보았다. 얼풋한 그림자 같은 것이 빠르게 그의 얼굴 위를 스쳐 가는 것을 볼 수가 있었다.

"내일 떠나시겠다구요, 희연이도 알고 있었습니까?"

"아뇨. 오늘 생각했던 것이니까요. 물론, 처음엔 그 애를 데려갈

까도 생각했습니다. 하지만 그 애에겐 김형이 있고, 또 아니, 그보다도 그 애가 신념에 차서 살고 있는 것 같으니까요."

내 말에 그가 살포시 웃었다.

"신념이라구요? 하긴 그렇지요. 오히려 내가 그 사람의 인도를 받아 여기까지 온 셈이니까요. 그 사람을 처음 만났을 때 전 아버지를 버리고 집을 버리고, 섬을 떠나 이리저리 도시의 바닥을 헤매고 있었지요. 그 해 그 돌림병의 와중에서 전 가슴을 베이고 거리에 버려져 있었습니다. 방역반이 들어와 오염된 모든 것들을 수습해서 마구 소각하던 때였지요. 운 좋게도 저는 누군가의 손에 의해 그전에 거두어졌고 요행히도 마침내 살아났던 것이었습니다. 그때의 그 손길, 저를 구해준 사람이 바로 희연이었습니다. 깊이 모를 어둠에서 깨어났을 때, 전 낯선 여자의 방에 누워 있는 자신을 발견했습니다. 걱정스러이 제 모습을 지켜보는 그녀의 눈에서 전 베아트리체를 보았습니다."

"베아트리체요?"

"그렇습니다. 그 눈길 속엔 이 지상의 것이 아닌, 구원의 것일 것임에 틀림없는 인간이라는 불쌍한 생물에 대한 진정한 사랑이 넘쳐흐르고 있었습니다. 저는 거기서 삶이라고 하는 것이 살아간다고 하는 것이 때로는 눈물겹게 아름다운 것이라는 것을 알았어요. 돌림병이 횡행하는 병든 도시에서 그 사람은 내가 만남 최초의 빛이었고 희망이었습니다."

"그 애가 그다지 유복하게 지내고 있었을 것 같진 않은데?"

내가 그에게로 눈길을 곧추세우며 살피듯 말했다. 그가 잠시 먼 생각에 잠겨 있는 듯한 표정으로 이즈막히 나를 건너다보았다. 뭔가 흐린 안개 같은 것이 그의 눈가에 서리는 듯했다. 스스로 열적은 생각이 들어 나도 모르는 사이에 그의 눈시울을 향해있던 시선을 황급히 거두어들이는데, 그가 차분하게 가라앉은 목소리로 말을 이었다.

"그랬지요. 맞습니다. 하지만 그게 무슨 상관입니까? 우리들의 육신이란 무도회의 가면과 같은 것에 불과한 것이라고 전 생각 합니다. 우리들의 시대에 젊음이란 것이 외면하기 어려운 형벌인 것처럼, 이 지상에서 피조물의 육신이란 신에 대한 죗값에 불과한 것일 테니까요."

그가 그렇게 말하고는 손에 쥐고 있던 소나무 삭정이를 작근 부러뜨렸다. 그리고는 설핏 나를 돌아보고 맥없는 웃음을 한 모금 베어 물었다. 억양 없는 목소리로 그가 다시 말하기 시작했다.

"하긴 제가 정신을 되찾은 그 사람의 방은 좁고 어두운 곳이었습니다. 낮에도 전등불을 켜야 했고 밤이면 앞뒤에서 들려오는 취객들의 키들거리는 소리들을 견뎌 내야 했습니다. 그 사람의 그 비좁고 침침한 방에 옹색스레 놓인 것들, 값싼 비닐 옷장이며 텔레비전, 싸구려 전축 그 모든 것들에서 설움의 냄새가…, 그 사람이 아무에게도 보이지 않았을 눈물의 냄새가 났습니다. 그것들은 오히려 그 사람보다도 더 정직하게 그 사람의 삶이 얼마나 절실하게 버려짐과 맞서 싸워 온 것인가 하는 것을 말해 주고 있었습니다. 전, 하나의 계시와도 같이 내 삶의 감격이 얼마나 무섭게 그 사람의 영혼과 맞닿아 있는가 하는 깨달음을 받았고, 온몸에 감전과도 같은 전율을 느꼈습니다. 그리고…."

"네 알겠습니다. 그 애가 어떻게 지냈는지 물론 그렇게 살았을지도 모르겠다는 생각도 안 해 본 것은 아닙니다만."

나는 거기서 그렇게 그의 말 허리를 잘랐다. 그가 무슨 말을 더 하기 전에 내가 어떤 말이든 그에게 해 주어야 할 것 같은 생각이 들었기 때문이었다. 그러나 그렇게 그의 말을 중단시킨 나는, 잠시 올곡하게 스스로를 붙잡아 매는 당혹감을 느껴야 했다.

십여 년 전, 그때도 아마 싸락눈 눈발에 실린 주위가 마루 끝까지 휘날려 오던 겨울 저녁이었다. 겨울밤을 꽁꽁 얼려 오는 서슬 푸른 냉기가 뼛골까지 스며들어 오고 있었다. 열여섯 어린 나이의 누이가 돌아오지 않고 있었다. 누이를 찾으러 나갔던 외삼촌이 자정이 넘은 시간에야 술에 취해 돌아왔었다. 외숙모가 술에 취한 외삼촌에게 얻어맞았고 서로 맞고함 이는 소리가 싸락눈 흩날리는 하늘로 담장을 넘어갔다. 나는 북쪽으로 달아낸 골방에 길게 누워 나이보다 일찍 배워 버린 싸구려 담배만 푹푹 빨아올리고 있었다. 아무것도 아닌 일로 외숙모에게 얻어맞고 나가 돌아오지 않는 누이가 불쌍하다거나 걱정되어서가 아니었다. 아니, 오히려 걱정되기는커녕 나는 아슴아슴한 스릴을 느꼈다. 개미를 잡아 풀잎 위에 놓고 이리저리 몰며 즐거워하듯 좀 더 기발한 일이 없을까 궁리하고 있었다는 표현이 옳을 것이었다. 불기 없는 골방이었지만 그날 밤만큼은 조금도 춥지 않았다. 조비비한 이 집을 떠난 누이에게 쾌재를 부르며 갈채를 보내 내주고 싶었다.

그래, 아주 영영 떠나 버려라. 까짓것, 잘했다. 이제 너는 공중에 뜬 풀잎 위를 지쳐 자빠질 때까지 왕복해야 하는 시시포스의 개미가 아니다. 나는 누이가 내 책갈피에다 끼워 놓고 간 쪽지를 움켜쥐고 구겨 대며 나의 그 음울한 고소를 탈출할 방도를 모색하고 있었다. 쪽지에 누이는 엄마를 찾으러 가겠다고 했다. 그래, 가거라, 엄마는 죽었다. 너는 아니라고 하지만, 하지만 무덤에라도 찾아가거라. 제발 이 집으로 돌아오지만은 말아라.

나는 누이의 떠남이 나의 무기력과 나래 속에서 발견한 유일한 희망인 양 그런 생각에 집착하기 시작했다. 내가 그런 생각 속에서 벗어나오지 못하고 멈칫멈칫 주춤거리고 섰는 사이에 날이 가고 달이 가고 해가 갔다. 누이는 내 기대에 어긋나지 않았다. 외삼촌네가 살던 곳을 떠나 시로 이사할 때까지 누이에게선 아무런 소식도 없었다. 그런데 이상한 일이었다. 시로 옮겨 살기 시작한 이래로 나는 아무래도 그 애가 죽었을 것이라고 생각하기 시작했고, 그렇게 생각하면서부터 나는 그가 보고 싶어져서 견딜 수가 없었다.

길거리를 걸을 때에도 혹시 누이와 비슷한 얼굴이 없나 두리번거리는 버릇이 생겼다. 누이가 아닐까 싶어 낯선 여자를 쫓아가 보기도 했고, 그때마다 나는 실망에 겨워 어깨를 늘어뜨리고 빈손으로 돌아와야 했다.

그런 버릇이 십 년이 넘어 지난 지금에까지 때때로 계속되어오던 터였다. 그 세월 동안에 외삼촌은 간경변인가 하는 병으로 세상을 떠났고, 나도 어른이 되어 외삼촌 집을 떠나 나대로의 삶을 살게 되었다.

내가 이런저런 너더분한 생각에 헝클어진 머릿속을 가다듬고 있는데 멀리에서 나는 소리인 듯 김의 말이 들려왔다.

"그리고 나는 알게 되었습니다. 그 사람의 영혼이 얼마나 맑고 깨끗한 것인가 하는 것을 말입니다. 우리는 현세에서 입은 우리들의 생채기를 서로의 여린 부리로 문지르며 함께 살아가기로 했습니다. 전 그 사람에게 그렇게 다가섰고 그런 저를 그 사람은 이곳으로 다시 돌아오도록 만들었지요. 전 순순히 그 사람의 뜻을 따랐습니다. 다시는 되풀이하지 않으리라고 마음을 앙다물고 떠나왔던 여기 이 자리, 아버지의 일로 돌아와 구세군의 이 제복을 입게 된 것은 순전히 그 사람의 뜻이었습니다."

"훌륭하신 분입니다, 김형은. 부끄럽군요, 그런 줄도 모르고 엉뚱한 선입견으로 이곳에 온 내가…. 게다가 이때까지 그 애를 보살피지도 못했으니."

186

나는 먼 산을 바라보며 지나가는 말처럼 중얼거렸다. 김이 다시 말했다.

"네, 압니다. 처음 이 포구에 오실 때 그 사람을 데려가실 생각이었다는 것. 그리고 저를 미덥지 않게 생각하고 계시다는 것도."

그가 거기서 말을 멈추었을 때, 나는 짐짓 목소리에 힘을 주어 말했다.

"난, 김형을 믿습니다. 물론 나보다 그 애가 더욱 김형을 믿고 있고요."

이 말에 머쓱해진 듯, 김은 잠시 쭈볏한 표정을 짓다가 바닥에 떨어뜨렸던 부러진 소나무 삭정이 하나를 다시 주워들었다.

"하지만, 하지만 말입니다. 전 자신이 없어요, 자격도 없고. 그 사람은 절 잘못 보고 있어요. 전 제가 믿고 있는 신에 대한 확신도 없고, 더더구나 소명감 같은 건 희박하기 짝이 없는 놈이죠."

그의 짓무른 목소리가 허청하게 나에게 건너왔다. 나는 뭔가 그에게 위안이 될만한 무슨 말을 해줘야겠다고 생각했으나 막상 아귀 맞게 적당한 말을 찾아낼 수가 없었다. 잠시 눈을 돌려 푸르스레함과 거무끄레함이 트릿하게 헝클어져 있는 포구 쪽을 바라보았다. 한참 만에야 나는 고작 이렇게 말했다.

"왜 그렇게 생각합니까? 내가 보기엔 김형의 지나치게 엄격한 자기 추궁이 아니면, 자의식의 과잉이 초래한 의식적인 자기 비하가 아닐까 싶은데."

"천만에요. 전 목회자도 못 되지만 온전한 인간 축에도 끼지 못하는 사람인걸요. 그러니 그 사람에겐들 제대로 된 사람 구실을 할 수 있겠어요? 더구나 전 건강하지도 못하고. 사실은, 사실은 말입니다, 이제 세 살박이 그 꼬마도 우리의 아이가 아니랍니다."

갑자기 내 앞에서 '찡' 하고 소리가 나는 것 같았다. 짙게 검은 머리칼에 반쯤은 가리어지다시피 한 그의 옆얼굴이 내 눈앞으로 크게 확대되어 오다가 다시 축소되며 용용 달아나고 있었다. 순간, 섬광처럼 그 뱀잡이 청년의 말이 내 뒷덜미를 치고 지나갔다.

갑작스런 놀라움으로 내가 어정쩡해 있는데 구릉 아래쪽에서 김을 부르는 소리가 들려왔다. 곧 사람 그림자가 소릿길 아래편에서 이쪽을 향해 나타났다.

"특무님, 거기서 뭐 하신가요? 빨리 내려가세요. 사모님이 바다에 떨어져서 죽을 뻔했어요. 다행히 구출해서 지금 사택 방에 뉘여 놓았으니 빨리!"

지난번 교회당에서 한 번 본듯한 아낙네가 달려 올라와 가쁜 숨을 몰아쉬며 그렇게 말했다. 차가운 대기 위로 하얀 입김이 묻어 나왔다. 우리는 누가 먼저라고 할 것도 없이 교회당 쪽을 향해 뛰어 내려왔다. 지나치는 풀섶들이 선뜩선뜩한 차가움을 뿌리며 흔들렸다.

교회 사택에 도착해서 방문을 열어 보니 누이는 반듯이 누운 채로 잠들어 있었다. 다른 교인 하나가 누이의 머리맡에 앉아 있다가 일어나 방안에 들어서는 김과 나를 향해 말했다.

"조금 전에 실신 상태에서 깨어났다가 약을 먹고 방금 잠이 들었습니다. 다리목 약방 아저씨가 다녀갔습니다. 곧 괜찮아질 거라더군요."

잠들이 누워 있는 누이의 모습은 왠지 내게 울컥한 느낌을 가져다주었다. 차라리 아름다우리만치 고즈넉하게 그녀의 얼굴은 느리고 고른 숨소리로 오르내리고 있었다. 창백한 얼굴이 조소상처럼 보였다. 나는 잠깐 나도 모르는 사이에 누이의 죽은 얼굴이 저런 것일까 하는 생각을 했고, 쭈뼛한 기분과 함께 등줄기에 서늘한 찬바람이 이는 것을 느꼈다.

김은 아무런 말도 없이 그저 누이의 얼굴만 들여다보고 있었다. 나는 그가 최소한은 '이것이 어떻게 된 일이냐'고 정도는 물어 보리라고 생각했으나 그는 한 마디도 꺼내지 않고 있었다. 머리맡에 앉아 있던 교인도 아무런 말이 없었다. 그는 대충 한 마흔쯤 되어 보이는 사람이었는데 그들은 마치 서로가 약속이라도 한 것처럼 침묵을 지키고 있었다. 김의 표정은 마치 모든 것을 다 알고 있는 표정이 아니면 모든 것을 체념한 사람 같은 표정이었다. 다만 오롯이 누이의 얼굴을 향한 시선만이 그의 얼굴에서 유일하게 살아 움직이고 있을 뿐이었다.

나는 얼마쯤 궁금했고 또 얼마쯤은 곤혹스러운 기분에 휩싸였다. 어제는 노인이 바다에 빠지더니 오늘은 또 누이가 바다에 빠졌다니. 아니 그것보다도 김의 그 납득하기 어려운 표정을 나는 어떻게 해석해야 할지 알 수가 없었다.

께끄름한 기분을 어리마리 추스르며 밖으로 나왔다. 아까 구릉 위로 김을 부르러 올라왔던 아낙네가 차양을 괴어놓은 기둥에 기대 서 있었다. 멀뚱한 눈으로 대문 쪽으로 눈길을 돌리다가 나는 섬칫 놀라고 말았다. 목사관 모퉁이 추녀 끝, 그 아래 뱀잡이 청년이 토방 위에 앉아 담배를 피우고 있었다. 벌써 날은 어두워지고 있었다. 어슴푸레하게 엷은 어둠의 전주가 깔리기 시작하는 대기 속에서 담배 끝에 매달린 불빛이 내 시야로 묻어 나왔다. 청년은 나를 돌아다보았다. 어스름에 잠긴 그의 얼굴이 한 번 씨익 웃는 것 같았다. 얼바람에 내가 멍한 표정으로 서 있는 동안 청년은 옷자락을 털며 일어섰다. 그의 몸에서 무수한 어둠들이 땅바닥으로 미끄러져 내렸다. 내가 얼추 정신을 수습하여 그에게 다가가려는데 청년이 먼저 발로 담배를 비벼 끄고 어스름을 걷어차며 밖으로 걸어나갔다.

한참을 멀뚱하게 서 있는 내게 아까의 아낙네가 조그만 소리로 말했다.

"저 청년이 구만요. 바다에 빠진 걸 건져 왔노라며 물에 젖은 사모님을 어깨에 둘러메고 온 사람이."

나는 곧 온몸에 찬물을 끼얹은 듯한 한기를 느꼈다. 얼기설기하게 늘어져 있던 신체 각 부위의 신경들이 날카롭게 칼끝을 세우며 일어서고 있었다.

"그리곤 다른 일은 없었습니까?"

"네에, 그것 밖에는. 우리도 오후 내내 찾으러 다니다가 아까사
왔으니까요. 와 보니 그 청년이 막 사모님을 들쳐 메고 들어오더군
요."

나는 여인을 돌아다보지 않고 황급히 밖으로 뛰쳐나왔다. 청년
을 만나야겠다는 생각으로 길거리로 나섰다. 거리에는 벌써 어둠
이 깔려 있었다. 포구의 겨울밤은 생각보다 빨리 어둠으로 그 얼굴
을 덮어 가리웠다.

포구의 거리를 어둠에 미끄러지며 이곳저곳을 찾아다녔다. 다방
과 술집, 당구장, 식당, 청년은 아무 곳에도 없었다. 밤이 깊어지면
서 해변의 추위가 바람과 함께 어깨를 시리게 했다. 거리를 가로지
르며 간간이 불 켜진 집들이 어둠 속에서 희미하게 빛나고 있었다.

청년을 찾는 일은 내일로 미루었다. 나는 식당에 들러 늦은 저
녁을 시켜 먹고 나서 교회당 쪽으로 다시 올라가 볼까 하다가 그만
두었다. 밤이 늦어있었다. 내가 나오자 식당도 문을 닫았고 불을
껐다. 나는 천천히 내가 묵는 여관을 향해 겹겹이 둘러선 어둠을
옷섶으로 헤치며 발걸음을 옮겼다.

다음 날 아침, 내가 잠을 깬 것은 아홉 시가 넘은 시각이었다. 어
젯밤 자질구레 이런저런 생각에 뒤척이던 것이 늦잠을 자게 된 것

같았다. 내가 생각하기엔 아무래도 어제 노인이 사라진 것과 누이의 물에 빠진 일에 그 뱀잡이 청년이 연관이 있을 것만 같았다.

세면을 마치고 다시 방에 돌아와 침구를 한구석에 밀쳐놓고 있는데 김이 열려진 방문으로 들어섰다.

"일어나셨군요. 어제는 걱정을 끼쳐 드려서 미안합니다."

"무슨 걱정이랄 게 있겠소. 그보다 그 애는 괜찮은가요?"

"아, 네. 바로 회복이 되어서 이젠 말짱합니다. 사실은 저, 오늘 아침 식사나 같이하시자고 왔습니다."

김과 내가 찬바람 부는 언덕길을 걸어올라 교회의 사택에 도착했을 때 누이는 정말로 말짱한 모습으로 부엌에서 아침 식사를 준비하고 있었다. 나는 그때서야 노인의 일을 생각해 내고 김에게 물었다.

"참, 그러고 보니 잊을 뻔했군요. 아버님은 어찌 찾으셨습니까?"

김이 피식하고 맥살 없는 웃음을 지었다. 그러나 그의 얼굴 표정은 결코 그가 지금 가벼운 기분이 아닌 듯했다. 어둑신한 그늘이 그의 얼굴에 길게 드리워져 있었다. 그가 바른 목소리로 말했다.

"엉뚱한 곳에 계셨던 모양입니다. 어젯밤에 형님이 가신 뒤에 글쎄요, 약 반 시간이나 지났을까요? 엉뚱한 녀석이 아버님을 모시고 왔더군요."

"엉뚱한 녀석이라뇨? 혹시?"

나는 살풋 떠오르는 것이 있어 그렇게 반문했다.

"그, 왜 있지 않습니까, 지난번에 예배 시간에 절 빳빳이 노려보다가 나가 버린."

나는 뭔가가 손아귀에 잡히는 것 같았다. 나는 다시 다그쳐 물었다.

"바로 그 뱀잡이 청년 말이지요? 그는 도대체 어떤 친굽니까? 그를 잘 알고 있습니까? 그가 왜 이 교회 주변에서 맴돌고 있는지 알고 있나요?"

그 순간 나는 김의 표정이 사품에 눈에 띄도록 굳어지는 것을 놓치지 않았다. 어제 일만 해도 김의 태도는 이상한 점이 없지 않았다. 혹시 그는 내가 모르는 무엇을 알고 있으면서 의식적으로 침묵을 지키고 있는 것은 아닌가 하는 생각이 번개처럼 머리를 스쳤다. 내가 이런 생각들과 함께 뜨악한 눈으로 그를 돌아보고 있는데, 그가 살풋 웃으며 내 손을 잡아끌었다.

"안으로 들어가시죠, 식사 준비가 다 된 모양이니. 그리고 아버님은 아직 건넌방에서 주무시고 계십니다. 자, 이리 올라가세요."

누이는 아무렇지도 않은 표정이었다. 뜨겁게 끓인 김치찌개 냄비에서 뽀얀 김이 모락모락 피어올라 방안에 가득하게 흩어지고 있었다. 둥그런 상을 마주해서 김과 내가 앉았고 그 사이로 누이와 세 살배기 꼬마가 둘러앉았다. 나는 나도 모르는 사이 꼬마의 얼굴을 물끄러미 바라보고 있었다. 내가 저를 바라보고 있는 것을 안 꼬마가 나를 마주 바라보고는 동그란 눈으로 누이를 돌아보았다.

그제서야 나는 김을 한번 쳐다보고 어색한 웃음을 지었다. 어제 내가 김의 말을 잘 못 들은 것은 아닐까, 나는 김의 말이 사실이 아니라고 믿고 싶었다. 저렇게 귀여운 녀석이 그들의 애가 아니라니, 다시 한 번 꼬마 쪽을 흘깃 보니 꼬마는 부지런히 손을 놀리며 서투른 숟가락질로 밥을 먹고 있었다. 그 조그만 볼이 예쁘게 볼록였다. 누이가 접시에 찌개를 덜어주며 정색을 하고 말했다.

"이왕 오셨으니 좀 더 계시다 가셨으면 해요. 제가 뭘 잘 해드리진 못하지만, 하지만, 인제 또 언제 오빠 자주 뵐 수 있겠어요? 그리고 이 이를 좀 붙잡아 주세요. 사실은 많이 흔들리고 있어요, 요즘 이 사람…."

그 말이 나오기가 바쁘게 나는 바로 되물었다.

"글쎄 그것도 그거지만 어제는 어찌다가 그렇게 된 거냐? 더구나, 그 뱀잡이 청년이 널 둘러메고 왔더라는데?"

내 말이 갑작스러웠는지 누이가 잠깐 멈칫하며 시선을 모아 나를 마주 바라보았다. 그러나 곧 눈길을 풀어뜨리며 아무렇지도 않다는 투로 말했다.

"어젠, 사실은 아버님을 찾으러 나갔었어요. 아침을 드시고 나서 보니 보이시질 않기에 또 무슨 일이 생기면 어떡하나 싶은 생각에 찾아 나선 것이 '가실목' 해변의 벼랑에까지 갔다가 그렇게 됐어요. 바위에 눈이 녹다 얼어붙어 빙판이 된 길을 지나가다 그만 미끄러지고 말았지 뭐예요. 그래도 다행히 깊지 않은 곳에 빠져서 별

탈은 없었구요."

"그런데 실신까지 했단 말이냐? 더구나 널 둘러메고 온 게 하필 그 뱀잡이 청년이라니."

내가 추궁하듯 그렇게 묻자 잠자코 젓가락을 움직이고 있던 김이 말을 가로잡으며 변명하듯 대신 대답했다.

"이 사람이 헤엄쳐 나왔답니다. 방파제 앞까진 말이죠. 방파제 위에 까진 필사적으로 올라왔는데 추위와 함께 너무 기진해서 실신해 버리고 말았다는군요. 그런데 마침 그 녀석이 멀리 지나가다가 보고서 둘러메고 온 거랍니다."

나는 찬찬한 눈길로 그들을 바라보았다. 김과 누이의 얼굴에 가파른 파문과 같은 흐린 그림자가 갈씬거리고 지나갔다. 나는 아무래도 그들이 뭔가 나에게 이야기하기를 마뜩하지 않게 여기는 구석이 있다고 느낄 수밖에 없었다. 아무래도 그 뱀잡이 청년을 만나봐야 할 것 같은 생각이 들었다. 밥상 위에서 우리들의 딸그락거리는 소리가 적요한 겨울날의 오전 한가운데를 지나가고 있었다. 김의 표정이 누이의 희고 갸름한 얼굴께에서 복잡하게 얽히며 자지러들고 있었다.

나는 갑자기 생각난 것이 있어 짐짓 지나가는 말처럼 명이한 목소리로 억양 없이 물었다.

"알고 있니? 어제 그, 아버님을 모시고 온 사람이 그 청년이라는데. 그럼, 아버님께서는 온종일 어디에 계셨다니?"

순간, 김과 누이가 다 같이 곤혹스런 표정을 지었다. 사실 나로서도 그들이 뭔가를 나에게 일부러 말해 주려고 하지 않는 품으로 봐서 어떤 시원한 대답을 듣자고 물어본 것은 아니었다. 물론 정말로 모르기 때문에 말하지 않는 것일 수도 없는 것은 아니었지만. 아무튼 그들이 엉거주춤 대답을 머뭇거리는 것을 확인한 것으로 나의 물음은 어느 정도 응답된 셈이라고 할 수 있었다. 내가 이런 생각 속으로 한참 걸어 들어가고 있는데 그제서야 누이가 말했다.

"전엔 한번 말씀드렸잖아요. 그 청년은 때때로 옳은 정신이 아니라고. 그러니 그가 뭐라고 했다고 해도 어디 믿을 수 있겠어요? 그러니 오빠도 믿지 마세요. 혹시 그가 뭐라도 해도."

이때, 김이 마무리하듯 똑 떨어지는 소리로 빠르게 말했다.

"죄송합니다. 저희들 일로 마음을 불편하게 해드려서. 하지만 뭐 별일은 아닙니다. 너무 마음 쓰지 마십시오."

그리고 그는 숟갈을 놓고 일어섰다. 나도 거의 식사를 마쳤기 때문에 상 뒤로 물러나 앉았다. 혹시 내 물음이 너무 잔인한 것이었나 싶어 미안한 생각이 들었다. 돌아보니 누이의 처연한 모습이 안쓰럽게 내 눈가에 비쳐들었다. 일어서서 문을 열자 차가운 겨울 공기가 얼굴 위로 가득 부닥쳐 왔다. 김이 저만치 앞에 교회당 문을 열고 안으로 막 들어서고 있는 것이 보였다.

그날 나는 누이의 집을 나와 포구의 거리를 몇 군데 돌았다. 그리고는 포구 끝 쪽에 있는 술집 '갈매기'에서 그 뱃잡이 청년을 만날 수 있었다. 도선장 자리를 훨씬 지나서 거리의 북쪽 끝에 술집 갈매기는 골목 안쪽에 깊이 접혀 들어가 있었다. 그래도 예전에는 꽤 잘 되던 술집이었던 듯 낡은 아크릴 간판이 제법 큼직했다. 그러나 지금은 한쪽이 깨진 채로 아예 달아나서 없었고, 문마저 낡을 대로 낡아서 바람이 불 때마다 삐걱삐걱 사갈스런 신음 소리를 내고 있었다.

내가 그곳으로 들어섰을 때는 겨우 점심때가 지난 시간에 지나지 않았는데, 이미 청년은 꽤 취해 있었다. 멀리 추위에 덮인 방파제가 바라다 보이는 창문을 등지고 그는 앉아 있었다. 내가 다가가자 그는 흘깃 나를 올려다보았다. 그리고는 의외라는 듯 동그랗게 눈을 홉떠 보았다. 술에 젖은 그의 얼굴이 나의 눈길 아래서 추적추적 무거운 그늘을 늘어뜨리고 있었다. 내가 그의 앞에 가서 앉자 그는 나를 뚫어질 듯 맞받아 보기 시작했다. 그의 눈에서는 조그맣게 불꽃이 타고 있는 듯했다.

내가 들어와 앉는 것을 보고 난롯가에 앉아 졸고 있던 주인인 듯한 빼빼한 중년의 남자가 잔뜩이나 게으른 동작으로 천천히 일어났다. 이때 청년이 그를 향해 소리쳤다.

"잔 하나 더 갖다 주시오. 소주 한 병 더하고."

그리고 나서 청년은 그의 앞에 놓인 잔을 들어 '꼴깍' 소리가 나도록 후딱 들이마셨다. 벌써 푸르스레한 소주병이 두 개나 빈 채로 그의 앞에서 나뒹굴어져 있었다. 그가 '캬'하고 소리를 내며 오만상을 찌푸렸다. 찢어 놓은 대구포를 한입 베어 물고는 내 앞으로 잔을 내밀며 말했다.

"잘 됐군요. 그렇지 않아도 한번 뵈러 갈 참이었는데."

나는 그를 빤히 바라보았다. 그가 내 잔에 새로이 가져다 놓은 술을 쪼르르 따랐다. 섬칫 그의 어기찬 얼굴이 취기에 일그러지고 있었다. 그의 등 뒤에서 잿빛 하늘을 담은 창이 덜컹하고 소리를 냈다. 청년의 물들인 군용 야전 잠바 위로 창문을 타고 들어온 하늘빛이 무겁게 눌러앉아 있었다. 내가 막 조심스러운 목소리로 어제 일을 물어보려고 하는데, 돌연 청년이 격앙된 말투로 허물어지듯 외쳤다. 그의 모습이 불빛에 비친 그림자처럼 휘청하며 크게 흔들렸다.

그의 목소리가 내 귓전을 치고 실내를 텅텅 울렸다.

"그래, 뭘 보고 싶어왔소? 무너지고 망가져 가는 내 모습을 확인이라도 하고 싶었던거요? 그러나 나는 죽지 않았습니다. 물론 사라지지도 않을 것이요. 그들은 나를 정신병자로 몰겠지요. 아니, 지금도 그렇게 치부하고 있겠지요? 하지만 천만의 말씀입니다. 난 결코 포기하지 않을 거요. 비록 어제는 실패하고 말았지만 말야."

청년이 헝클어진 머리를 두 손으로 감싸 안으며 탁자 위에 얼굴을 묻었다. 퍼렇게 힘줄이 솟은 청년의 마디 굵은 손가락이 억세게 나의 시야를 비집고 들어왔다. 나는 내 앞에 놓인 잔을 들어 쓴 약

198

을 삼키듯 빠르게 입안에 밀어 넣었다. 청년이 다시 고개를 들었다. 이번에는 울 것 같은 목소리로 흐느이듯 말했다.

"그러나 내가 그녀를 바다에 밀어 넣은 것이라고 생각했다면 그것은 틀렸소. 하긴, 나도 몰랐었오. 설마 나를 피하기 위해 벼랑에서까지 뛰어내려 버릴 줄은…. 난, 내 말을 들을 줄 알았단 말이요. 그래서 벼랑 끝으로 그녀를 몰았던 거요. 벼랑 끝에서 그녀는 쪼그만 칼을 뽑아 듭디다. 가까이 오면 찌르겠노라고. 흐흐…, 나는 조금치도 망설이지 않았소. 차라리 그 칼에 찔리고 싶었으니까. 독이빨을 가진 살무사의 모가지를 잡으며 살아가는 내가 까짓 때끼칼이 무서울 리도 없었지만 말요. 그런데, 그런데 그만 가실목 벼랑 끝까지 몰린 그녀가 돌연 몸을 돌려 바다로 뛰어들어 버리더란 말요. 빌어먹을…."

나는 순간 벌떡 일어나 그의 멱살을 바투 죄어 잡았다. 그가 캑캑거리며 그의 멱살을 잡은 내 손을 감아쥐었다. 그러나 청년의 힘은 보잘것없는 것이었다. 이미 그의 손아귀는 맥살이 놓여 있었다. 청년의 일그러진 얼굴 위에서 충혈된 눈이 나를 쳐다보고 있었다. 그의 덥수룩이 자란 구레나룻와 광대뼈가 물끄러미 내 눈에 비쳐들어왔다. 나는 훅하고 한번 숨을 내쉬며 그의 멱살을 잡은 손에 힘을 풀었다. 그가 내 손아귀에서 놓여나와 던져놓은 모래 자루처럼 제 자리에 푹석 주저앉았다. 나는 한참 동안 선 채로 그의 무게 중심이 침몰해 버린듯한 모양새를 바라보았다.

흐릿한 실내의 공기가 아득바득 청년과 나 사이의 공간으로 기어들어 왔다. 갑작스런 사태에 놀라 달려왔던 주인 남자가 제 자리로 도로 돌아가 앉았다. 청년이 제 스스로 제 잔에다가 술을 따랐다. 그리고는 내 쪽은 쳐다보지도 않고 잔을 들어 목구멍에 들이부었다. 나도 어딘지 모르게 허탈하고 맥 빠진 기분에 사로잡히며 그대로 의자에 깊숙이 주저앉았다. 난롯가에선 주인 남자가 다시 졸기 시작했고 우리는 잠깐의 침묵 속으로 함몰되듯 잠겨들어갔다.

잠시 후 나는 주머니에서 담배를 한 개비 꺼내 물었다. 그에게도 한 개비 내밀고 라이터를 켜 불을 붙였다. 청년이 앉은 채로 비틀거리려는 몸을 가누며 '후'하고 담배 연기를 길게 공중으로 내뿜었다. 그리고는 훨씬 어눌해진 목소리를 지칫거리며 탁자 위로 가만하게 굴려 냈다.

"난, 다만 그렇게 하면 내 말을 들을 줄 알았을 따름이오. 다만…, 하지만, 하지만 말입니다. 바다에 떨어진 그녀를 구해 내느라 나도 죽을 뻔했단 말이요. 그녀가 물로 떨어지는 순간 나는 제정신이 아니었소. 크윽! 어떻게 그녀를 따라 벼랑 아래 물로 뛰어들어 그녀를 구해 낼 수 있었는지 생각이 도무지 안 납니다. 나도 지금은요, 크윽."

김은 토사가 치밀어 오르는지 손으로 입을 막으며 거기서 잠깐 말을 멈추었다. 그의 표정이 금방이라도 바닥에다 대고 거칠게 토악질을 해댈 것 같은 생각이 들었으나 그는 용케 잘 참아내고 있었다. 종류를 알 수 없는 불안감이 탁자 위로 술잔을 거슬러 올라와 어깨 위에 무겁게 얹혀 오는 것을 느꼈다. 급하게 아우르는 한기를 느끼며 나는 한 잔을 더 따라 마셨다. 쓰디쓴 액체의 싸아함이 화끈하게 복부 한가운데로 내리꽂혔다. 청년의 목소리가 어둠의 심연에서 우러나는 음향인 듯 아득하게 들려왔다.

"미안합니다, 선생님. 정말 정말 그럴 생각은 아니었습니다. 난 사력을 다했습니다. 죽을 힘을 다했지요. 그 차가운 바닷물에서 말이요. 그러나, 그러나 그녀를 바다에서 건져내던 순간만큼은, 그 순간만큼은 살려야 한다는 생각 밖에 정말 아무것도 없었어요. 살려야 한다는 생각 밖에는 커억…. 그리고 결코, 그건 뒷일이 두려워서가 아니었고. 결코."

청년이 술잔을 엎지르며 식탁 위로 얼굴을 박았다. 잔에서 쏟아진 희뜩한 액체가 쟁반을 타고 식탁으로 흘렀다. 안개처럼 가무린 흐릿함으로 감싸여 있는 실내의 공간들이 잠시 고요 속으로 빨려들고 있었다.

나는 청년이 아무래도 거짓말을 하기 위해 술기운을 빌어 내숭스러운 연기를 하고 있는 것은 아닐까 하는 생각과 함께, 제 녀석이 한 일을 슬금슬금 발뺌하자는 수작인지도 모른다는 생각이 들었다. 이런 생각을 하고 있는데 청년이 머리를 들었다. 엎어진 잔을 세워 놓고 다시 소주병을 집어 들었다. 내가 손을 뻗어 술병을 집어든 그의 손을 잡아 제지했다. 그가 눈을 내게로 치켜뜨며 말했다.

"왜, 내 말을 못 믿겠단 말이요? 흐흐 나도 그랬으면 정말 좋겠오, 내 말이 거짓말이었다면…. 아니 차라리 내 감정이 거짓이었다면 말요. 흐흐…."

청년은 거기까지 말하곤 내 손을 휙 하고 뿌리쳤다. 그리고는 술잔이 넘치도록 함부로 술을 따랐다. 문득 나를 한 번 건너다보더니 단숨에 들이 삼켰다. 마치 내 잔까지 삼켜 버릴 것 같은 기세였다.

"그래, 거짓말이요. 모조리 위선이요. 그 내 마음이라는 것. 그녀를 살려야 한다는 생각밖에 없었다는 것 모두. 나는 그녀를 죽이려 했오. 그래서 아침부터 기다렸지. 아니, 며칠 전부터 몇 달 전부터 그렇게 말요. 흐흐흐…. 어제도 내가 노인을 데려갔소. 그러면 그녀가 찾으러 나올 테니까 어째 이제 시원합니까? 커억!"

그가 금방 구토라도 할 듯 탁자를 짚고 벌떡 일어났다. 타는 듯한 눈길로 나를 쏘아보았다. 그리고 갑자기 탁자를 한쪽으로 뒤집어엎으며 소리쳤다.

"야, 이 쌍! 새끼들아! 너희들이 날 저 섬으로 보낼려고? 내가 불구라고? 내가 정신병자라고? 그래, 이 포구에서 불구 아닌 게 있는 줄 아냐? 이 속에 있는 건 모두가 병신 새끼들뿐이라고! 나도 니네들도 마찬가지라구!"

술에 적셔져서 흐물거리던 청년이 어디서 그런 힘이 났는지 실내가 쩡쩡 울리도록 큰 소리를 터트려 냈다. 청년이 탁자를 뒤집어

엎는 바람에 한쪽 바닥으로 좌르르 쏟아진 쟁반이며 잔이며 술병들이 발밑을 굴러다녔다.

졸음에서 놀라 깬 주인 남자가 황급하게 다가왔고, 아무거나 손에 잡히는 대로 벽 쪽에 집어 던지기 시작하는 청년을 붙잡았다. 청년이 그를 붙잡는 주인 남자의 발 위에 엎어지며 거칠게 바닥에 대고 마신 술의 취기만큼 오물을 게워 내기 시작했다. 깊이를 알 수 없는 늪의 심연으로 자맥질해 가는 피로를 느끼며 나는 망연자실해질 수밖에 없었다. 창밖으로 보이는 하늘은 여전히 우중충했고 바람은 연신 창틈으로 덜컹거리며 몰려다니고 있었다.

청년의 이야기를 들으며 마신 몇 잔의 술이 취기를 느끼게 했는지 뒷골이 쑤셔온 것이 술집 '갈매기'를 나와 여관에 돌아왔을 때까지도 여전했다. 아직 낮이었지만 침구를 펴고 누워 있자니 어질어질한 느낌까지 있었다. 전신의 신경들이 풀리면서 머리 부분으로 집결해 올라오는 것만 같았다. 농밀한 색채를 가진 통증들이 눈꺼풀 위에 퍼덕이고 있었다. 그 사이로 언죽번죽한 얼굴을 한 뱀잡이 청년이 양손에 살아 꿈틀대는 살무사를 집어 들고 웃는 모습이 어른거렸다. 나는 신열과도 같은 피로와 취기를 함께 느끼며 흐린 날의 낮잠 속으로 혼곤히 빨려 들어갔다.

내가 잠을 깨었을 때는 아직도 낮이었다. 그러나 이미 오후가 기울어 있는 시각이었으므로 나는 서둘러 이것저것 챙기기 시작했다. 짐이랄 거야 있지도 않았지만, 사실 마음을 추스르는 일이 떠나는 일을 망설이게 했다. 오늘은 이미 시간이 늦어 버렸지만 내일이라도 K시로 돌아가기 위해선 몇 가지 일들을 해야 할 것 같은데, 그것이 어쩐 일인지 석연치 않은 생각이 들어 나를 미적거리게 했던 것이다.

나는 공연스레 두어 벌 옷가지와 책 몇 권, 그리고 원고 뭉치들을 쌌다가 풀었다 하다가 결국 또 그대로 밀쳐 두고 교회당으로 가 보는 것으로 마음을 정했다. 아무래도 김과 누이가 마음에 걸렸다. 뱀잡이 청년의 태도가 심상치 않다는 생각도 막연하기는 했으나 일말의 불안한 그림자를 드리우고 있었다. 달력을 보니 마침 삼일 예배가 있는 날이었다. 옷깃에 에스자 마크가 선명하게 돋보이는 김의 제복 입은 얼굴이 떠올랐다. 한숨 자고 난 탓인지 머리는 맑게 개어 있었다. 혹시 그 뱀잡이 청년이 예배에 나타날지도 모른다는 생각이 미치자 나는 다급한 기분이 되어 서둘러 방을 나섰다.

교회당 안으로 막 들어섰을 때, 나는 김의 얼굴 한쪽 눈자위가 퍼렇게 멍든 채 부어올라 있는 것을 발견했다. 교회 안에서는 열댓 명이나 될까 싶은 교인들이 조개탄 난로를 중심으로 옹기종기 몰려 앉아 예배가 시작되기를 기다리고 있었다. 누이는 다른 준비를 모두 끝냈는지, 난로 뚜껑을 한 번 열어보고는 자리에 가 앉았다. 김은 강단 한 면으로 마련되어 있는 목사용 의자에 앉았고 낡아 보이는 형광등은 푸르스름한 빛으로 그 그림자 위에서 파르르 떨고 있었다.

창문은 아예 까맣게 칠흑으로 바뀌었다. 김은 전에 없이 격앙된 목소리로 설교를 토해 내고 있었다. 진지함과 무표정과 낙백함이 얼마간씩 섞여 있는 듯한 그들의 모습이 교회당의 그리 밝지 않은 전등 불빛 아래 흐릿한 그림자를 마룻바닥에 늘어뜨리고 있었다. 그런 그들의 모습은 차라리 적막해 보이기까지 해서 김의 몰아대는 듯한 설교와 기묘한 대조를 이루고 있었다. 김의 목소리가 교회당의 마룻장을 텅텅 울리고 있었지만, 아무도 특별히 주의 깊게 그의 설교를 듣고 있는 것 같지는 않은 것처럼 내게는 느껴졌다. 이따금씩 문밖으로 쌩쌩거리는 바람 소리의 칼날들이 청각을 비집고 들어왔다. 그때마다 타고 있는 난로와 관계없이 다가드는 한기에 몸이 떨려왔다. 이윽고 설교가 끝나고 김의 기도가 시작되었다.

"아버지 하나님, 궁휼히 여기사 저희를 이 어둠에서 구하소서! 구원이 홀로 오지 않는 것일진대, 내 혼자 구원되어 지는 일이 없을진대, 저희가 모두 함께 구원받게 하소서! 그러나 아버지 하나님, 저희의 간구가 이루어지지 않을진대, 저희의 소리가 아버지께 들리지 않을진대, 저희의 기도가 아버지께 외롭지 못한 것일진대, 불과 벼락으로 저희를 심판하시옵소서. 그리하여 타오르는 유황 불구덩이 속에 저희들의 살과 뼈, 그 죄된 모든 망령됨과 함께 하나도 남김없이 모조리 불태워 멸망케 하소서! 저희들은 아버지 앞에서 언제나 길 잃은 양이였고 쓸쓸히 버려진 피조물이었나이다.

아버지의 나라가 하늘에서 이루어진 것같이 땅에서도 이루어지게 하옵고, 목자를 잃은 양이 다시 목자의 품에 안길 수 있도록 하여 주옵소서. 우리들의 삶이 주 안에서 영원히 거할 수 있도록 사망의 음침한 골짜기를 다닐지라도 위해를 조금도 두려워하지 않을 수 있도록 하여 주옵소서. 저희들을 이 미망의 나날에 이대로 버려두지 마옵소서. 하오나 아버지여, 그러나 아버지의 나라가 이 땅에 임하지 않을진댄 불과 벼락으로, 아버지여, 불과 벼락으로 이날을 이 땅을 심판하여 주옵소서! 아버지 하나님, 저들은 이제 병들고 지쳐 있습니다. 그들의 목소리를 공허하고 그들의 마음은 어위어 있나이다. 아버지의 크신 사랑으로 여기에 삶의 땅을 허락하여 주시고, 은총의 강물을 허락하여 주시옵소서! 주 예수님의 이름 받들어 간절히 기도하옵나이다. 아멘!"

김의 열에 들뜬 것과도 같은 격렬한 어조의 기도가 끝나고 찬송을 했다. 그리고 신자들 중에 한 사람이 일어나 기도를 했고 축도를 하고 헌금을 하고 광고를 하고 또 찬송을 하고, 이윽고 폐회를 하고 예배가 끝났다.

몇몇 교인들이 남아서 김과 이야기를 나누는 동안 누이는 난로를 끄고 창문을 걸었으며 커튼을 내렸다. 세 살배기 꼬마 아이가 마룻장 위를 쿵쿵 소리를 내며 뛰어다녔다. 맨 먼저 강단 위에 있는 형광등의 불빛이 꺼졌다. 그리 넓지 않은 실내의 반이 소리도 없이 어둠에 잠겨 들었다. 한쪽의 불을 끄기 전보다 훨씬 그림자를 길게 드리운 벽걸이 액자 속에서 환하게 빛나는 심장을 가슴속에서 드러내 보이던 예수의 상반신 초상화가 이쪽을 굽어보고 있었다. 발걸음을 옮길 때마다 마룻장이 삐걱삐걱 소리를 냈다.

밖으로 나와 담배 한 개비를 피웠다. 오늘 오후에 무슨 일이 있었던 것 같았다. 어느 때 같지 않은 김의 고조된 음성이며 태도들이 자꾸 발끝에 어긋어긋 차이는 바람에 교회 주변을 서성거려야 했다. 그 사이에 몇몇 남아 있던 교인들도 돌아가고 밖에까지 나가 악수를 나누며 그들을 전송한 김이 돌아오자 교회당 건물에 마지막 불이 꺼졌다.

누이가 꼬마를 데리고 바깥으로 나왔다. 나는 천천히 누이에게로 다가갔다. 그리고 허리를 굽혀 꼬마를 안아들며 물었다.

"무슨 일이 있었던 모양이지? 왜 얼굴이 저런다니?"

누이는 그저 아무런 대답도 없이 내 곁으로 나란히 섰다. 그리고는 가만히 내 어깨에다 머리를 기댔다. 나는 언뜻 짐작이 가는 대로 이렇게 말했다.

"그 녀석이 다녀갔지, 그 뱀잡이 청년? 오후쯤에 말야."

누이가 퍼뜩 고개를 들며 나를 올려다보았다. 내 말에 안긴 꼬마가 누이 쪽으로 몸을 틀며 건너가려고 했다. 누이가 꼬마를 옮겨받으며 말했다.

"어떻게 아셨죠? 같이 있었었나요? 무슨 애길 들으신 게로군요?"

"틀림없군. 그 녀석이 무슨 행패를 부린 모양이구나. 많이 다쳤니?"

"아뇨. 술에 만취된 그를 그이가 부축하다가 같이 넘어졌을 뿐예요. 그는 제 몸 하나도 제대로 못 가누던걸요. 조금 주정을 하긴 했지만."

"그 녀석이 여기를 맴도는 게 너 때문인 것 같던데? 어제 일만 해도."

내가 거기까지 말했을 때 누이가 말을 가로막으며 나섰다.

"믿지 마세요. 무슨 말을 들으셨는지는 모르지만, 그는 제정신이 아니니까…. 실제로 어젠 아무 일도 없었으니까요. 다만, 제가 좀 침착성이 모자랐던 탓이죠. 다급한 마음 때문에 빙판을 함부로 돌아다닌 때문일 뿐예요. 발을 헛디딜 수도 있는 것 아니겠어요, 사람이?"

"하지만, 그 청년이었잖니? 널 여기까지 둘러메고 온 사람이."

"고마운 일이죠, 오히려 그건. 우연히 지나가다가 날 발견한 따름이었을 거예요. 그리고 한 가지, 저 때문이 아녜요. 그가 이 교회 주위를 맴도는 건."

나는 심상치 않은 예감이 들어 번뜻 누이를 돌아보며 재차 물었다.

"다른 이유가 있단 말이냐? 그럼, 따로 알고 있는 게 있니? 네가?"

"아뇨. 꼭 뭐 그런 건 아니지만 하지만 다른 이유가 있는 건 틀림 없어요. 저도 잘 뭐라고 확실하게 말씀드릴 순 없지만요."

누이는 거기서 그렇게 얼버무려 버렸다. 아무래도 그녀가 우물 쭈물 둘러대는 품이 석연치 않은 구석이 있는 것만 같이 내게는 느껴졌다. 내가 이런 생각들을 혼자 되짚어 보고 있는데 김이 다가와 나와 누이를 번갈아 보면서 말했다.

"들어가시죠, 안으로. 바깥 날씨가 차가운데. 그리고 참, 여보, 아버님 떠나실 준비는 어떻게 좀 되었는지 모르겠오? 옷가지하고 일용품 몇 가지 하고."

아버님 떠나실 준비라니, 나는 뜻하지 못한 김의 말에 돌연한 궁 금함을 느꼈다. 어둠 속에서 몸을 돌려 방 쪽을 향해 몇 발짝 걸음 을 떼어 옮기면서, 김의 얼굴 부어오른 것과 오늘 밤 예배 때의 격 앙된 어조와 노인의 열 사이에 특별한 연관성이 있지 않나 하는 짐 작을 해 보았다. 그제였던가, 그때만 하더라도 노인이 이야기가 누 이에게서 나오자 펄쩍 뛰다시피 하던 일이 머릿속에 빠르게 떠올 랐다. 방으로 들어서자마자 다그치듯 김에게 물었다.

"어디로 가십니까, 아버님이?"

김은 내 물음에 깊숙이 고개를 떨구었다. 그의 그런 모습 위로 언뜻 심호흡이 하나 얹혀지고 있는 것이 보였다. 김의 멍든 한쪽 눈자위가 그의 옆얼굴을 자꾸 아래쪽으로 끌어내리는 것 같았다. 이윽고 김이 제복 위 옷고리의 단추를 풀며 말했다.

"네, 결정했습니다. 저 사람 말이 옳았어요. 많이 생각해 봤지만 어쩔 수 없다는 결론에 이르르고 말았습니다. 무슨 일이 일어날지 알 수가 없으니까요. 무엇보다도 아버님 자신을 위해서도 그편이 안전하실 것 같고."

"그렇군요. 흑섬으로 가시게 되나요, 그렇게 되면?"

내가 머리를 무연히 끄덕이며 그렇게 말하자 김이 다시 말을 이었다.

"그런 생각이 들어요. 지금까지 제, 그 알량한 목회자라는 허세가 아버님을 오히려 구속하지 않았나 하는 생각이…. 더구나 그 섬은 아버님이 그렇게 무시로 가시고 싶어 하시던 곳이었는데. 물론 잃어버린 과거 시간의 환상에 사로잡히셔서 그런 것이긴 하지만요. 그러나 생각해 보면 그분에게 있어 환상이란 우리들에게 있어 현실이라는 것이 가지는 실감 이상의 중요성과 가치가 있을지도 모르니까요. 그분이 이제 사시면 얼마나 사시겠어요. 돌아가시는 날까지도 환상 속에서나마 하시고 싶은 대로 하시게, 그렇게 해드리는 게 제 도리가 아닐까 하는 생각이 들었습니다. 물론, 섬은 옛날의 섬도 아니고 이미 아버지의 섬도 아니지만 말입니다. 그래도 그것은 우리들의 상식 속에서의 것을 테니까요."

나는 조금씩 혼란해졌다. 추운 바깥 날씨 탓인지, 아까 잠깐 담배 한 대 피우면서 덤터기로 맞아 버린 밤바다의 소금기 어린 바람 탓인지, 아득바득 온몸의 신경들이 죄다 일어서며 의식의 편린

들을 마구 헝클어 내고 있었다. 갑자기 등더미를 치며 무겁게 얹혀오는 피로를 느꼈다. 쉬고 싶었다. 서둘러 일어서서 저고리를 추켜입는 나에게 김이 아득한 목소리로 말했다.

"배는 내일 정오에 떠납니다. 나오시지 않는 편이 저희들에게 편할 것 같습니다."

나는 황급히 내 방으로 돌아왔다. 그때부터 나는 며칠을 내 여관방에 틀어박혀 지냈다. K시로 돌아가리라던 생각은 내 이상하고도 급작스런 변화 속에서 한 꺼풀 뒤로 숨어들어 버렸다. 설명하기 어려운 별난 예감과 같은 것이, 순간적으로 머리를 스치고 간 섬뜩한 힌트와 같은 것이 나를 이 포구에 주저앉게 만들고 말았다. 내 방에 처박혀 문을 걸어 잠그고 원고와의 전쟁을 시작했다. 아침에 산책 삼아 포구의 뒷면 구릉 쪽을 한 번 걸어 다녀오는 이외에는 하루 종일 자고 쉬면서 하며 원고와의 씨름을 계속해 나갔다. 그러던 어느 아침, 나는 뜻밖에 노인의 주검을 만나게 된 것이었다.

아침 산책길에 몇몇 사람들이 모여 있는 것을 발견했다. 여관에서 포구의 위, 북쪽 방향을 돌아 구릉으로 가자면 오른편으로 방파제를 잠깐 끼고 도는데, 그 방파제 밑으로 모랫벌이 드러난 곳이 있었다. 그곳에 사람들은 모여 서 있었다. 선착장에서부터 길게 이어지는 방파제의 한끝, 그 모랫벌 위에 노인의 주검이 거짓말처럼 새벽 파도 끝에 밀려와 있었다.

검정 두루마기 차림인 노인의 주검이 굳게 얼어 부은 채 거친 모래사장 위에 반듯하게 누워 있었다. 언제였는지 벌써 도착해 있었던 듯 제복의 사내가 시신을 확인하고 있었다. 바다는 검푸른 남색의 파도를 몰아 밀려왔다가 쓸려 가고 하면서 모래톱의 발끝을 넘나들었다. 노인의 주검을 둘러선 사람들의 옷섶을 잡아 흔들며 바람이 불어와 아침 추위로 옹송 거리고 있는 모랫바닥을 핥고 쓸어 갔다.

아직 앳된 얼굴의 공익요원 두 명이 노인의 시체를 치워간 뒤에도 나는 오랫동안 방파제 위에 서 있었다. 노인의 주검이 사라진 모랫벌에는 살갗을 예리하게 파고드는 바닷바람만이 씽씽 거리며 이를 사려 부치고 있었고, 드문드문 깔려 있는 크고 작은 자갈들만 스산하게 나뒹굴어져 있을 따름이었다. 그런데 그 순간. 사람 그림자들이 쓸려 가버린 해변을 바라보다가 몸을 들이미는 순간, 나는 얼핏 수평선 쪽에 아슴한 섬 그림자를 본 듯 싶었다.

방에 돌아와 성에 긴 창문을 닦아내며 회색 기후에 가려 보이지 않는 섬 쪽을 바라보았다. 노인의 주검이 반사작용처럼 내 의식 속에 떠올랐다. 아마 노인이 가고 싶어 하던 그 섬은 바닷속에 있는 것이었는지도 모르겠다는 생각을 나는 해보았다. 금방이라도 먹구름이 사뜩 떠 들어올 것 같은 해변의 하늘을 바라보면서 노인의 그 섬은 어떤 곳이었을까 하고 나름대로 생각해 보았다. 바람받이 교회당 언덕에 오도카니 앉아서 그 섬 쪽을 짓무른 눈으로 바라보던 노인의 모습이 선명하게 뇌리에 화인처럼 떠올랐다. 그런 상념에 잠기어 나도 무의식적으로 창문을 통해 섬 쪽을 바라보면 수평선 끝으로 아른아른 떠올라 섬은 보이는 듯하기도 했고, 때로 어쩌면 그것은 거대하고 장엄하게 금방 눈앞으로 금방이라도 솟아올라 있을 것 같은 착각을 느끼게도 하는 것이었다.

그날, 나는 저녁을 먹고 난 후 오랜만에 교회당 쪽으로 올라갔다. 불이 켜져 있었다. 나는 노크도 하지 않고 안으로 들어섰다. 김과 누이가 마주 앉아 있었다. 싸늘한 난로 위에서 하나만 켜진 전등 빛이 흐늘흐늘 풀어져 교회 안 실내의 사물들을 침침하게 비추고 있었다. 그들은 내가 가까이 다가갈 때까지도 그냥 그러고 앉아 있었다. 김은 시종 침통한 표정으로 굳어져 있었고 누이는 고개를 꺾은 채 손가락만 꼼지락거리고 있었다.

내가 나타나고 난 뒤 한참 만에야 누이가 조그만 소리로 입을 열었다.

"아무 말이나 다 따를 순 없어요. 당신이 날 지옥에서 구원해 줬다고 하여도. 그리고 또, 아버님이 돌아가시게 된 게 저 때문이라도 해도."

김은 찬 난로 뚜껑 위에 시선을 둔 채 탁하게 가라앉은 목소리로 말했다.

"무모한 생각이었어. 이제 희연이도 자기 자리로 돌아가, 그것뿐이야."

누이는 왈칵 나무의자에서 일어섰다. 쏘는듯한 표정으로 한참 동안 그를 응시했다. 그리고는 이내 나를 한 번 돌아보고 밖으로 달려나가 버렸다. 김은 꼼짝도 하지 않고 있었다. 나 역시 아무런 말도 꺼낼 수 없었다. 그와 나는 얼마 동안을 그렇게 말없이 앉아 있었다. 한참 만에 김이 침묵을 깼다.

"형님, 회연씰 함께 K시로 데려가십시오."

나는 어리둥절해서 그의 얼굴만 쳐다보았다. 갑작스런 이 사태에 아연함을 금할 수 없었다. 그런 상태로 멍해 있는데, 김이 다시 말을 이었다.

"다른 일 때문이 아닙니다. 제 아버님이 그 사람 때문에 그렇게 됐다고는 더더구나 생각지 않습니다. 그 일은 언제든 일어나고 말리라고 예견했던 것이었으니까요. 그 사람의 지난 세월들이 새삼스럽게 이제 와서 마음에 걸린 것이라든지 하는 것은 정말, 정말 아닙니다. 혹시라도…, 그 사람이 그렇게 생각하고 있다면 잘 좀 설득해 주십시오. 사실은 오히려…, 그 사람이 저 같은 녀석에겐 너무 과분하기 때문입니다. 저는 사람 구실도 못하는 형편없는 녀석이니까요. 아시다시피 제게 무슨 장래가 있겠습니까? 몸은 병들어 있고, 신앙에 대한 확신도 없는 회의와 불만투성이 허수아비…."

김은 거기서 숙이고 있었던 고개를 들며 크게 한번 숨을 들이쉬었다. 그렇게 머리를 처든 채로 잠깐 천장에 삐뚤이 매달린 전등을 바라보았다. 다시 길게 숨을 내쉬고 나서 말을 이었다.

"이제 저도 제자리로 돌아가야겠어요. 자신의 분수에 맞게 처지에 맞게 주제에 맞게, 그렇게 살아야지요. 그동안 너무 주제넘은 것이었어요. 제 꼴에 목회자라니요…. 이제, 자신을 깨달은 게지요."

그의 말들이 침침한 전등의 불빛 밑에서 토막토막 끊어져 잘게 튀어 오르고 있었다. 말을 잃은 의미들이 교회당 안의 빈 공간에서 나즉하게 흩어져 갔다. 나는 그를 데리고 밖으로 나왔다. 밖은 완전히 어두워져 있었고 찬바람 소리가 귓전을 때리며 거리 뒷면으로 스쳐 지나갔다. 켜 놓은 채 그냥 나온 교회당의 여린 외등 불빛이 김의 등 뒤에서 손바닥만 하게 새어 나와 있었다.

"왜 그런 생각을 하게 되었오, 갑작스레?"

나는 이미 누이를 데려갈까 하는 생각을 진즉에 이미 버리고 난 뒤였으므로 그의 말은 적어도 지금 단계에 있어서는 갑작스런 것이었고, 그런 만큼 나의 태도를 어떻게 정해야 할지 당황해할 수밖에 없었다. 그래서 나는 조금 전, 그의 말뜻을 헤아리며 물었으나 그는 아무런 대답도 하지 않았다. 포구의 희미한 불빛들이 저만치에서 점점이 깜박이고 있었다.

뱃머리 모퉁이 가게를 찾아들어가 자리에 앉자마자 그는 거침없이 소주부터 찾았다. 너무 빼곡하게 감정의 격렬함이 들어찬 것을 이완시키는 데는 술 몇 잔도 좋겠다 싶긴 했지만, 그는 오히려 내가 걱정스러워해야 할 만큼 그 차가운 액체를 거칠게 입에 털어넣었다.

그렇게 얼마나 지났을까, 비맞은 고슴도치처럼 웅크리고 앉아서 알코올에 젖어가던 그가 무너질 듯한 소리로 말하기 시작했다.

"아무것도 아녜요. 정말 아무것도 아닙니다. 그만두기로 결심한 것뿐이죠. 그따위 교회당은 불이나 팍 나버리라지요. 여긴 정말 죽음과도 같이 느껴져요. 이 딴 곳에서 허수아비 같은 사람 몇 모아놓고, 아무 짝에도 쓸모없는 성경 말씀이나 읊조린다는 건. 정말, 젊은 놈이 할 짓이 못되죠. 팔팔합니다. 지쳤어요. 이런 곳에서 아무리 하느님을 외쳐 부르면 뭘 합니까? 성경에는 좁고 어두운 골방에서 기도하는 소리를 하느님께선 더 귀중히 들으신다고 했지만, 아마 하느님은 안 계시거나 계시더라도 귀머거리가 된 게지요. 포구를 감싸고 떠날 줄 모르는 이 망할 놈의 안개와 풀잎 같은 어선 하나 못 들어오게 하는 저 바다의 검은 조류가 사라지기 전엔 다 부질없는 일입니다. 어림없는 일이지요, 교회고 신앙이고 간에."

썰렁한 탁자 위로 알전구의 누르스름한 빛이 건들건들 느리게 흔들리고 있었다. 술에 적신 김의 눈동자가 허공을 향해 이어져 있는 것이 보였다. 김이 넋두리하듯 힘없는 목소리를 흘려 냈다.

"내가 무엇을 할 수 있단 말인가요? 예수님께선 나병 환자를 고치고 귀신들린 자를 고쳤지만, 난 날마다 섬으로 실려 가는 그 가없는 영혼 하나, 아니, 그것들은 고사하고 우리 아버지의 영혼 하나 건져 드리지 못했어요."

나는 깨진 연탄을 모아 조개탄을 만들던 그의 양손을 바라보았다. 그는 그 손을 마주 들어 올리고 자신의 머리를 싸안았다. 그리고 두어 번 세차게 고개를 흔들었다. 그리고 외치듯 크게 말했다.

"난, 난 얼마 오래 살지 못할 겁니다."

급작스레 상승했다가 다시 하강하는 포탄 파편처럼 그의 갈라진 목소리가 차가운 실내 바닥으로 흩어져 내렸다. 탁자 위로 엎드려 들썩이는 김의 야윈 어깨 위로 전등 그림자가 시계추처럼 둔중하게 출렁거리며 오갔다.

김은 그날 밤, 결국 술을 이기지 못하고 쓰러져 버렸고, 쓰러진 그를 일으켜 부축해서 그의 방에 데려다 눕힌 것은 자정이 훨씬 넘은 시각이었다. 김은 생각보다 가벼웠고 그런 그를 자리에 받아 누이는 누이의 눈에 눈물이 글썽이고 있었다. 그렇게 그를 데려다주고 나서 나도 언짢은 마음으로 숙소로 돌아왔다. 마음이 빈 것 같아서 자리에 누웠으나 쉽사리 잠들지 못하고 오랫동안 뒤척거려야 했다. 그러다가 어느 순간엔가 까무룩 잠이 들었는데, 얼마지 않아 누군가가 나를 흔들어 깨우는 통에 퍼뜩 눈을 떴다.

"선상님, 선상님! 어서 일어나 보셔유! 큰일이 났어유!"

지난번의 교인 하나와 여관의 주인 여자가 함께 올라와 사색이 다 된 얼굴로 나를 잡아 흔들고 있었다. 떨어지지 않으려는 잠들을 가까스로 밀쳐내며 몸을 일이 키는데 주인 여자가 황급한 목소리로 말했다.

"큰일 났어유, 교회당이 불이 나고 사모님은 다리목 위원으로 실려갔데유!"

나는 잠시 내가 잘못 들은 것이 아닌가 내 귀를 의심했다. 망치로 뒷덜미를 한 대 옹골차게 얻어맞은 것 같기도 하고, 아직 혼몽한 꿈자리에서 덜 헤어난 것 같기도 했다. 얼김에 한참 동안을 그렇게 멍해 있었다. 잠시 후 정신을 되찾은 나는 자리를 박차고 일어난 뒤로는 조금도 지체하지 않고 벼락처럼 겉옷을 둘러쓰고 문을 열었다. 바깥의 찬 공기가 한꺼번에 우르르 방안으로 몰려들어 왔다. 나는 서둘러 나무 계단을 내려와 여관 밖으로 뛰쳐나와 교회당에 있던 쪽으로 내달렸다.

어느새 새벽이 깨어나고 있는 시각이었다. 검은 어둠이 조금씩 밀리면서 푸르스레한 새벽빛이 하늘에 번지기 시작하고 있었다. 마른 강추위로 꽁꽁 얼어붙은 길을 달려 교회당에 도착했다. 교회당 건물의 뒤편 한 모퉁이가 완전히 불에 타서 시커멓게 주저앉아 있었다. 날은 이마 완연하게 새벽이 밀려와 있었고 아직도 교회당 건물에선 타다 남은 검은 연기가 군데군데에서 피어오르고 있었다. 타다 남은 건물 주위에 몇몇이 둘러서 있었다. 그 사람들의 말에 의하면 누이는 마침 타오르는 불 속에 뛰어든 김을 필사적으로 구한 뒤 화상을 입고 의식을 잃어 포구 의원으로 업혀 갔다는 것이다. 사람들은 김이 불을 지르고 자살을 기도했을 것이라고들 말하고 있었다.

불타고 남은 뒷자리는 보기에도 을씨년스러울 따름이었다. 어젯밤만 해도 그 안에서 이야기하고 침통해 하던 김과 누이의 흔적이 잿더미에 깔려 어딘가에 있을 것만 같은 생각이 들었다. 타다 남은 재가 바람에 날려 공중에서 춤을 추며 너울거렸다. 나는 거의 절반이 넘게 타버린 교회 주위를 천천히 걸어서 한 바퀴 돌았다. 어젯밤 정신없는 통음 중에 '불이나 팍 나버리라'고 뇌까리던 김의 모습이 떠올라 착잡한 마음을 누를 길이 없었다.

만약 그가 정말로 죽으려고 했다면, 그리고 정말 교회에 불을 질렀다면 그가 불을 지르려 했던, 또 죽으려 했던 이 교회란 무엇일까 하는 생각이 들었다. 노인에게 있어서 그 노인이 가졌던 환상 속의 섬과 김에게 있어 그가 가졌던 현실 속의 교회는 얼마나 한 거리가 있는 것일까 하는 이런 상념에 사로잡혀 잡다한 생각들을 허적이고 있는데 언뜻 이상한 느낌이 있어 고개를 들었다. 사택과 담을 사이한 그 모퉁이였다. 거기서 누군가가 내 쪽을 주시하고 있는 것 같았다. 내가 고개를 들어 그쪽을 쳐다보자 그 뒤편 수풀 속으로 검은 그림자 하나가 빠르게 사라졌다.

나는 그 그림자를 뒤쫓아 가볼까 하다가 이미 늦어 버린 것을 알고 그만두었다. 곧 발길을 돌려 이 포구 유일의 병원이라는 다리목 모퉁이에 있는 의원으로 갔다.

'울포 의원'이라 쓰인 낡은 판자 쪽이 오래되어 보이는 일본식 목조 이층 건물 한편 문설주에 걸려 있었다. 의사라는 바짝 마른 노인네가 누이를 살피고 있었다.

"생각보다 심하지는 않소이다. 그러나 며칠은 치료를 받아야겠오."

"정신을 잃은 모양인데 괜찮을까요?"

"화상 때문이 아니외다. 기절한 것은 충격 때문인 듯하오만."

늙은 의사는 그렇게 말하면서 돋보기를 추기고 진료대 위를 치우고 있었다. 나는 그제서야 생각이 나서 혹시 김이 있나 하고 주위를 둘러보았으나 눈에 띄지 않았다. 나는 불현듯 걱정스러운 생각에 휩싸이며 누워 있는 누이의 얼굴을 한 번 더 돌아보고 서둘러 의원을 나왔다. 벌써 아침이 거리에 시리게 떨어져 깔려 있었다. 또 하루의 흐린 겨울날이 시작되어 있었다.

그날, 특무 김이 연행되어 갔다. 나는 곧 지서로 달려갔다. 그러나 김은 입을 굳게 다문 채 한 마디도 들려주지 않았다. 나는 칼날처럼 주의를 물고 늘어선 풀 밭길을 걸어 할 일 없이 숙소로 돌아왔다. 가로변 수목들의 앙상한 가지 사이에서 겨울 까마귀 한 마리가 하늘 높이 날아오르고 있었다.

누이는 그 날 저녁 무렵에는 다행히 화재를 피한 사택으로 돌아왔다. 화상은 대단치 않은 정도의 것이어서 오후부터는 일어나 이곳저곳 걸어 다닐 정도가 되었기 때문이었다. 지난번의 그 교인 아낙네가 그림자처럼 누이 곁에서 이것저것 시중을 들어 주고 있어서 내가 할 일은 별반 없었다. 그런 중에서도 신통한 것은 세 살배기 꼬마 녀석이 별로 칭얼대지도 않고 저 혼자도 잘 놀고 있는 점이었다.

나는 그저 하루 오후 내내 서성거리기만 하다가 밤이 되어서야 내 숙소인 여관으로 돌아왔다. 신산스러운 하루였었다. 새벽에 잠자리에서 깨워져 나간 뒤로 잊고 있었던 피로가 한꺼번에 머리끝에서부터 방바닥으로 거꾸러져 내렸다. 온몸이 잠 속으로 허물어져 갔다.

다음 날 아침, 평소보다 일찍 잠에서 깨어난 나는 아직 이른 아침인데도 먼저 들러 볼 양으로 교회로 향했다. 골목을 돌아 언덕길을 막 올라서 반이 넘게 타버린 그 퀀셋 막사 같은 교회 건물 앞으로 접어들 때였다. 거칠게 숨을 몰아쉬며 뱀잡이 청년이 뛰어 내려오고 있었다. 나와 마주치자 그는 잠시 멈춰 서서 나를 노려보았다. 그러나 곧바로 엉뚱하게 이를 드러내며 '씨익' 웃고는 휑하니 내 곁을 지나쳐 사라져 갔다. 그의 약간 절룩이는 걸음이 그가 언덕길 아래로 모습을 감춘 뒤까지 내 눈가에서 아른거렸다.

낡은 나무판자 따위를 쌓아놓은 공터를 지나 목사관으로 쓰는 허름한 브로크 건물 사택 쪽으로 돌아갔다. 누이는 부엌에서 지난번의 그 아낙네와 함께 김 대신 깨진 연탄을 이겨 조개탄을 만들고 있었다. 세 살배기 꼬마가 그녀들 주위를 오락가락하며 혼자 잘 놀고 있었다. 나는 잠깐 망설였으나 이내 목소리를 가다듬으며 물었다.

"여기 일을 계속할 참이냐, 김이 없어도? 더구나 교회 건물도 불타버리고 못 쓰게 되었는데…. 조개탄도 이젠 쓸모가 없을 텐데?"

나는 그때, 언뜻 이 계제에 누이를 K시로 데려갈 수 있었으면 하는 생각을 했다. 그러나 누이를 데려가지 못한다고 하더라도 그 애가 이 사태를 어떻게 받아들이고 있는지, 또 어떤 쪽으로 대처하려 하고 있는지 하는 것을 알아보고 싶었다. 그렇게 생각하는 근저에는 새삼스러운 일이지만 정말로 그 애의 앞일이 걱정되었기 때문이기도 했다. 연탄아궁이 위에서는 여느날과 다름없이 색이 벗겨진 주전자 주둥이가 훅훅 증기를 뿜어 올리고 있었다.

"그이는 곧 돌아올 거예요. 설사 그이가 돌아오지 않는다고 하더라도 마찬가지예요. 전 그이와 일을 계속하겠어요."

나는 그 애가 살아온 날들만큼이나 아프게 떠돌았을 가냘픈 등을 다시 바라보았다. 그것은 위태위태하게 느껴지면서도 거역할 수 없는 힘으로 나의 가슴에 비집고 들어왔다. 추위로 깡마른 부엌의 바람벽에 기대어 바깥으로 트여 있는 바다 쪽을 바라보았다. 그곳은 여전히 흐려 있는 그대로였고 하늘은 낮게 잔뜩 눌어 앉혀져 있었다. 교회의 빈 뜰은 타고 남은 건물 잔해와 함께 깊이를 알 수 없는 고적함이 구석구석마다 무겁게 고여 있었다.

나는 다시 숙소인 여관에 틀어박혔다. 물론 누이가 염려가 되었으므로 하루에 두어 차례 들르기는 했지만, 누이는 내가 생각한 것 이상으로 의연하고도 태연스레 그녀의 일상을 지속시켜 나가고 있었기 때문에 오히려 누이가 나를 걱정해 줄 지경이었다. 그동안에 김은 본서로 이송되어 포구를 떠났으나 아직 결과는 미정이었다. 김의 일에 대한 누이의 태도는 특이한 점이 있다고 할 수 있을 것이었다. 누이는 그야말로 '김은 돌아온다'는 확신 하나로 버티고 있었다. 그러나 그 막연한, 적어도 내가 보기엔 허무맹랑해 보이기까지 하는 확신 외에 누이는 달리 아무런 방도도 김을 위해서 강구하고 있지 않았다. 물론 방도를 강구한다고 해봤던들 뾰족한 수도 없었겠지만, 이를테면 누이는 김의 일에 대하여는 작은 걱정조차도 하지 않는 것처럼 보였다.

나는 누이를 그런 상태 속에서 방치해 두고 혼자 K시로 돌아갈 수도 없었고 딱히 서둘러서 돌아가야 할 일이 있는 것도 아니었으므로 그대로 포구에 머물러 있게 되었다.

벌써 며칠째, 하루의 대부분을 방 안에 틀어박혀서 보냈으나 노인의 죽음 이후로 원고는 더 이상 메워지지 않고 있었다. 그런 가운데도 이상한 일은, 그 며칠 동안 한 번도 뱀잡이 청년을 볼 수가 없던 것이었다. 그 사이에 그에게도 무슨 일이 일어났는지도 모르겠다는 생각이 들었다.

그날 아침은 유난스레 일찍부터 날씨가 추웠다. 어깨를 옹송그리며 식당 안에 들어서자마자 주방 아주머니가 호들갑스럽게 말을 시작했다.

"들으셨나유? 글씨, 그 땅꾼 청년이 잽혀 갔다는 구만요. 사실은, 아, 그눔이 불을 질렀대유, 예배당에도 말유. 참 세상 일두 허고는 무슨 억하심정이 있어서 그랬을까유, 선상님?"

"아니, 그게 정말입니까? 언제 잡혔답니까, 어디서요?"

나는 식탁에 앉는 것도 잊어버리고 빠르게 다그치듯 물었다.

"메칠 도망다녔나 보쥬, 아마 저어 도회지 어디서 잽혔다던디…."

그녀는 자신이 없다는 듯, 고개를 갸우뚱하며 말끝을 흐렸다. 그러나 다음 순간에 다시 밝음을 회복하며 들뜬 듯한 목소리로 빨리 말을 이었다.

"아, 그래서 우리 특무님이 풀려 나온닥 허데유, 진짜 방화 벰이 잽혔으니 말에유. 아마 오늘 온닥 허든가."

나는 차려 준 아침상을 대충대충 먹어 치우고 곧바로 교회로 갔다. 유난스럽게 느껴진 추위도 한 칸 멀리 비켜나고 있었다.

교회에 도착해 보니 김은 이미 돌아와 있었다. 어젯밤에 집에 왔었다는 거였다. 예닐곱 명의 교인들과 함께 불탄 자리를 청소하고, 아직 성한 부분은 성한 부분대로 깨끗하게 정리를 하고 있는 중이었다. 불타 없어진 부분은 잿더미를 싸악 쓸어내고 깨끗해질 때까지 치웠으며, 그런대로 쓸 만하게 형체를 유지하고 있는 곳에 다가는 천막을 덮어 씌웠다. 누이가 화상을 입어 아직 다 낫지 않은 한쪽 팔에 붕대를 잡아맨 채였으나, 부지런히 뛰어다니며 함께 일을 거들고 있었다. 교회당 건물이라고는 하지만 원체가 조그마하고 낡은 막사 같은 건물이었기 때문에 일은 그리 오래 걸리지는 않았다.

오후가 조금 이울어간다 싶은 무렵에 작업은 모두 끝났다. 같이 일을 하던 교인들이 돌아가고나자 갑자기 시간이 멈추는 것 같은 적요함이 빈 뜰을 가로지르며 다가왔다. 허름한 브로크로 지은 조악한 사택 건물만 홀로 초라하게 남은 교회터의 모습은 폐허 그 자체였다. 목사관이라는 말이 너무 과분하다 못해 차라리 없는 것만도 못하다라는 생각마저 들게 했다.

김과 누이는 뜻밖에도 방 안에서 짐을 꾸리고 있었다. 짐이라야 가방 몇 개와 보따리 몇 개, 고리짝 하나의 단촐한 것이었으므로 그 일은 금방 마쳐졌다. 영문을 몰라하는 나는 아랑곳하지 않고 김과 누이는 꾸려 놓은 짐을 방한 구석으로 밀어 젖혔다. 세 살배기 꼬마가 이불 보따리 위에 올라앉아 천진스러운 표정으로 발을 동당 거리고 있었다.

짐을 모두 꾸려놓고 난 뒤 우리는 함께 저녁을 들었다. 오래 묵어 보이는 포도주 한 병을 김과 내가 나눠 마셨다. 김이 두 손을 뻗어 그의 곁에 앉아 있는 누이의 화상 입어 붕대를 감은 팔을 꼭 붙들고 있었다.

"부끄럽군요, 진즉 말씀드리지 못하고 지금까지 숨겨온 것이."

김이 고개를 숙인 채 조용한 목소리로 그렇게 말했다. 내가 바로 물었다.

"숨기다니요, 무슨 말을?"

"떠나기로 결심한 제 마음은, 글쎄요, 착잡하기만 합니다. 차라리 제가 풀려나오지 않고 그가 잡히지 않았더라면 좋았을 것을…. 그는 잡힌 게 아닙니다, 자수해 버린 거죠. 그 녀석 마음을 모르겠어요. 나를 위해서가 아니라 어쩌면 그 나름의 가장 완벽한 복수를 하고 있는 것인지도 모르겠어요. 그는 자기의 불행이 저 때문이라고 생각하고 있는 것 같으니까요. 아, 무슨 말인지 잘 모르시겠군요. 사실은, 사실은 그는 저의 이복동생이었습니다."

김의 목소리가 휘영청 한번 거세게 휘었다가, 다시 원상으로 돌아왔다. 언젠가 누이가 했던 말이 이제야 겨우 뇌리에 떠올랐다. 그래, 그때 누이는 청년이 교회 주변을 맴도는 이유가 따로 있다고 했었지. 그러면 누이를 사랑합니다, 어찌고 하던 그의 말들은 모조리 연기였었을까. 알 수 없는 일이었다. 김이 다시 말을 이었다.

"게다가 그 녀석은 목사 아버지를 둔 탓에 아버지 없는 자식으로 자라나야 했으니까요. 더구나 형이랍시고 하나 있는 이 작자마저 그 타령으로 이 모양이고 있으니, 그저 저도 그 녀석을 부끄럽게만 생각했어요. 그래서 형님께도 그런 이야기를 해 드리지 않았던 겁니다. 차라리, 그 녀석 대신 제가 갇혀 있다면 좋겠습니다. 그러면 마음이 이렇게 무겁지는 않을 테니까요…."

나는 조용히 그의 말을 듣고 있었다. 그가 문득 말을 멈춘 것을 알고 내가 물었다.

"어디로 갈 겁니까? 짐을 이렇게 다 꾸려 놓고 있는 것이…."

"마음을 정했습니다. 이 사람의 말대로 섬에 가기로 했습니다. 우린 그 섬에다가 교회를 세울 겁니다. 지금은 비록 잿빛 기후에 가려 보이지도 않는 그런 섬이 되었지만, 그래도 그곳에도 사람은 사니까요. 하긴, 십여 년 전만 해도 이 포구 언덕에서 섬은 수평선 쪽이 언제나 선명하게 떠올라 보였습니다. 전, 사실 아버지도 그 이복동생도 믿고 싶지 않았어요. 언제나 환멸 속의 컴컴한 터널을 걸으며 자랐지요. 아버지에게 목사란 언제나 위선이 아니면 멍에였으니까요. 저는 언제나 부정하고만 싶었습니다. 어리석게도 아버지와 동생이 아니기를 바랐고, 또 그 모든 것이 사실이 아니길 바랐고, 그렇게 믿어 버리려고 어거지를 부렸던 겁니다."

그는 거기서 잠시 숨을 돌리고 다시 말을 이었다.

"하기는, 이 포구의 사람들은 다 그렇죠. 누구나 그 섬의 일들은 잊어버리고 싶어 한답니다. 그래서 다시 들추어내는 법이 없죠. 돌이켜 생각하기에도 너무나 끔찍한 돌림병이었으니까요. 그러면서도 사람들은 가끔 잿빛에 가려 보이지 않는 섬 쪽을 멍하니 바라보곤 하죠. 하지만 그것은 섬을 찾아보려는 게 아니라, 실제로 그 섬이 없다는 착각을 가지고 싶어 하기 때문인지도 모릅니다. 하지만, 사람들은 섬이 없다고 믿고 싶어 하지만, 그러나 섬은 아직도 여전히 거기에 실재하고 있어요. 아직도 매번 상한 사람들이 그 낡은 통통배에 실려 그 섬으로 떠나고 있지 않습니까?"

이제까지 김의 옆에 앉아 아무 말도 않고 있던 누이가 덧붙여 말했다.

"저희들은 아주 오랫동안 이 문제를 얘기했어요. 어젯밤을 거의 뜬눈으로 새웠지요. 이 이도 결국 결심을 했구요. 그러기엔 오빠의 힘도 컸고, 이 이의 이복동생에 대한 책임감이랄까 하는 것도 크게 작용한 것 같아요. 오빠도 아실지 모르겠지만, 이 이는 어쩌면 아마 오래 살지 못할지도 몰라요. 하지만 사는 날까지는 최선을 다하며 하느님 뜻에 따라야 할 것 아니겠어요? 그리고 그렇게 최선을 다하는 사람을 살 때, 이 이의 병도 씻은 듯이 완쾌하리라고 전 굳게 믿어요."

다음날 오후, 김은 누이와 함께 꼬마를 데리고 섬으로 떠나는 배에 올랐다. 잿빛 콘크리트 건물에서 걸어 나온 몇 명의 늙은이들이 여느 때처럼 소리 없이 배 위에 올랐다.

배가 선착장을 떠나 움직이기 시작했다. 좁은 갑판의 이물에 서서 그들은 나를 향해 손수건 같은 손을 흔들었다. 나도 얼어붙은 도선장 부두 위에서 그들을 향해 손을 들어 펴보였다. 온통 추위로만 만들어진 것 같은 흐린 암회색 하늘 밑으로 검푸른 바다를 시리디 시리게 한 획으로 가르며 발동선은 떠나갔다. 배는 이내 흐린 대기 속으로 사라져 보이지 않게 되었고 나는 돌아서서 내가 묵는 여관으로 향했다. 여전히 날씨는 스산하게 추웠고 거리엔 인적이 드물었다. 어느새 포구에는 천천히 땅거미가 덮이기 시작하고 있었다.

다음날 아침에 일어났을 때, 나도 K시로 떠나기 위하여 소지품을 챙기려고 몸을 일으켰을 때에 나는 거짓말처럼 창밖에 하얀 눈이 쌓여 있는 것을 발견했다. 나는 반사적으로 다가가 유리 창가에 아직도 남아 있는 성에를 손톱으로 다시 한 번 긁어내었다. 밤새 눈이 온 모양이었다. 그것은 경이로운 사실처럼 포구 전체를 온통 희게 뒤덮고 있었다. 그 흰 눈벌판의 표면 위로 청량한 햇살이 비쳐 쨍그랑쨍그랑 차고 맑은 아침 대기 속으로 튕겨 나고 있었다.

나는 멀리 바다 쪽을 바라보았다. 수평선 쪽은, 그러나 아직도 얼마간 흐려 있었고 바다는 암회색이 남아 있는 채로 섬은 아직도 떠올라 있지 않았다. 그러나 나는 그 눈이 눈부시게 흰 빛 때문에 언뜻 수평선 끝에 섬을 본 듯하기도 했다.

백야도

차가 서투른 코너링으로 백야도의 커브 길을 돌았다. 차체 바닥 밑으로 자갈과 타이어가 불규칙하게 만나고 헤어지는 마찰음과 진동이 귀에 다소 거슬리게 느껴졌다. 그때마다 앞 유리창 너머 꺾이는 풍경 위로 공노인과 용배의 얼굴이 따라오다 사라지곤 하였다. 나는 무의식적으로 자꾸 백미러를 흘끔거려야 했다.

시아버지는 목하 부재중이었다. 허위허위 찾아간 섬의 남쪽 끝 와달의 몽돌밭 오두막 동네 옛집은 빈 바람 소리만 고여 있을 뿐이었다. 예닐곱 집이 납작하게 엎드려 겨우 형체를 유지하고 있는 동네의 모습이 늦가을 바람에 오직 을씨년스러운 떨림의 소리를 후드득후드득 부벼내고 있었다.

"겨우 세 집 뿐이지라우, 사람 사는 집은."

공노인의 억양이 느껴지지 않는 목소리가 허위적 빈 골목으로 밀려갔다. 용배는 그 옆에서 멍하니 시아버지의 빈집 쪽을 바라보고 있었다. 나는, '그 세 집 중에 한 집이 또 부재중인 거로군요'라고 말하려다 이내 그만두었다. 풀기 없는 대꾸를 하기에는 회색 하늘이 너무 낮게 내려앉아 있다고 생각했다. 이번 백야도행이 겸사겸사 여러 부수적인 일들을 겸한 것이라고 스스로 생각을 다지기는 했지만, 그러나 내심 나의 의식은 다른 무엇보다 연락이 되지 않는 시아버지를 만나는 일이 우선이라는 강박에서 벗어나지 못했다. 그런 만큼 주된 목적이 무산되자 마음 한편으로 재빨리 차근차근 다른 약속들을 헤아리게 되면서도, 다른 한편으로는 낭패감이 등덜미를 무겁게 짓눌러 오는 것을 어쩔 수 없었다. 경기도 안산에서부터 이 한반도의 남쪽 끝에 가까스로 붙어있는 이 섬까지는 먼 길이었다. 그것이 무위에 그치고 말았다는 생각에 다리가 한풀 꺾였다.

"달포나 되었을 것이요, 아마, 어디 간지가. 어찌, 안 보인다 싶어 한번 디리다보니께 집이 비었드랑께."

나는 흘긋 옆 눈으로, 이제는 온전히 상노인이 된 공노인의 모습을 훔쳐보았다. 그때 이미 예순이 넘었으니 이제 여든이 넘었을 것이었다. 짜글짜글한 잔주름이 가로세로로 무수히 박힌 그의 옆 얼굴 위로 근 이십여 년 전, 지금은 없어진지 오래된 이 섬의 유일한 학교에 내가 근무하던 시절이 몽환처럼 스쳐 가고 있었다. 그리고 다시 그 위로 오늘 저녁 일부러 약속 장소를 그의 가게로 잡았다는 공노인의 손자 수만의 어린 얼굴이 가뭇하게 떠올라왔다.

"어찌…. 용배는 수만이랑 가끔 만나니?"

문득 생각났다는 듯이 불쑥 묻는 나를 돌아보며, 용배는 마치 아이와도 같이 금방 해맑게 이를 드러내며 웃음을 보였다. 이미 아저씨가 되어버린 지 꽤 된 듯한 얼굴에 순박한 웃음이 서리자, 마치 어릴 적 표정이 살짝 되살아나듯 그 시절의 어린 그가 생각이 났다. 늘 코밑에 두 줄 콧물을 달고 다녔던 아이, 얼마간의 지적 장애 내지는 지적 지체로 늘 뒤처져 아이들 뒤를 따라다니던 아이, 그리고 특히 나에게 오랫동안 잊을 수 없는 일화를 만들어 준 아이, 그 아이가 어른이 된 모습으로 그렇게 거기 오도카니 서 있었다. 갸륵하다는 생각과 짠한 마음이 어떻게 대해야 할지 주저되는 마음에 섞여 그의 얼굴 위로 지나갔다.

그는 묻는 말에는 아랑곳없이 그저 벌쭉이 웃고 있었다. 곧 뭔가를 다시 물어야 할 것 같은 의무감이 너울처럼 내게로 밀려왔다. 나는 다시 그의 웃는 얼굴에서 한 마디 물음을 찾아내고 선뜻 그에게 던졌다.

"가족들은…. 같이 살아, 여기서?"

두 번째 물음에도 용배는 여전히 대답 없이 웃고만 있었다. 공노인이 무표정한 얼굴을 용배로부터 나에게로 돌리며 건조한 목소리를 밀어냈다.

"쟈 혼자 산다우. 요새 어느 젊은 여자가 여까지 와 산다고 하겠소, 허허. 글고, 아시다시피…."

거기까지 말하다가 공노인은 아차 싶었는지 흠칫 용배 쪽을 한 번 빠른 시선으로 건너다보고는 급히 한마디를 덧붙였다.

"아, 그리도 잘만 산다우. 먹는 것, 입는 것. 지가 농사도 저리 짓고. 고구마, 콩, 깨, 몇년전부텀은 마늘이랑 땅콩까정."

공노인은 턱짓으로 텃밭에서부터 동네 뒤로 이어진 비탈밭을 가리켰다. 반쯤 캐다만 무와 배추가 드러나 있는 텃밭 너머로 순과 넝쿨이 우거진 산밭 풍경이 무연하게 눈에 들어왔다.

커다란 돌멩이가 차 뒷바퀴에 걸려 튕겨 나가는 바람에 차가 한번 크게 움찔거렸다. 그 통에 나도 한번 꺼떡거리고는 흠칫 놀라 곧 전방으로 시선을 모았다. 그리고 줄곧 명멸하는 공노인과 용배의 잔영을 떨쳐 내기라도 할 듯 시야에 온 시신경을 집중하려고 했다. 그러나 백미러 속에서 뒤로 멀어져 가던 두 사람의 모습은 얼마큼에서부터인지 정지된 영화 장면처럼 그 자리에 그냥 멈춰서 있었다.

차가 흔들릴 때마다, 괜찮다는데도 꾸역꾸역 용배가 차 안에 밀어 넣어주던 땅콩 자루가 바스락바스락 소리를 냈다. 그 아득한 이십여 년 전 그 보따리가 기억의 수면 위로 다시 떠올랐다가 이윽고 가라앉았었다. 시아버지를 만나기 위해 이십여 년 만에 처음으로 그 섬 끝자락까지 찾아갔다가 허탕을 치고, 대신 공노인과 용배 두 사람으로 인해 나는 잠시나마 내 행보의 목적을 밀어놓고 아릿한 옛 기억 속으로 잠겨 들어갈 뻔했다.

그러나 구불구불한 길을 좌우로 들락거리며 차가 어렵게 들어

온 길을 다시 힘겹게 되짚어 나가면서 나는 다시 옛 기억에서 깨어나 시아버지와 남편의 일을 생각하기 시작했다. 그런 탓일까. 굴곡진 해안길을 돌아 나가면서 문득 나는 부지불식간에 보통 때보다 가속 페달을 조금씩 더 깊게 밟고 있다는 걸 알았다. 하지만 나는 그것이 무엇 때문인지에 대해 깊이 생각하지는 않았다. 그것은 아마 목전에 둔 약속이 주는 다소의 설렘 때문인지 아니면 부재중인 시아버지의 행방이 주는 예감의 불안 때문인지 얼른 구분이 가지 않았기 때문이었을 것이다.

그러나 그런 심리적 다기함이 갈피없이 교차할수록, 의도적으로 나는 오늘 행보의 몇 가지 부수적인 목적 중 하나에 생각을 집중하려고 애를 썼다. 잠시 후 만날 한 남자와의 약속에 온 신경의 촉수를 모으기 위해 눈에 힘을 주며 핸들을 쥔 손을 한번 풀어 늦추었다가 다시 불끈 감아 잡았다. 약속 시간까지는 아직 시간이 있었지만 마음은 그다지 여유롭지 못했다. 아마도 그것은 시아버지의 부재를 확인하고 돌아서면서부터 더욱 가파른 비탈처럼 불편하게 여겨지기까지 한 탓인 듯했다.

아직 남아 있는 시간 여유와는 관계없이 이십여 년 만에 만나게 될 한 남자와의 재회 약속이 주는 미묘한 설렘이 나를 들뜨게 한 것만은 사실이었다. 그러나 한편으로는 아무에게도 말하지 않은 오랜 그리움의 끝자락에 걸린 그 약속을 앞에 두고도, 나의 마음은 마치 실수로 미로에 들어섰다가 번제의 제물이 되고 마는 운명을 뒤집어쓴 불운한 제수용 소처럼 안정감을 잃고 있는 것인지도 몰랐다.

지형을 따라 이어진 급커브 때문에 엔진음이 불규칙한 소리를 낼 때마다 지레 마음은 알 수 없는 불안감 비슷한 것으로 더욱 무거워져 갔다. 차가 바닷가에 이어진 산모퉁이를 돌면서 갈피를 잃은 생각들이 순간순간 짧게 끊기고 부서지면서 원심력처럼 동심원 밖으로 흩어졌다. 망상의 잔가지들 사이에서 노인의 행방은 어지러운 재구성과 해체를 반복하며 부침하고 있었다.

그러나 기실 그것은 별다른 근거 없는 단지 막연하고도 설명할 수 없는 것이기는 했다. 대체로 막연하고 설명할 수 없는 것일수록 깔끔히 정리되기 어려운 것일까. 나는 형체 모를 불안의 그늘막을 좀처럼 벗어버리지 못하고 있었다. 그러나 곧 약속 장소에 이르리라는 생각을 떠올리면서부터 나는 목전의 재회가 주는 기대감을 상기하며 잡다한 생각들을 애써 밀어내고 앞으로 나아갔다. 이런저런 생각으로 마음이 허우적거리는 사이 차창 밖으로 호수 같은 바다와 굽이진 해안선이 말없이 지나갔다.

2

남편 마웅덕의 예상은 빗나갔다. 아마도 십중팔구 '와달리'의 고향 집에 있으면서도 연락을 끊었을 것이라 했으나, 시아버지는 그곳에 없었으니 남편의 판단은 틀린 셈이었다. 아니면 나의 운세가 시아버지와의 만남을 피해 가고 있는 것인지도 모를 일이긴 했다. 삼 년 전쯤인가, 등기 명의 문제 때문에 남편의 부탁으로 급히 들 렀을 때에도 노인은 부재중이었다. 이런 노인을 지난번에 남편은 어찌 그리 용케도 딱 만나보고 왔을까. 남편이 그때만큼은 운이 좋 았는지 아니면 내게 거짓말을 했는지도 모르겠다는 생각이 잠깐 들었다.

어쨌든 그런 그가 다녀오라니까 나선 행보이기는 했지만, 그러 나 애초에 만날 수 있으리라는 기대보다는 아마도 만나기 쉽지 않 으리라는 예감이 앞섰다. 자칫 예감이 어긋나지나 않을까 하는 우 려 아닌 우려 흡사한 심정을 바닥에 깔고, 혹시나 하면서 내디딘 발길이라서 결국 그분의 부재가 그리 새삼스럽지는 않았다. 그날 이후 노인은 전화기조차도 없애 버린 채 살고 있었으므로 이른바 그 '커뮤니케이션'을 위해서는 직접 내려오는 길 밖에는 달리 방도 가 없었는데, 그러나 그렇다고 해서 딱히 그분을 탓할 수는 없는 일이었다. 이번 일은 우리 쪽의 필요 때문에 내디딘 행보이었기 때 문이다.

명색이 며느리이고 시아버지였지만 서로 간의 왕래는 거의 없 다시피 했다. 남편과 노인이 부자지간이라고는 하지만 진즉 병으 로 돌아가신 시어머니 문제로 매우 소원한 관계이기 때문이었다.

따라서 내가 그곳에 갈 일이 없었던 것은 노인의 집이, 그 섬의 한가운데 면사무소와 우체국이 있는 백야리에서도 한참을 더 가야하는 곳, 섬의 암벽이 끝나는 곳, 그 틈새에 좁은 몽돌밭을 곁에 둔 언덕바지 밑에 있는 궁벽한 곳이기 때문만은 아니었다. 몽돌 해변을 끼고 납작하게 엎드린 예닐곱 채의 집 끝자락에 가까스로 매달려 있듯 이어져 있는 그 집은, 멀리 동네 초입으로부터도 마치 외딴집처럼 홀로 뚝 떨어져 있어 내심 별로 가보고 싶지 않은 것도 사실이긴 했다.

게다가 그 집은 남편의 소년 시절 한 자락이 접혀져 있는 곳이기도 했지만 그가 그 집을 그리워하는 것을 거의 나는 본 기억이 없었다. 가끔 마지못해 미처 말머리를 돌리지 못한 고향 집 이야기 한 오라기를 군이 추슬러야 할 때에도 그는 와달리의 납작한 그 집을 입에 담는 일이 결코 없었다. 대신 그는 와달리로 이사하기 전의 백야리에 있는 화정면 면사무소 옆 높지막하게 버티고 있던 커다랗고 넓은 기와집을 이야기했다. 유년의 가뭇한 시간 속에 이제는 얼마 남아있지 않을 조각난 기억일 것임에 틀림없는 그 집을 이야기할 때 그는 그래도 그나마 고향의 터부에서 자유로워진 표정을 지었다. 짐작건대 그가 철이 들기도 전에 이미 남의 집이 되어버린 지 오래인 그 집을, 그는 대단찮은 고향 회고담 속에서까지도 오랫동안 놓아줄 수 없었던 모양이다.

그러나 그것은 한편으로는 이해하기 쉽지 않은 태도였다. 그와 결혼한 후 나중에 알게 된 사실이긴 하지만 남편이 어린 시절을 보낸 면사무소 옆 그 집에서 시아버지와 함께 살았던 여인은 시아버지의 본부인인 남편의 생모가 아니었다. 시아버지는 일찌감치 백야리의 큰 집에 다른 여인을 들어 앉히고 살았으며 남편은 그 밑에서 성장했던 것이다. 그의 생모는 와달의 오두막에서 혼자 쓸쓸히 살다가 결국 내가 시집오기 얼마 전 병으로 세상을 떴다. 그와 같은 남편의 부모 이력을 상고하건대 그의 두 집에 대한 그러한 상반된 태도는 내가 보기에는 다분히 당착적인 것처럼 보였다. 잘못된 자기보호본능이 작용된 결과이거나 자기도피적인 면책 심리가 도발해낸 자기기만 행위가 아닌가 하는 의구심을 버릴 수 없었다.

그러나 그 이력 때문에 더욱 모양새가 좀 안 돼 보이기는 오히려 시아버지의 경우가 더 하기는 했다. 가산을 다 말아먹고 말년에 혼자되어 일찍이 당신이 버린 아내의 구거로 돌아가서 사는 모습은 그것이 아무리 불가피한 것일지라도 옹색하고 비루해 보이는 것이 사실이었기 때문이다. 그 때문만은 아니겠지만 나에게는 추호도 그 집이 나의 시집 본가라는 생각이 들지 않았다. 구태여 말을 이어낸다면 시아버지가 사시는 집이니 내게 그 집은 언필칭 시집 본가라고 할 수도 있을 것이다. 그러나 실제 거기서 산 적이 한 번도 없으니, 실상 나에게 있어 그 집은 시집 본가라기보다는 차라리 그냥 시아버지네 집일 따름이었던 것이다.

기실, 내 마음속 한편으로는 이번 행보에서 그분의 부재가 차라리 다행스러웠는지도 모르겠다. 남편은 이 일을 일방적으로 내게 내던지듯 떠안기고는 나보다 하루 먼저 훌쩍 남쪽 바닷가의 소도시 여수를 향해 내려가 버렸다. 자기 모교의 총동창회와 겸한 홈커밍데이 일정을 이유로 들기는 했지만, 내 대답을 들을 사이도 없이 바빠 죽겠다는 표정만 그 왕왕거리는 목소리로 수화기 속에 제멋대로 남겨둔 채 먼저 가버리는 행태는 결코 내게 기꺼운 것일 수 없었다.

정작 드러내놓고 말하기는 좀 그렇지만, 내 마음속으로 그것은 실로 괘씸한 일이었다. 남편만 아니었다면 내가 그렇게 느끼지도 않았었겠지만 역시 마찬가지로 자기가 남편이 아니었다면 감히 내게 그런 행태를 보일 수도 없었을 것이다. 나의 내적 이반을 야기하는 그와 같은 태도는 결국 나의 태업으로 이어질 것이다. 그러나 기실, 어쩌면 그 이전부터 내게는 속마음을 드러내지 않고도 이런 일을 내 손자국 묻히지 않은 채 그대로 다시 그에게 되돌려줄 지극히 온건하고도 당연한 이유를 찾는 음험한 구석이 있었는지도 모른다.

3

"어려울 것 없어, 주는 대로 인감과 위임장만 받아오면 되니까,

휙 다녀오라구, 드라이브 삼아."

발코니에서 창밖으로 담배 연기를 뿜어내던 남편의 무뚝뚝한 목소리가 내가 앉아 있는 소파 앞으로 성큼 건너왔다. 기묘한 모습으로 허리를 틀고 있는 괴목을 약간만 다듬어 만든 다탁 모서리가, 들다가 나다가 하는 볕에 음영을 드리웠다가 걷었다가 하고 있었다. 평소처럼 자기가 하기 싫은 일 자질구레 귀찮은 일들을 또 내게 떠맡기려고 그런다 싶은 생각에 나는 내심 뜨악한 마음이 되고 말았다.

"그거 승낙은 받은 거예요? 용도는 제대로 말씀드렸어요? 매도용이라고?"

거실과 발코니의 문지방을 넘는 내 말에선 나도 의식하지 못한 살풋 마뜩잖은 말투가 묻어났다. 해가 잠깐 났다가 다시 흐렸다가 하는 창밖을 등지고 앉은 소파 모서리에 또 한차례 실 볕이 지나갔다.

"가면 알아서 줄 거야. 요번에 다시 다 얘기 끝낸 거니까."

나는 순간 갑자기 아무 말도 생각나지 않았다. 내가 잠깐 동안 아무 말이 없자, 그의 둔탁한 목소리는 다시 한 번 낡은 탁자 위를 무연하게 건너왔다.

"그렇지는 않겠지만, 혹 다시 물으면 일단 근저당에 쓸 거라고만 해두라구."

마음에 흔연히 내키지 않은 탓일까, 나는 그저 반사적인 혼잣말

243

로 중얼거리다가 얼결에 다소 퉁명스럽게 다시 물었다.

"그것만 갖고 되려나…. 다 있어요? 다른 서류들은?"

"신경 쓸 거 없어, 당신은. 다른 건 다 받아왔으니까. 지난번에
말야."

"다 받아왔다구요? 다른 거 모두?"

나는 짐짓 놀란듯한 목소리를 어물쩍 밀어내며 한차례 호흡을
가다듬으며 그를 돌아다보았다. 장식용 테이블 뒤 조금 열린 창문
사이로 또 한 번 놀리 듯 잠깐 한줄기 햇빛이 들어왔다가 곧 다시
나갔다.

"아, 매도용 인감증명하고 등기권리증 챙겨 왔잖아. 지난번에!"

내가 살짝 갸웃하며 재차 정색한 표정을 지으며 묻자, 남편의 목
소리에 선뜻 짜증이 실려왔다. 나는 애써 그걸 무시하며 조심스럽
게 그러나 다소 의아하다는 말투로 다시 물었다. 아마 내심 어떻게
든 이 일에서 비켜서고 싶었던 모양이었다.

"그땐, 진짜 매도할 게 아니라고 하지 않았나요. 보여주기만 할
거라고 하잖았어요? 매도용이라고 해야 신뢰성이 더 커서 큰 액수
를 빌릴 수 있다고 말예요."

"안 줬을 지도 모르잖는가, 진짜 판다고 하면. 게다가 만약 빌린
다고 해도 어떻게 갚나 그 돈을? 혹시 당신…, 나 몰래 돈 많이 가
지고 있어?"

그가 베란다에서 급하게 화분에 담뱃불을 비벼 끄며 마치 따지

기라도 할 듯 정면으로 나를 돌아보았다. 나는 금세 지금 내가 아무 말도 할 수 없다는 것을 직감했다. 잠시 부자연스러운 침묵이 그 발코니 문지방 위로 가로 놓이고 어색한 호흡이 그 위를 밟고 지나가자, 이윽고 그가 한층 낮은 톤으로 예의 둔탁한 목소리를 누그러뜨리며 느릿하게 말했다.

"여튼, 신경 쓸 거 없어 당신은. 모든 건 내가 다 알아서 할 테니까, 당신은 서류만 받아 와."

헛걸음질을 치고 돌아오는 내내 부르릉거리는 차의 엔진음 속에서도 그의 둔탁한 목소리는 내 덜미에 걸려 좀처럼 떨어지질 않았다. 한편으로는 차라리 잘 되었다 싶으면서도 다른 한편으로는 께끄름한 기분이 불안정한 동거 속에서 서로 엇갈리고 있었다. 새삼 돌아보건대 남편이야말로 딴은 재주가 좋은 구석이 있는 사람이라는 생각이 들었다. 이런 노인을 지난번에 남편은 어찌 그리 용케도 딱 만나보고 등기에 인감증명까지 발급받아 올 수 있었을까. 이번에는 어떤 참신한 신소재의 감언이설로 그간의 소원함을 언제 그랬냐는 듯이 변죽 좋게 밀어내고 노인의 경락 속 여린 혈 자리를 짚어냈을까. 그런 그가 아직까지 그토록 바라던 전임, 이른바 대학 교수가 못 된 것은 다만 희한한 일이었다.

사실 노인의 마음 기울기에 대해서라면 짚이는 것이 없는 것만은 아니었다. 남편의 표현에 따르면 노인 아니, 시아버지는 가산을 두 번에 걸쳐 말아먹었는데 첫 번째는 그 섬에 학교를 유치할 때 대부분의 학교 부지를 희사하면서 함께 면 소재지의 그 기와집을 팔아 마련한 돈까지 내놓은 것이고, 두 번째는 이미 가세가 무너진 형편 속에서도 남편을 무리하게 서울로 대학까지 유학시킨 것이라고 하였다. 그리하고 나서는 당시로써는 농지가 될 수 없어 아무런 쓸모가 없던, 그래서 값도 없던 와달리의 땅만 남았다는 것이다. 물론 개교와 함께 서무실에 촉탁직으로 근무하기 시작해서 얼추 학교가 문 닫을 무렵까지 근무하고 그 마감에 맞춰 마침맞게 정년까지 했으니, 굳이 말한다면 남 보기에 그것은 학교에 대한 희사의 한 보상이라면 보상이라고 할 수도 있을 터이었다. 그러나 그와 같은 반대급부론 부류의 이야기가 어디서 나오기라도 할라치면 그는 그때마다 강한 어조로 그것을 부정하곤 했다. 내가 그 학교에 근무하던 시절 직원 모임에 동석했던 자리에서 보았던 한 장면이 지금도 선명하게 떠오르곤 했다.

언젠가 시내 학교에서의 화재사고로 좌천되어 온 새 교장의 환영 회식 석상이었던가, 아마 그런 자리였을 것이었다. 몇 잔 술의 취기 끄트머리쯤에 이 사람에게서 저 사람에게로, 저 사람에게서 이 사람에게로, 그렇게 제멋대로 횡보하던 이런저런 객담에 섞여 누군가의 입에서 그 비슷한 말이 흘러나왔던 것이었다. 그러자 그는 짙은 눈썹을 곧추세우고 칼끝같이 날이 선 음성으로 말했다.

"천만에. 시험 합격허고도 면서기, 군서기 노릇 안 간 사람이여

나는, 정식 공무원 합격허고도 안 간 사람이란 말이여! 나가 딴 디 안 가고 학교에 남은 것은 말여, 단지 학교가 좋아서여. 나는 임시직원이라도 학교가 좋았어야. 그래서 합격한 군서기 자리 버리고 학교를 택혔지. 비록 나가 바래던 선생 자리는 아니었지만 말여!"

6·25동란 발발로 그나마의 대학 공부를 멈출 수밖에 없게 되고만 아쉬움, 서울에서 전주로 옮긴 전시 연합대학이 다시 부산으로 이동하자 따라갈 형편이 못되어 결국 사병으로 징집된 안타까움, 전장에서 죽을 고비를 넘겼지만 종국에는 그 길로 학업을 중단할 수밖에 없었던 애통함, 오지고 한미한 섬에서는 밥술이나 먹었다고 하지만 서울에 가보니 고학이나 다름없는 가난한 대학 생활의 기억, 그런 것에서 평생 벗어나지 못한 트라우마가 거기 있었는지도 모른다. 영문과 수업을 도강하던 불쌍한 시골내기 국문과생의 콤플렉스가, 평생 졸업장과 학사모를 가져보지 못한 빈한한 섬사람의 여한이 학교와 학교 선생에 대한 그와 같은 집착이 되었다고나 해야 할까.

그 먼 서울까지 올라와 아들의 대학 졸업 그 자체만으로도 무한히 감격해 했다던 그 노인. 그리고 그 아들이 학위를 받았을 때 분수에 넘치게 동네잔치를 베풀었다는 그 노인에게, 그 아들이 대학 교수가 된다는 것은 다른 모든 것을 다 바꾸어 주어도 좋을 만한 절대적 매혹이었을지도 모를 일이었다.

4

번다한 생각에 사로잡혀 무의식적이다시피 핸들을 이리저리 돌리는 사이 섬의 산기슭을 가파르게 깎아서 낸 해안도로가 빠르게 앞에서부터 뒤로 달아났다. 언제 지나갔느냐는 듯 다시 다가오는 비슷한 길을 상하좌우로 들락날락 감아 돌고 오르내리는 사이 차는 어느덧 백야리 큰 동네를 오른쪽 차창 아래 경사진 풍경으로 스치면서 섬의 북단에 가까워지고 있었다. 잠시 속력을 늦추자 섬의 정상인 왼쪽 백호산에서 흐른 능선이 새로 난 길을 가로질러 눈앞 오른쪽으로 나지막하게 무릎을 세워 언덕을 이루고 있는 것이 보였다. 이윽고 차창 앞 시야 끝으로 좀 넓어진 갓길 한쪽에 사륜구동 차량이 주차되어 있는 것이 보였다. 나는 이내 속도를 줄인 다음 그 차량을 지나쳐 앞쪽으로 약간 거리를 두어 차를 멈추어 세웠다. 아직 확신할 수는 없지만 그는 이미 도착해 있는지도 모르고, 그렇다면 이것은 그의 차일 것이라고 나는 생각했다.

이십여 년 만의 만남에 다소 긴장한 탓이었을까, 아니면 시아버지를 찾은 행보가 기꺼운 일이 아니었기 때문일까. 문득 입안에 텁텁함과 함께 쓴맛이 감돌아 나왔다. 정지된 차에 앉은 채로 오른손으로 껌을 찾았으나 홀더에 끼워놓은 통은 이미 비어 있었다. 습관처럼 그로브박스 안에서 새 통을 꺼내 열고 네모난 알약 같은 껌 두 알을 손가락으로 집어 들었다. 어려서부터 약을 싫어했던 탓일까, 보기만 해서는 흡사 알약처럼 생겨서 금방 쓴맛이 베어 나올 것 같은 느낌을 주는 그것을 입에 머금고 어금니로 지그시 깨어 물었다. 문득 고개를 들자 옛날과 다름없는 낯익은 풍경 하나가 시선 끝에 나붓이 걸려왔다. 새 이차선 포장도로를 가로지른 그 언덕 끝에 덩그렇게 흐린 하늘을 마른 가지에 걸고 당산나무 한 그루가 오롯하게 서 있었다.

이십여 년 전, 각 학년이 네댓 명밖에 안 되는 아이들을 가르치다 문득문득 창밖을 내다보면, 그 창밖으로 올려다보이던 언덕 위의 당산나무, 그 나무가 이제 새로 난 포장도로에서 보니 능선 아래로 내려다보이고 있었다. 그때는 언제나 이곳을 벗어날 수 있을까 생각하면서 창밖으로 올려다보곤 했던 그 나무와 그 언덕, 그 아래로 옛날의 그 낯익었던 학교 함석지붕이 이제는 아연 낯선 모습으로 칙칙하게 눌러앉아 있는 것이었다.

탈색된 푸른색 페인트칠이 그나마 빛이 바랜 채로나마 남아있는 그 지붕, 그러나 오른쪽 끝 부분이 왕창 어그러져 주저앉은 그 지붕은 위에서 내려다보니 언덕 아래로 흐린 바다를 배경으로 깔고 납작 엎드려있는 형국이었다. 그것은 마치 무너져가는 폐 막사가 가파른 해안의 끝자락에 가까스로 쓰러질 듯 기대어 있는 것과 다름없이 보였다. 찻길이 없던 그때 학교 뒤로 소릿길을 따라 산에 오르다가 한 번씩 뒤돌아보면 대견하게 내려다보이던 그 지붕은 이제 그때와는 달리 형편없이 영락한 모습으로 그렇게 겨우겨우 그 자리를 지키고 있었다. 그때와는 다른 표정 그리고 알아보게 남루한 행색으로 말없이 나를 올려다보고 있는 그것을 잠시 바라보고 있자니 어쩐지 조금 미안하고 부끄러운 생각이 들었다.

내 눈길은 곧 그쪽으로 나 있던 소릿길을 더듬어 내려갔지만 그 옛날 익숙했던 길섶은 어디였는지 자취조차 찾을 수 없었다. 다만 누렇게 시든 잡초와 드문드문 서 있는 메마른 잡목 사이로 방향만 가늠해 볼 수 있을 뿐이었다. 언제 한번 또 다시 들러볼 날이 있을까. 나는 입안에 잠시 멈추어 두었던 껌을 다시 무의식적으로 질겅 깨물었다.

한때 이 섬은 승진을 위한 섬 근무 점수가 필요한 교사들 사이에서는 나름 인기가 있던 곳이었다. 도서벽지 급수는 기준이 되는 항구로부터의 여객선 운항 거리에 의거해서 산정되었기 때문에 여수항으로부터 두 시간이 넘는 거리의 이 섬은 급수 단계가 생각보다 높았다. 그러나 뭍에서 멀리 떨어져 있는 다른 섬과 달리, 이 섬은 북단이 동서로 바다가 이어지는 좁은 목을 사이에 두고 버스가 다니는 육지 화양반도와 가깝게 마주 보고 있어 다소간 무리를 감수하면 통근이 가능했다.

섬과 뭍을 나누며 바닷길이 힘겹게 지나가는 좁은 목은 도선이 있어 주간에 수시로 양안을 이어주고 있었다. 차 타고 와서 배 타고 바다 건너 출근했다가, 다시 배 타고 바다 건너 차 타고 퇴근하는 당일 왕래가 가능한 곳이었던 것이다. 물론 어쩌다 마침 공교롭게 자리가 비어 뜻하지 않게 발령받아 온 데다가, 집도 멀고 차도 없는 나 같은 당시 미혼 여교사에게야, 한 시간 넘게 비포장도로를 달려야 하는 버스까지 타고 일부러 꼭 출퇴근을 할 필요가 없었으니 이른바 '남의 일'이긴 했다. 관사에 살면서 주말에나 한 번씩 집에 다녀오면 되었던 것이었다.

그러나 점수는 필요하고 장기간 섬에 떨어져 근무하기는 어렵거나 싫은 사람들에게는 안성맞춤인 곳이 아닐 수 없었다. 거문도나 초도 같은 아주 먼 섬에 비하면 당연히 가산점 수치가 다소 약하긴 했지만, 전보 순환 사이클을 잘 운용해서 한 번 더 들어왔다 나가면 아쉬운 대로 벌충할 수 있었다. 그 때문에 이곳은, 승진 전략에 밝은 이른바 빼꼼이들에게는 더 말할 것도 없이 기회만 주어진다면 응당 쟁취해야 할 자리임이 당연했고, 아직 승진 등의 뜻이 명확히 서지 않은 이들에게까지도 어쩌다 기왕 왔으면 '밑져야 본전이니 노느니 염불'이라는 식으로 점수를 쌓을 수 있는 임지인 것이었다. 말하자면 어떤 경우든 대체로 이곳 근무를 군이 피할 이유는 없는 그런 곳이라고 할 수 있었다. 더구나 당시 여천군 전체를 통틀어 관내에 둘밖에 없는 급식학교이기도 했으니 모든 것이 열악했던 당시에는 그것도 그리 나쁘지는 않은 여건이었다.

그랬던 학교가 이제 저렇듯 잡목과 풀숲에 뒤덮여 방치되어 있었다. 젊은이들이 없는 섬은 이미 교정의 잡초를 베는 일 하나도 새삼 품이 드는 일이 되어 버렸고, 잡목 사이를 헤치며 길 하나 유

지하는 것조차도 부러 일손을 내어야 하는 '동네 울력' 거리가 되어
버린 것이다. 품이 드는 일이라면 인적조차도 가뭇없이 사라지고
마는 것이 세상사임을 결국 여기서 피치 못하게 목도하고 만 것만
같아 이내 나는 가슴이 아려 곧 한차례 긴 호흡을 뿜어내야 했다.

환기를 위해서 차창을 열자 부서진 지붕 너머 해안 쪽으로부터
찬바람 한 자락이 이마를 쳤다. 순간 나는 예기치 못했던 그리하여
무언가 설명하기 어려운 섬칫함 같은 것을 느꼈다. 마치 내가 잊어
버렸거나 알지 못하는 원죄 같은 것을 뜻밖에 마주친 것 같은 당혹
스러움이 등줄기를 스치고 지나갔다. 그러나 나는 곧 머리를 가로
저으며 이내 앞유리 너머 전방으로 시선을 돌렸다.

생각건대 부임한 지 이년 만에 폐교와 함께 이곳을 떠났을 뿐이
니 내게 무슨 잘못 같은 것이 있을 리 없었다. 그리고 설사 무슨 사
소한 잘못이 있었다 한들 이십몇 년 전의 세월 속에서 그것은 이미
다 마모되어 진즉에 삭임의 늪으로 녹아들어 없어져 버렸거나 망
각의 안갯속으로 흩어져 사라져 버렸을 것이었다.

나는 잠시 망설이기라도 하듯 한동안 차 안에 그대로 앉아 있었
다. 차 앞유리 가득 전방에 새로 놓인 다리의 주탑이 보이고 그 교
각 사이 다리 아래 공간으로 좁은 바닷목 건너편의 고즈넉한 뱃머
리가 보였다. 이제는 한산하고 쓸쓸한 풍경의 한 귀퉁이로 그저 방
치되어 있는 것처럼 보이지만, 다리가 없던 시절 저 '힛도'의 좁은

목 양안의 두 뱃머리는 섬과 육지를 이어주는 요긴한 곳이었다.

여수항에서 하루 한 번 있는 여객선으로 두어 시간 걸려 면 소재지 백야리 포구까지 오는 방법도 있었지만, 일상적으로는 대부분의 사람들이 차로 육지 끝 저곳 힛도까지 와서 배로 좁은 목을 '담배 한 대 참'이면 건너는 것으로 섬을 드나들곤 했다. 그 시절 대략 두 주에 한 번 토요일 오후 도선을 기다리며 서성였던 뱃머리가 제 혼자 옛날의 그 자리에서 오후 햇살에 역광으로 기울고 있었다.

나는 오른손으로 주차 브레이크를 올리고 동시에 왼손으로 스위치를 눌러 차창을 올려 닫았다. 차 문을 열고 나오자 바다 쪽으로부터 밀어오는 깊고 검은 울음 같은 바람 소리가 차를 스치고 섬밖으로 밀려나가며 웅웅 소리를 냈다.

5

지금 내가 생각하건대, 얼마 전 느닷없는 백윤식의 전화는 한순간에 내 삶의 시간을 거스르게 한 충격이라고 해도 과언이 아니었다. 기실, 노크도 없이 불쑥 걸려온 그 전화는 처음에는 내게 매우 놀랍고 몹시 가슴 뛰는 일이었다. 이십몇 년 만에 다시 듣는 그의 목소리는 부드러운 저음의 울림만큼이나 나를 흔들어 한순간에 이십여 년 전의 시간 속으로 내 감성을 돌려 놓았다.

그가 누구였던가. 그는 한때 고도한 고담준론의 대화 상대이었고, 그런 만큼 나에게는 내심 유일한 '나의 지음지인'이라고 생각했던 상대였다. 그러한 이유로 그는 곧 그 누구보다도 강렬한 내 동경과 선망의 대상이 되었으나, 다만 그다지 미인이지도 적극적이지도 않던 내가 심중에만 두고 있는 사이 그는 섬 학교 관사 내 옆방에 살면서 나와 둘도 없이 친하다고 여겨왔던 박경희의 신랑이 되었다.

한 학교에 같이 근무하면서 남들의 눈에 띄는 그와의 대화는 주로 내가 했지만 눈에 띄지 않는 연애는 박경희가 몰래 한 셈이었다. 누가 보아도 빼어나게 예쁘고 싹싹하고 적극적인 박경희가 언제 그와 나 사이를 파고 들어와 아무런 흔적도 없이 나를 추월하고 마침내 결혼까지 이르렀는지 나로서는 알 길이 없었다. 내가 아는 한에서는 나뿐 아니라 교장을 비롯한 동료 교직원 누구도 그들 사이를 사전에 알지 못했을 것이었다. 어쩌면 흔한 말로 남들 다 아는데 나만 모르고 있었던 일이었을 수도 있기는 했겠지만. 여하튼 중요한 점은 그 일이 그만큼 내게 미처 상상해 보지 못한 충격적인 일이었다는 것이다.

그녀는 청첩장을 돌릴 때에야 내게 몹시 미안한듯한 미소를 지었는데 평소 그녀와 나의 관계를 생각하면 그건 아마 진심이었을 것이다. 내가 그렇게 생각한 이유는 간단했다. 뒤늦게 내가 그 사실에 황망해 한 만큼 그보다 훨씬 많은 시간 동안 나를 의식할 때마다 미묘한 거슬림과 미안함에 괴로웠을 그녀를 생각하면, 나도 개인적인 친소관계를 떠나 되레 그녀에게 안쓰러운 생각이 들었기 때문이다.

돌이켜 보건대 지금 생각해 보아도 그는 당시 이웃 학교까지를 포함하여 우리 또래 집단에서는 교직원 사회 전체를 통틀어 추상적으로나 세속적으로나 가장 매력 있고 유능한 배우자감에 가까웠다. 탄탄한 집안 배경에서부터 준수한 외모를 거쳐 지적 현학에 이르기까지 두루두루 이 빠진 곳이 없는 완벽한 면모를 자랑했다. 본디 유복한 지역 자산가의 자제로 귀공자로 성장하여 서울의 유명 대학을 졸업했고, 당시 규모가 작은 탓에 초등학교 분교와 중학교 분교가 함께 있었던 그 학교에서 사회과 교사로 근무하고 있지만 일찍이 법학을 전공한 데 더하여 한때 공인회계사 시험 준비를 한 적도 있으며, 거기 더하여 지역신문에 문학평론이 당선되기도 하였던 그의 이력은 그것만으로도 어떤 부류의 결혼 적령기 처녀들에게는 충분히 매혹적이었던 것이다.

그렇게 그는 이미 상당한 지명도를 가지고 주위에 일등 신랑감 후보로서 설왕설래 회자되던 화제의 인물이었으니 당시 그의 친구였던 지금의 내 남편에게는 여러모로 넘기 어려운, 말 그대로 버거운 경쟁 상대이자 콤플렉스의 원인적 인물일 수밖에 없었다. 남편도 나름대로 그 섬 안에서는 유지라고 하지만 우물 안 개구리인 섬 학교 촉탁 직원의 아들로 태어나 섬에서 자라는 동안, 그는 전남 동부 지역에서도 유수한 수산업자이자 가공업자의 아들로 한때

'돈 자랑 말라'던 여수 시내에서 태어나 전남도 전체의 중심 도시 광주에서 성장하였다.

남편이 가까스로 서울의 삼류 대학에 턱을 걸고 국문과에서 고학에 가까운 대학 생활을 해야 했을 때, 그는 부친이 광주에서 서울로 옮겨 마련해 준 남쪽으로 한강이 내려다보이는 한남동 아파트에서 전통 있는 유명 사립대학을 다녔다. 그렇듯 그는 미래 법관의 기대를 깔고 앉아 유복한 청춘 시절을 보낸 귀공자였으니, 실로 남편에게 있어서 그는 선망과 질시가 어지럽게 교차하는 애증의 대상이었던 셈이다. 그러한 그가 웬일인지 고향 부근 그것도 변두리 섬 학교 선생으로 내려오게 된 것은, 그 이유야 어찌 됐든 남편에게는 아마 그간의 열패감의 한구석이나마 심리적으로 벌충할 수 있는 회심의 전기로 여겨졌을 수도 있었을 것이다.

그가 왜 법대에 가서 사법시험이나 행정고시 준비를 하지 않고 굳이 회계사 시험 준비를 했는지, 그리 종국에는 왜 그도 저도 다 버리고 굳이 이 한반도 남단의 고향에까지 내려와 시골학교 선생이 되었는가에 대해서는 달리 알려진 것이 없었다. 물론 몇 가지 풍문들이 없지 않았지만 내가 과문한 탓인지, 그것들은 그 앞뒤 내용의 허술함으로 보아 대체로 추측성 낭설이었을 것으로 생각되었다. 우선 사람들은 아직도 화려한 그의 현재와 그 추이에 관심을 두기에 바빠 그런 풍문 따위는 의혹이나 흠결의 빌미이기보다는 오히려 그래서 다행인 희소한 기회로 여겨지고 있는 것 같았다. 최소한 그에 대한 일방적 홀릭 상태에 빠져 있는 내게는 그렇게만 보였다. 사정이 그러했으니 언감생심 내가 감히 그를 넘보지 못했던 것은 의심의 여지없이 당연한 일이었다.

그런 그가 아무리 미인이라고는 하지만 한낱 벽지 섬 학교의 직원에 불과한 박경희와 결혼한다는 소식은 내게 충격일 수밖에 없었다. 나 역시 섬 학교의 교사에 불과한 것은 마찬가지였지만 그 와중에도 일말의 우월감이 있었던 것인지, 나는 곧 한편으로 그를 향한 이제까지의 나의 소심과 겸허를 뼈아프게 후회하였다. 그리고는 역시 여자는 '다른 것 다 필요 없고 우선 예쁘게 생기고 볼 일'이라는 항간의 비어와 함께 새삼 그 속물성이 지배하는 엄혹한 현실을 쓰리게 깨닫게 되었으며, 그래서 이미 한 번 생채기 난 가슴을 또다시 예리하게 베어야 했다.

그러나 어쨌든 나의 그런 생각이나 기분과는 아랑곳없이 그와 내가 서로를 대하는 것은, 한동안은 적어도 겉으로는 전과 다름없는 모양새를 어느 정도는 유지하고 있었다. 여태까지와 다름없이 창밖 끝물 단풍이 아름다운 도서실 한 편에 엇비슷이 앉아서 커피 잔을 앞에 놓고, 아무것도 변한 것은 없다는 듯 여전히 신문 기사와 문예지 추천작을 그리고 때로는 '데리다'와 '에코'를 이야기했다. 어떤 날은 '글렌굴드'와 '첼리비다케'를 또 다른 어떤 날은 '임방울'과 '송만갑'을 종횡무진 이야기했다.

그러는 사이에도 시간은 꾸준히 흘러갔고, 내게만큼은 표리부

동한 것일 수밖에 없었던 그와 같은 대화의 빈도도 마치 임종을 앞
둔 노인네의 시들어가는 시간처럼 알 듯 모를 듯 조금씩 조금씩 줄
어들어 갔다. 그러는 중에 나 역시, 같은 그 학교 동료 교원이었던
지금의 남편과 결혼을 하게 되면서 어느 새부터인지 모르게 그와
함께 하는 그 같은 시간은 자연스럽게 드문드문한 일이 되어버렸
다. 그 뒤 내가 남편과 함께 경기도로 옮겨온 뒤에는 전화 연락조
차도 차츰 격조해지고 그다음엔 소원해지다가 마침내 두절되었다.

그러나 그런 페이드아웃의 과정 속에서도 특이했던 사실은 아
무런 생각 없이 전화를 주고받던 어느 날, 문득 그에게서 전화가
걸려오는 횟수보다 내가 그에게 전화를 거는 횟수가 많았다는 사
실을 깨달은 것이다. 내 스스로가 그에게 이미 '폐'가 되고 있다는
생각이 들면서 점점 뜸해지던 전화 연락이 마침내 아주 끊어졌을
때, 그와 함께 멀어지는 배처럼 격조해지고 소원해지던 내 마음도
점점 희미해지다가 어느 순간 아주 깜빡 사라졌을 때, 결국에는 그
에게 내가 '민폐'가 되었다는데 생각과 함께 마침내 연락은 온전히
두절되었던 것이다.

물론 그 뒤 몇 바퀴를 돌아 바람결을 타고 내게까지 들려온 소
문의 파편들이 아예 없는 것만은 아니었다. 그러나 그것들은 망했
다고도 했다가 흥했다고도 하는 식의 갈팡질팡 종잡을 수 없는 조
각난 객담들로 하나같이 나의 주의를 붙잡지는 못하는 것들이었
을 뿐이었다. 다만 뜻밖의 여인과의 파격적이라면 파격적인 결혼

을 한 그가 한편으로는 위태로워 보이고, 자칫하면 조만간 부침을 겪을 수도 있겠다는 생각을 해보기는 했다. 어쩌면 회복할 수 없는 과거에 대한 내 옹색하고 용렬한 보상심리, 그 악의 섞인 기대가 선의의 객관적 전망이란 탈을 쓰고 거기 개재되어 있었는지도 모르겠다.

어쨌거나 그런 저간의 이력을 상고하건대 얼마전 그의 갑작스런 전화에 대한 나의 반사적인 반가움은 스스로에게조차 당혹스러웠을 뿐만 아니라, 그간에 서로가 벌려놓은 거리감에 비하면 합당하지도 이성적이지도 않은 다분히 당착적인 것이었다. 잠시의 황망함을 지나 내가 뒤늦게 흥분된 마음을 진정하고 목소리의 중심을 가다듬었을 때 그는 의례적인 몇 마디 인사말에 이어 남편을 찾았다.

휴대폰이 통화가 안 되어서 집으로 연락을 했다고 말하는 그의 목소리가 내 귀를 울리는 순간 나는 그 목소리 속에서 약간의 당혹감 같은 것을 느낀 것 같기도 했다. 그간에 아무리 오랫동안의 두절이 이어졌다고 해도, 그것은 이를테면 어느 순간 옛 친구끼리 다시 서로를 찾아 부르는 것과 다를 바 없는 일이니 그리 부자연스러운 일은 아닐 터이다. 그럼에도 불구하고 그 실재 유무조차도 희미한 당혹의 기색이 내게 굳이 그렇게 천둥처럼 크게 느껴진 까닭은 무엇이었을까. 아마도 너무 앞질러 나갔거나 부질없는 것일 것임에 틀림없는 아전인수식의 철딱서니 없는 기대 때문은 아니었을

까. 나는 곧, 이 무슨 실없는 잡념인가 하는 생각에 혼자 쓴웃음을
한 입 베어 물었다.

그러나 나는 부러 그렇게 믿고 싶었는지도 모르겠다. 굳이 집
전화로 남편을 찾은 것은 아마 사안이 다급해서 그런 것일 수 있겠
지만, 나는 일부러라도 그가 그것을 기회로 나와의 통화를 의도한
것이라고 생각하고 싶었다. 왜냐하면 남편의 부재를 확인한 그가
계면쩍음을 얼버무리려고 이십몇 년 전의 섬 학교 이야기를 꺼낸
것이라고 그렇게 메마르게 여기고 싶지는 않았기 때문이었다.

"그래요. 가보고 싶어요, 저도. 한 번은요. 얼마나 변했는지, 그
간에… 아님, 아직 그대로 인지."

나는 그렇게 말하면서 도서실 남쪽 창밖으로 우아하게 가지를
드리운 단풍나무 그늘과 그 굵다란 줄기 사이로 멀리 내려다보이
던 바다 위 수평선의 반짝임들을 생각했다.

"언제 같이 한번 가기로 하지요, 그럼. 몇 번 지나칠 때마다 나도
그 시절을 떠올렸습니다. 커피 맛이 참 좋았지요."

그와 약속을 하고 전화를 끊은 뒤 한동안 들뜬 듯 옛 생각에 젖
어 있었던 나는, 시간이 지남에 따라 서서히 그 기분이 가라앉으면
서 스스로 마음이란 물건이 참 허황하고 맹랑하다는 생각을 했다.
그가 박경희와 결혼한다고 했을 때의 그 황당함, 도둑에게 뒤통수
를 맞은 것 같던 그 충격, 그리고 스스로가 그 '민망하다는 민폐'
가 되었다는 것을 깨달아야 했을 때의 그 참담함, 그 모든 모멸스

럽고 황망한 기억들을 다 어디에 접어두고 전화선 한 가닥을 타고 전해져온 목소리 하나에 그렇듯 달뜬 팔푼이가 되어버릴 수 있단 말인가. 게다가 다시 되짚어 보건대 그가 나에게 무슨 대단한 고백을 했다든지 엄청난 비화를 공개한 것도 아닌데, 그 무슨 지레 호들갑스러운 감정이었단 말인가 하는 데에 생각이 이르자 한순간에 그냥 매사가 환멸스러워졌다.

나의 이런 당착적인 반응이 스스로가 스스로에게 환기시킨 이중적인 심사 때문이었는지 아니면 뭔가 섬세하고 영험한 본능적 감각이 작동한 때문이었는지는 알 수 없었지만, 나는 곧 마음 한편에 결코 기껍지 않은 예감 또한 삐죽이 고개를 드는 것을 느끼지 않을 수 없었다. 그러면서 간과되었던 궁금증이랄까, 그가 왜 남편을 찾았을까 하는 의아함이 슬금슬금 부풀면서 이내 모종의 의구심 같은 것으로 피어오르기 시작했다. 그 까닭을 내 스스로 자칫 명확히 진단할 수는 없었으나 아마도 그것이 남편과 관련된 상서롭지 못한 일일 수 있다는 예감이 번개처럼 덜미를 스치고 지나갔던 것이다.

그날 밤늦게 남편이 귀가하면서 나는 그가 전화로 남편을 찾은 주된 이유를 비로소 짐작할 수 있었다. 한편으로는 나로 하여금 가슴 뛰게 했던 그 전화가 왜 한편으로는 묵직한 불길함 같은 것이었는지 비로소 조금씩 선명해지고 있었다. 휴대폰을 어디다 둔 지 모

르겠다고 투덜거리던 그는 백윤식의 전화 이야기를 듣자마자 부랴
부랴 유선전화의 수화기를 집어 들었다.

"뭐, 그 일대를 모두 매입한다고? 'S'그룹이 말이지? 그래, 사장이
헬기로 돌아보면서 지목을 했어? 헛소문이 아니고 사실이라구?"

통화 중인 남편의 들뜬 목소리가 거실을 휘저으며 삼면의 바람
벽 여기저기에 불규칙한 리듬으로 튀어 박혔다. 사실, 'T'그룹이 소
호동에서부터 반도인 화양면 일대의 땅을 대거 사들이면서 'S'그룹
은 낙조가 멋진 사곡리 해변 거의를 사들였다는 둥, 또 'H'그룹이
이국적인 풍광이 일품인 봉전반도 일대의 땅을 사들이려고 한다는
둥 설왕설래가 많았던 것은 진즉부터 암암리에, 그러나 공공연하
게 떠돌던 사실이었다.

그러나 그것은 내게는 심히 마뜩잖은 것이었다. 그렇지 않아도
남편은 어떻게 하면 백야도의 그 땅을 팔아서 자신의 입신 자금으
로 써볼까 하여 진즉부터 시아버지를 구슬리고 있던 참이었다. 사
정이 그러하니 지금 다니는 학교에나 충실해서 안정적으로 꼬박꼬
박 봉급이나 차질 없기를 바라는 나에게 그것은 결코 그리 달가울
턱이 없는 일일 수밖에 없었다.

내게는 남편의 입신주의도 허황하고 주전 없어 보였을 뿐 아니
라 그 목표도 십중팔구 이루어지기 무망한 것으로 보였다. 부질없
는 허황한 바람 때문에 현재에 불행해 하며 사는 모습이 더욱 안타
까울 뿐이었다. 적어도 내가 보기에는 만족을 현재에서 찾지 않고

미래에 두는 것은 어리석은 일이었다. 어느 경우에도 지속 가능한 만족은 결과에 있지 않고 과정에 있을 것이기 때문이다. 추구하던 목적을 성취한다고 해도 그 짧게 스쳐 가는 만족의 순간 다음에는, 허무 아니면 새로 설정되는 그 위의 목표가 마치 바이러스 먹은 컴퓨터 모니터 화면 위에 끊임없이 형성되는 스팸팝업창처럼 그의 현재를 끝없는 결핍감으로 괴롭힐 것이다.

그리고 물질계의 현실을 살아야 하는 아내의 입장에서 솔직히 말하자면, 남편의 나이를 고려할 때 뒤늦게 이제서야 거금을 들여서 그 자리에 들어간다고 한들 전임 자리가 무슨 떼돈 버는 자리도 아닐 터에, 그래갖고 무슨 본전이나 뽑겠나 하는 지극히 합리적인 수지 타산이 작용한 것도 사실이었다. 텔레비전 화면에 무슨 무슨 아무개 교수랍시고 대학의 개인 연구실 책장 앞에서 인터뷰하는 학자들이 나올 때마다 눈에 띄게 시새움에 뇌꼴스러워하고 괴로워하는 그를 볼 때면, 사실 나는 그보다 더 괴로웠다.

그러나 그것은 그의 괴로움에 내가 공감해서가 아니었다. 대체로 과장된 허세만 같아보이는 그런 장면에 대한 그의 선망과 질시가 내게는 분별없는 허영과 과시욕 때문에 비롯된 것으로 여겨졌기 때문이다. 내 눈에 그것은 결핍감에서 오는 또 다른 비루한 표현에 지나지 않는 것이기에 자신의 미망에서 벗어나지 못하는 그를 볼 때면, 불구에 가까운 정신세계의 심각한 결손은 결국 무엇으로도 보전 불가능한 것이라는 비관적 현실의 한 예를 묵도한 것만 같아, 곁에서 지켜보기가 괴로웠던 것이다.

그러나 나의 이러한 지극히 이성적인 견지를 편견이라고 가정하고 전적으로 남편의 입장에서만 생각해 본다면, 하기야 신분 상승을 위한 상당한 자금이 간절하기는 할 것이다. 남편이 매 학기 출강 허가서를 얻어내야 하는 대상인 자기 소속 학교 교장과 출강 위촉을 받아내야 하는 대상인 대학 학과장, 그 양쪽에 비굴을 떨어 가며 굳이 애써 대학에 강의를 나가는 것은 행여 대학 전임으로 갈 기회가 오기를 기다리는 때문이라는 것은 그에 별 관심이 없는 나도 이미 잘 아는 바이었다. 그것은 한편으로 그에게 그토록 매우 간절한 것일지 모르지만, 그러나 그것은 그만큼 그것을 지켜보는 사람에게는 한편 몹시 비루하고 간삽해 보이는 일에 다르지 않아 다만 안타까울 뿐이었다.

그런데 바로 그러한 상황 중에 지난해 그 대학에 전임 자리가 하나 비는 그야말로 일대사가 생겼던 것이다. 남편 말고도 눈독 들이는 강사가 여럿인 데다 정작 결과를 보면 예상하지 못했던 외부 인사가 채용되는 일도 비일비재한 것이 지금까지의 사례였으므로, 혹시나 누가 그 자리에 들어가느냐 하는 데 대한 관심이란 그 자리에 목을 매고 있는 사람들에게는 새삼스러울 것 없는 지극히 당연한 일이었다.

하지만 문제는 바로 다른 사람이 아닌 내 남편이 그것을 놓칠 수 없는 기회로 여기고 있다는 데 있었다. 차제에 그간 겪어낸 갖은 비굴과 온갖 수모를 일거에 불식하겠다고 결의를 다지는 그의 모습은 내가 보기에는 우스꽝스러웠지만 정작 그에게는 핍절한 것이었고, 핍절한 만큼 그 기회에 임하는 결기와 각오는 자못 강개하고 결연하기만 했다. 그럴수록 정작 난감한 것은 소위 그 '진입 비용'이라는 것이 현재 그의 수중에 없다는 것이었는데, 그런 그에게 시의적절하게도 바로 이번 백윤식의 전화가 거기 필요한 거금을 마련할 기회로 눈이 번쩍 뜨이는 일이었다는 것이다.

절치부심 좌고우면, 거기 필요한 자금 마련의 수단을 절절히 모색하고 있던 남편에게 그것은 결코 놓치기 어려운 마침 맞은 천재일우의 기회일 것이다. 그러나 남편의 환호작약과는 달리 어쩐 일인지 내게는 그것이 또 다른 평지풍파의 조짐처럼 느껴지고, 덜 꺼진 불씨에서 피어오르는 한 줄기 연기처럼 등줄기 어디쯤을 서늘하게 적시는 검푸른 불안감으로 다가오는 것이었다.

"서른 배가 뛰었으니 지금이 찬스야. 땅을 팔아야 할 때라구! 연륙교 개통으로 잔뜩 거품을 먹고 오를 대로 오른 지금이 꼭지라니까!"

나는 마음속 한편이 개운하지 않은 것과는 별도로 땅값에 열중해 있는 그의 모습이 얼핏 우스워 보여서 짐짓 일부러 심드렁한 어조를 섞어 그의 말허리를 툭 잘라 보았다.

"더 오르지 않겠어요. 이 추세라면 앞으로?"

"아니야, 떨어질 거야, 향후 상당히. 다리 연결 특수가 사라지면서 열기가 식고 거품이 삭겠지. 열 받았을 때 두드려야 해, 가격이 이성을 찾기 전에 말이지."

하기야, 언젠가 평당 몇천 원도 안 된다고 탄식하던 그 와달의 쓸모없는 땅이 목하 기십만 원을 호가한다니 남편이 아니라도 모두들 군침을 흘릴 만한 일이기는 했다. 농사지을 수 없는 땅은 쓸모없는 땅이었던 시대가 어느결에 소리 소문도 없다시피 퇴장해버리고, 그 농사지을 수 없던 가파른 해안 바람받이 비탈 절벽 언덕이 경관과 조망이 아울러 뛰어난 값비싼 땅이 된, 적어도 옛사람들의 관점에서 보면 어이없는 시대가 된 것이다. 옛날 한때 그 금싸라기 같던 전답은 오히려 그, 농사 지을 수 있음 때문에 절대농지로 묶여 쓸모없는 땅으로 이른바 똥값으로 머물러 있게 되었으니, 그 땅에 의지해 대대로 목숨을 이어왔던 일을 생각하건대, 땅의 입장에서 현시대의 추세는 기대와 전망에 대한 악질적 배신이자 잔혹한 배은망덕이 아닐 수 없었다.

아무튼 그 전화는 시아버지 소유로 아직 남아있는 와달의 그 땅을 고가로 매입하겠으니 팔라는 것인데, 시아버지 말인즉 아들이 결정할 일이라고 했으니 천재일우인 이 기회를 놓치지 말라는 것이었고, 대기업에서 대규모 사원 휴양 시설과 펜션 단지를 조성하기 위해서 시가의 두 배가 넘는 평당 수십만 원을 쳐 주겠다는 것이었다. 그러나 노인에게서는 남편의 의향을 묻는 아무런 연락도 없었다. 지금까지 노인과 아들이 등을 돌리고 살다시피 한 저간의 사정까지 굳이 감안하지 않더라도 이것이 아들을 핑계 삼아 사실상 안 팔겠다는 뜻의 표현이라는 것은, 나뿐 아니라 남편도 전혀 짐작 내지 감지하지 못할 바는 아니었다.

하지만 그는 좀처럼 단념하지 않았고 기어이 한 편법을 우겨내었는데, 자기 딴에는 기발한 방법이라고 생각했는지 내게 그 복안을 설명하면서 그는 몹시 득의에 찬 표정을 지었다. 그러나 얄팍한 기만이 전부인 그 복안이야말로 누가 봐도 궁여지책 끝에 나온 꼼수에 다르지 않았다. 그러던 것이, 지난번 그가 노인을 만나 어떤 재주를 넘었는지 몰라도, 하여튼 거짓말처럼 예의 그 인감증명과 등기권리증을 받아왔던 것이었다. 당시만 해도 나에게는 노인이 그것을 쾌히 승낙할 지도 의문이었지만 그 제안 자체가 노인과의 불화를 심화시켜 다시 돌이킬 수 없게 될지도 모른다는데 생각이 들었기 때문이다.

사실, 서류를 받아온 뒤에도 나는 그 미심쩍음을 다 지우지는 못하고 있었다. 지금까지의 불편하다면 불편하다 할 그들 부자간의 간극을 감안하면 어쩐지 그 일이 매끄럽게 얘기가 잘되고 흔쾌한 허락으로 마무리되었을 것 같지만은 않았던 것이었다.

"다른 방법은 없어요? 꼭 그 방법으로 만들어야만 하나요. 그런 돈을?"

"당신이 마련해 볼 텐가, 그럼? 당신도 알지? 그거, 우리 월급의 수백 배도 넘는 액수라는 거."

비단 이번 일이 아니래도 남편이 강렬하게 집착할수록 웬일인지 나는 그에 반비례해서 점점 그것에 대해 미온적이 되어갔다. 그의 집착은 대개의 경우 내게는 불안과 불화의 동의어처럼 여겨졌다. 나는 평소, 이대로 사는 것도 과히 나쁘지 않다고 생각하는 편이었고 더구나 다른 무엇보다도 지금은 변화가 싫었다. 그래서 그랬는지 나는 같은 뜻의 말을 다시 한 번 그의 앞에 밀어 놓고 있었다.

"그냥 있으면 안 되나요? 기왕 승진도 준비해왔잖아요. 학교 그대로 있으면 곧 교감 승진도 하게 될 텐데. 그것 때문에 힘들게 경기도까지 옮겨온 것 아닌가요?"

"그런 말 하지 말라구! 대학으로 못 갈 경우를 생각해서 준비한 거지, 그건…. 말하자면, 차선 중에 차선일 뿐이야 승진은. 그리고 당신이 더 잘 알잖아? 막판에 근평, 그거 얼마나 고약한 건지."

너도나도 가진 도서 벽지 점수가 자기만의 경쟁력이 될 수 없는 데다가, 학교 수가 줄어들어 승진 기회가 적은 고향 전남을 떠나 섬이 별로 없어 도서 벽지 점수를 가진 이가 적고, 학교가 마구 늘어나 승진의 기회도 그만큼 많은 타향 경기도로 옮긴 것은 남편의 강력하기 그지없는, 그러나 옆에서 보기엔 한낱 알량함에 지나지 않는 출세에 대한 열망 때문이었다. 그러나 여기서도 막판에 승부를 가르는 것은 소속 학교 교장의 근무평정이었고, 상대 평가인 이 근평에서 하나뿐인 '1등 수'를 받아야만 하는 약자의 약점 앞에 권한을 틀어쥔 강자들의 자세는 대체로 무자비하거나 몰염치했다.

그런데 사실 그 앞에서의 굴종보다 더욱 곤혹스러운 것은 그로 인한 동료들 간의 경쟁과 불목이었다. 물론 남편이 승진 때문에만 경기도로 옮기고 싶어 했던 것은 아니었을 것이다. 내가 보기에 본시 그 이른바 촌놈 콤플렉스도 없지 않았고, 거기에 더해 서울에서 대학을 나왔다고 하지만 그 문이 지극히 좁았던 서울 순위 고사에서 낙방한 끝에 전남으로 왔던 남편으로서는 서울에 정착하지 못하게 된 것이 필생의 한이 되었을 수도 있을 것이었다. 고시라고까지 불리는 지금의 임용고사에 비할 바는 아니겠지만 그 시절에도 서울 순위 고사는 만만치 않은 시험이었다. 아무튼, 그러나 그런 그와는 달리 나로서는 그간의 안면과 친분들을 두고 고향을 떠나는 것도 그다지 즐거운 일이 아니었던 데다가 정작 교통체증에 땅값도 집값도 비싸기만 한 수도권이라는 곳이 나는 오로지 불편할 따름이었다.

'시간만 나면 부동산 시세 이야기만 한다'고 세인들이 여교사들을 입 살에 올리지만, 정작 지방에서 올라와 하루아침에 수도권의 엄청난 주거비 속에서 살아야 하는 나는 그녀들이 십분 이해가 되고도 남았다. 실제로 수도권 사람치고 아니, 다시 생각건대 이 나라 사람치고 부동산 시세에 관심 없이도 무사히 살 수 있는 사람이 얼마나 되겠는가. 아파트 몇 번 해먹었느냐에 따라 빈부의 등급이 확연히 서열화되는 것은 서울 및 수도권에 상존하는 엄혹한 현실이다. 그와 같은 살벌한 생활 여건의 살풍경에도 불구하고 남편은 기를 쓰고 수도권에서도 더 서울에 근접하지 못해 몽매에도 노심 초사하였고, 서울 시내의 명문대 대학원에서 학위를 따지 못한 것을 못내 통탄해 마지않았다.

"마찬가지 아닌가요, 대학도 그건?"

세상일이라는 게 매사 녹록지 않음에 따라 권한을 가진 자의 이 권에 대한 종주권 행사가 비단 교직에만 국한된 것이 아닐 것임에도 대학에 비해 교직을 지나치게 비하하는 것 같아 나도 모르게 한마디 더한 반문이었다. 그는 조금의 망설임도 없이 즉시 말했다.

"하지만, 다른 일, 내가 하고 싶은 다른 일도 같이 할 수 있지 거기선. 그 자체로 내가 하고 싶은 일이기도 하고."

안타까운 사람이 따로 있는 것이 아닐진대 자신의 소망과 목표에 대한 스스로의 불급함과 불비함을 절절히 아쉬워하고 현재의 삶에 불행해 하는 그 모습이야말로 내가 보기에는 진정 더 안타까운 것이었다. 남편은 내 소견과 안목의 좁음을 탓하곤 했지만 정작 내가 보건대, 두 가지 세 가지를 앞뒤로 힘겹게 걸고 메고 지고 들고 서서 전전긍긍하는 그의 삶이야말로 스스로가 자초한 과보로 몹시 버거워 보이기만 했다.

6

길가에 차를 세워둔 뒤, 한참 동안이나 오른쪽 아래로 난 샛길의 흔적을 더듬어 내려와 마침내 폐교의 뒷문에 이르자 무너진 돌무더기 뒤로 그의 뒷모습이 보였다. 그는 오래된 돌계단에 앉아 있었다. 당산나무가 서 있는 언덕에서 학교 뒤뜰로 내려가는 길목, 한쪽 모서리가 무너져 내린 그 계단은 아직 그 자리에 그대로 놓여 있었다. 계단은 학교에서 보면, 교사 모퉁이를 뒤로 돌아 올라가서 당산나무를 끼고 백호산으로 오르는 오솔길의 초입이었다.

지금은 연륙교 다리가 놓이면서 새로 난 말끔하고 널찍한 이차선 포장도로 아래가 되어버렸지만, 이 새 큰길이 나기 전에 수레가 다니는 옛 길은 학교의 정문 아래로 경사진 진입로를 한참이나 내려가야 했던 해변도로였고, 이곳은 숲으로 가는 소릿길 밖에는 따로 길이랄 만한 것이 없이 산밭과 초목 지대가 반반인 거의 산 중턱처럼 여겨지던 곳이었다. 상전벽해라고 했던가. 지금은 학교 뒤쪽이 오히려 큰길가가 되어버렸지만 그때만 해도 이 학교 뒤쪽은 인적이 드문 산비탈이었고, 정문은 언덕 아래 교사校舍 그리고 교사 아래 가파른 계단을 내려간 운동장 그 아래쪽에 있었다. 정문 아래는 또 바다 쪽으로 다시 경사로가 이어졌는데 그 진입로 아래에 내려서면 비로소 옛 달구지 길을 만나게 되는 것이었다. 왼쪽으로 가면 바로 힛도를 오가는 도선 선착장이 있고, 오른쪽은 여수행 연락선이 닿는 백야 포구로 가는 길이었다.

271

내가 당산나무 언덕 옆으로 한쪽 모서리가 무너져 내린 비탈길을 돌아 학교 뒤뜰로 내려섰을 때, 그는 계단에 앉은 채 멀리 아래로 내려다보이는 바다 쪽을 바라보고 있었다. 그는 인기척을 따라 고개를 돌려 내 쪽을 보며 천천히 계단에서 일어났다. 그가 활짝 웃는 표정을 지으며 먼저 말했다.

"반갑군요. 그대로네요, 옛 모습."

"그럴 리가요. 오히려, 백 선생님이야말로 그대로시네요. 저도 반가워요."

서로가 말은 그렇게 비슷하게 했지만 아마도 피차의 모습에서 세월의 흔적을 지울 수는 없을 것이었다. 약속이 아니었다면, 그래서 만약 그냥 시내에서 조우했더라면 아마 나도 그를 몰라보고 지나쳤을 것이었다. 구체적으로는 다소 배가 나오고 몰라보게 희어진 머리가 약간 벗겨진 정도에 불과했지만, 옛날의 이미지가 워낙 싱그러웠던 탓인지 내 앞에 있는 지금의 그는, 예전의 그와 전혀 다른 사람 같아 보이기까지 하였다.

이십여 년 전의 그는 훤칠한 키에 균형 잡힌 몸매, 짙고 숱이 많은 앞머리를 한, 그래서 그 숱만은 앞 머리카락의 볼륨이 반듯한 이마를 반쯤이나 사선으로 가리며 이지적인 눈매에 그윽한 음영을 드리웠던 더없이 귀공자 같은 모습이었었다. 헝클어진 매무새조차도 댄디해 보이던 그때의 그를 아직도 기대했다면 나의 기억은 그처럼 무모한 것일 수밖에 없었을 것이겠지만, 그래도 나는 그의 모습에서 뭔가 잔존해 있을 것만 같은 옛날의 자취를 찾아내려고 애쓰는 시선을 쉬이 거두지 못했다.

그러나 곧 나와 눈이 마주치자 이내 흠칫 놀라듯 시선을 부서진 담장 쪽으로 계면쩍게 돌리는 그를 보면서, 만약 이것이 내가 예전의 그를 아쉬워하는 몸짓이라면 그 결핍감은 나만의 것이 아닐 것이라는 것을 금세 깨달았다. 싱그럽던 한 젊은 남자가 이렇게 변하는 동안 세파의 한가운데를 부대끼며 지나고 있는 중년의 여자는 어떻게 보였을까, 혹 그는 지금 오늘의 이 재회를 후회하고 있지는 않을까. 내가 잠시 이런 생각을 하는 동안 어색한 침묵이 거북했는지 그가 다시 입을 열었다.

"폐허가 다 되어 버렸군요. 잡초 무성한 몰락해버린 폐가. 어디로 가버렸을까요? 우리가 알던 학교?"

"네, 믿어지지 않네요, 저도⋯. 여기가 정말 우리가 살았던 학교일까요?"

맑은 물이 가득 담겨 올챙이들이 유영하기도 했던 교사 모퉁이의 조그마한 노천 수조는 온갖 쓰레기들로 메워진 채 무질서하게 우거진 잡초가 가장자리를 완전히 덮고 있었다. 수업하다 말고 창밖으로 당산나무를 올려다보던 교실 두 칸짜리 이층 별관은 복도 마룻바닥이 꺼져 있었고 벽도 까맣게 그을려 있었다.

"여기가 교무실이었지요. 근데, 맞나요?"

학교가 문을 닫으면서 모든 집기와 비품들이 뭍에 있는 본교로 옮겨갔기 때문에 텅 비어있는 것이야 당연한 일이었겠지만, 천장 한쪽이 무너져 내려앉은 모습이며, 뒤쪽 출입문 유리창이 모조리 깨져 베니아 판으로 막은 것이며, 그나마 또 밑 부분이 터져 있는 형상은 단언컨대 비어있기는커녕 파손된 폐기물로 가득 차 있다고 해야 옳은 표현일 것이었다. 바닥은 두 발짝 내딛기가 위태할 만큼 여기저기가 주저앉혀지고 뜯겨져나가고 솟아올라와 있었으며, 창문은 위아래가 뒤틀려 어긋난 채 깨져나가고 남은 뾰족한 유리 가장자리들은 남은 공간을 날카롭게 찌르고 있었다. 규모가 작아 초중이 함께 썼던 도서 벽지 학교인 탓에 교무실도 같이 썼지만 그 자취는 다시 가늠하기 어려웠다.

"저기쯤이 제 자리였고, 백 선생님 자리는 공석이던 교감 선생님 앞자리였든가… 아마, 그랬지요?"

"그랬을 겁니다. 책상 아홉 개가 디귿 자 모양으로 놓여있었지요, 교감 선생님 자리를 중심으로."

"아, 맹 교장 선생님 생각이 나요. 그때 자주 교감 자리에 와 앉아 있곤 했던…. 교장실은 혼자라 심심해서 그랬을까요. 잘 계시겠죠, 지금도?"

"돌아가셨답니다. 진즉요. 그 무슨 혈액암이라던가요, 퇴직하자마자 얼마 안 돼서 그렇게 가셨습니다. 벌써 십 오륙 년 전 일이로군요, 어느새."

"저런…, 그랬군요. 빨리 돌아가시는 경우가 많네요, 의외로….

교장 선생님들, 퇴직하고 다들 얼마 안 되어서 그렇게….″

"팔레비란 사람이 있었지요. 한 삼십 년 전쯤 되었나, 이집트에 망명한 지 얼마 안 돼서 췌장암인가로 죽었습니다. 예순 하난가 둘인가 비교적 젊은 나이에 말이지요. 보통 사람은 꿈도 못 꿀 호화 생활 속에서도 얼마 못 살았어요. 사람들은 말했습니다. 왕위를 잃은 슬픔 때문이었을 거라고."

"비슷하다는 말인가요, 퇴직 교장 선생님들도?"

"내 잘 아는 퇴직 교장이 그런 일이 있었다는군요. 수완이 좋아 한때 교육장까지 지낸 사람인데, 퇴직하고 광주에 살면서 주말마다 무등산 등산을 다니는데 그 길에서 우연히 옛날 같이 근무하던 후배 교장을 만났다네요. 그런데 그 후배 교장의 해후 일성이 '오메, 저것 보소여? 저게 아직도 안 죽고 살아 있네?' 였답니다. 그 후배 교장이란 사람도 내가 잘 아는 사람인데, 사실 그 선배라는 사람 교장일 때, 승진 근평 따려고 무진 공들이고 노력했는데 막판에 큰 걸로 한 보따리 쓴 후배 다크호스에게 밀렸다는 풍문이 있었지요, 아마…. 하하."

"그렇더라도 미안해하지 않았을까요. 그러구선?"

"모르긴 해도, 아마 그런 일쯤은 당연하게 여겼을 겁니다. 평소 그분들의 사고방식을 보면…. 주는 것이 있으면 받는 것이 있는 것은 세상의 지당한 작동 원리이고, 큰 구멍으로 더 많은 물이 흘러나가듯 큰 것이 작은 것을 이기고 선택되는 것은 너무나도 당연한 것으로 상대방도 익히 아는 이치라고 생각했을 테니까요.”

“서운함이나 미워함도 없어야 하는 거 아닌가요. 그럼?”

“그런데, 그렇지 않은 게 그분들은 그런 교환의 균형 속에서도 그것이 이익 교환의 관계가 아니라 지극히 정상적인 인간적 유대였다고 생각한다는 겁니다. 왜냐하면 항상 자기는 조금이라도 상대방에게 보다 더 잘 해줬다고 생각하기 때문이죠. 스스로는 절대 인정하고 싶지 않은 겁니다. 각기 바라는 것이 있어 주고받은 비루한 야합이라는 것을요.”

“그렇군요. 기억의 장부엔 왜 남에게 잘해준 일만 남는 걸까요? 왜 다 잊어버리는 걸까요? 남에게 못할 일 한 거라든가….”

“어려운 일이죠. 자신에게 엄격하기는…. 다들 남에게는 차가운 칼날처럼 예리하고 혹독하지만 자기에게는 봄바람처럼 여유롭고 너그러운 법입니다.”

“……”

“그나저나 궁금하지 않으십니까? 그 교장 선생님은 그 후 어찌 되었는지?”

“어찌 되었는데요?”

“뭐 꼭 그래서 그런 것만은 아니겠지만…, 그 후 일 년도 못 돼서 죽었답니다.”

“저런, 안 됐군요. 하지만 그 정도 일 가지고….”

“많은 경우 배신감은 상실감보다 훨씬 더 큰 스트레스가 되곤 하죠. 나이가 들고 가진 것을 하나씩 잃어 가면…. 예의 그 일이 아니래도 도처에서 많은 상실과 배신을 맞이하게 됩니다. 갑작스런 와병과 죽음도 많은 경우 그 배신감 때문이라고 하더군요. 사람들의 배은망덕에 치가 떨린답니다. 지위가 있었을 때 자기를 군주처럼 모시던 사람들의 표변 내지는 거리 두기, 이른바 그 함석지붕 위의 고양이 같은 파렴치와 배신, 그 염량세태를 견딜 수 없어 하는 거지요."

"그래요. 하지만 반대로 세상일이 다 그러려니 할 수는 없었을까요? 물론…, 배신이나 배은망덕이 좋은 건 아니지만요."

"모르는 거지요. 그게 느닷없는 배신이나 배은망덕이 아니라 사실은 본래 인간의 본 얼굴이라는 걸 말이죠. 몰랐을 겁니다, 그분들은 그게 거래였다는 걸. 그게 다 그때그때에 이미 이익의 교환으로 완결된 거래였다는 걸, 존경과 총애의 탈을 썼으되 실제로는 아첨 뇌물과 특혜 이권의 교환이었다는 걸, 인간관계의 미래를 담보하는 약속이 아니며 추세를 넘어설 굴종의 맹세가 아니었다는 걸 말입니다."

"그럴 거 같애요. 잃은 뒤에 더 간절하겠죠, 그 권력이라는 거."

"그렇습니다. 권력 밑에서 형성된 주종 관계…. 그게 말이지요, 권력이 사라진 마당에 더 이상 지속될 이유가 있겠습니까? 당연히 사라진 관계를 그것도 불평등한 관계를 권력을 잃은 뒤에도 마치 당연히 지속되어야 하는 사유재산처럼 요구하면서, 배신이요 배은망덕이라고 비분강개하는 꼴이지요. 진짜 배신은 따로 있는데 말입니다."

"진짜 배신이라구요?"

"이익의 거래라는 조건 없이 받은 기여에 대한 '입 씻기'라고나 할까요."

"입 씻기? 일테면요?"

"부모 가족 친지 지역 학교 스승 친구 등 생각해 보면, 자신이 배신당했다고 생각하는 사람일수록 자신이 더 많이 배신한 것은 아닐까요. 자기가 자행한 배신에 비하면 자기가 당한 배신은 오히려 너무 가벼운 과보 아닐까요?"

7

"으째, 어땠어? 오늘 만나는 봤어?"

유순심 씨는 만나자마자 눈을 동그랗게 치뜨며 그것부터 물어 왔다.

"네, 그저 그랬어요. 만나는 봤는데 말씀하신 대로 학교는 심란했고요…."

꼭 얼버무리려고만 한 대답은 아니었다. 속마음을 내보이는 일이라는 게 그렇지 않아도 기꺼운 일은 아니겠지만, 이번 경우는 정작 그를 만나고 난 뒤 기실 그 내 속마음이라는 것이 무엇인지 나도 다소 혼란스러워졌기 때문이었다. 대신 이십여 년 전 그와 나를 어떻게 묶어줘 보려고 애쓰던 옛날의 유순심 씨가 떠올랐다. 그리고 그러던 중에 그가 홀연 박경희와 결혼하게 되자 혼자서 열렬히 분개하던 그때의 그 유순심 씨의 표정이 생각나 나는 픽 웃었다. 당시 그녀는 나와 그가 잘 어울리는 한 쌍이며 잘 되고 있는 줄만 알았단다.

"오메, 핵교까지 가봤대? 그냥 시내에서 만나쟎고."

"그 학교에서 만나는 게 어떻겠느냐고 말씀하셨다면서요, 먼저?"

"아, 그거야…. 말 꺼내기가 그래서 옛날 생각을 다리로 놓아보라는 거였제."

"뜻밖이었어요, 사실. 백 선생님이 날 만나고 싶다고 했다는 게…."

"아, 그야 뭘 사업상 일이 있는디 연락을 해도 좋을지 모르것다고 허더라고. 대뜸 직접 말하기가 그렇다면서."

"사업상 일이라구요?"

"아니 그러니까 좀 헷갈리더라고 나도. 만나려는 핑계인지 정말 사업상의 일 때문인지."

"무슨 사업 같은 걸 했나요, 백 선생님이?"

"몰랐구나? 사업을 상당히 크게 했지, 요양병원인가 뭔가, 일찍 명퇴한 뒤에."

"요양병원요?"

"말아 먹었잖어. 근데 사실은 이미 골병이 들었대네. 주식이라든가 선물이라든가. 그 뭐, 있잖어?"

유순심 씨를 통해 들은 이야기를 종합해보건대, 그가 동업자들과 합작으로 퇴직금을 털어 요양병원을 시작했는데 누적되는 적자를 주식 투자 수익으로 메꾸어보려다가 투자주의 폭락으로 치명적인 손실을 본데다가, 한편으로는 그 요양병원을 살리려다 선대로부터 물려받은 부동산을 사기당하는가 하면, 그 손실을 선물 투자로 보전하려다가 설상가상으로 치명적인 손실을 보고 빚만 가득 안은 채 맨손으로 털고 나왔다는 것이었다. 그 후 궁여지책으로 중개사 시험을 통해 지금은 부동산 경매와 소개로 업을 삼아 다소라도 부채를 변제해가려 하는 중이라는 것이다.

이십여 년 동안의 세월이 결코 짧은 시간이 아니라는 걸 모르는 것은 아니지만 그 중간의 과정을 생략해버린 과거의 현재 확인은 내게 당혹스러울 수밖에 없었다. 물론 그에게도 그러했을지는 모르겠다. 단지 내게 분명한 것은 세월이라는 괴물이 명민하고 결기 있으며 전도가 양양한 청년 문학평론가 지망생을 영락한 부동산업자로 만들어버렸다는 사실이었다.

내가 막상 그를 보고 기껏 과거의 실타래를 풀며 찾아왔던 길을 잃었듯이 그도 또한 다른 면에서 그러했을지도 모르겠다. 그가 본시 남편에게 연락을 해 온 용건이 따로 있었다고 하는 만큼, 그리고 유순심 씨에게도 고심의 일단을 내보였다고 하는 만큼 그에게는 내가 그를 만난 것과는 다른 목적이 또한 더하여 있을 수 있었을 것이다. 그리고 어쩌면 아마도 그것이 그에게는 나를 만난 더 큰 목적일 수도 있을 것이었다.

그러한 만큼 그는 내게서 웬만한 정도의 사업적 견지만 감지할 수 있었더라면, 젊은 날의 한 시절을 공유했던 공간을 돌아보며 나누게 될 이런저런 이야기 속에 자연스레 용건을 꺼내 놓고 일의 추이를 알아보고 앞으로의 전망을 가늠해 볼 수도 있었을 것이다. 하지만 내가 내 감정의 간격을 인지하고 조정하게 된 것과 같이 그도 그 의도의 곤혹스러움과 추억의 자연스러움 사이에 있는 불화를 의식하고 나름 그날의 화제를 조율하고 있었는지도 모르겠다. 순일한 기억의 꽃밭을 물질적 이해관계가 지배하는 현실의 구둣발로 짓밟는다는데 생각이 이르면 그것은 좀처럼 실천하기 어려운 과제가 될 것이었다.

오랜만의 만남은 경우에 따라 그 오랜 시간의 간격만큼이나 변화의 간격을 크게 느끼게 했을 것이다. 상당한 시간 동안 같이 거닐며 이야기를 나누었다고 하지만 내가 기실 내밀한 내 안의 설렘을 봉인해 둔 채 밖으로는 그렇듯 객쩍은 이야기로 감회의 주변만 빙 돌고 만 것이나, 그가 끝내 내게 그 사업상의 이야기를 꺼내지 못한 것은 다 같이 다른 원인이되 같은 형태의 이유 때문일 수도 있을 것이다. 내가 기대한 그의 불변과 그가 기대한 나의 변화가 모두 예상과는 달랐을 수 있다는 사실은 아이러니한 배반이고, 그 배반은 전복되지 않는 한 결국 비애의 어디쯤에 가닿아 길을 잃고 헤맬 수밖에 없을 것이기 때문이다. 한때 청년 문학가였던 그의 자존심이거나 잔영 또는 하다못해 희미한 옛 기억에 대한 향수에 불과한 것이라 할지라도 그는 끝내 내게까지 '복떡빵 영감'이고 싶지는 않았을지도 모르겠다는 것이 내가 유순심 씨를 만나보고 새삼 반추해 본 생각이었다.

폐허를 넘어 쓰레기장이 된듯한 학교를 돌아보며, 이내 그곳에 얽힌 옛사람들 이야기로 비롯된 그 후일담과 그에 이어진 배신론은 그래서 피차의 완충지대이었는지도 모르겠다는 생각이 들었다. 싱그러운 청년이었으되 이제는 반백이 넘은 초로의 아저씨와 꽃다운 규수였으되 이제는 짜글짜글한 중년의 아낙네가, 그럼에도 불구하고 변한 것과 변하지 못한 것을 두고 서로의 당혹감과 기대치를 조정하는 동안 시간은 그렇게 그 완충지대를 타고 흘렀을 것이었다.

8

내가 유순심 씨와 다시 만난 것은 그녀로부터 받은 뜻밖의 전언 때문이었다. 그 뜻밖의 전언인즉슨 박경희로부터 나를 좀 만날 수 있겠냐는 물음이 왔다는 것이었다. 나는 순간 알지 못하는 곳에서 예상하지 못했던 이에게 뒤통수를 맞은 것처럼 흠칫 놀랐고, 비밀스런 무엇을 들킨 것처럼 홀연 당혹스러움을 느껴야 했다. 그러나 한편으로는 옛 생각에 만감이 교차하는 것 또한 억누를 수는 없었다. 그다지 기껍지 않음과 공교로운 어색함 그리고 다소의 호기심과 부정적 기대가 교차하는 묘한 심정으로 나는 유순심 씨를 대동하고 박경희를 만났다.

"하나도 안 변했네, 어쩜! 그대로네."

박경희는 나를 만나자마자 다소 수선스럽다 싶을 정도로 깜짝 반기는 시늉을 했다. 그녀가 본래 좀 붙임성 좋은 성격이기는 했지만 오늘만큼은 살풋 꾸밈이 느껴지는 것 같았는데 아마도 그것은 요 근래의 상황 때문에 갖게 된 내 선입감 때문인지도 몰랐다. 아무튼 내가 기억하는 것과는 살짝 다르게 느껴지는 그녀의 목소리가 선뜻 탁자를 건너와 내 고막을 울렸다.

"어쩜, 네가 더 그대로인데 뭘."

응분의 대답 삼아 말은 그렇게 했지만 얼굴의 잔주름은 한눈에 보아도 나보다 더 많아 보이는 것이 사실이었다. 그녀를 보니 세월은 실체가 없다고 하지만 시간 그 자체가 한 시도 멈추어 있지 않고 끊임없이 무엇인가로 되어가고 있는 존재에 실릴 때, 그것은 어김없이 육안으로도 확인할 수 있는 실체가 되는 것임을 새삼 느끼게 되었다.

백 선생과의 결혼과 그 뒤로 이어진 각자의 전출 이후 피차 만남이 내키지 않기로 치면 박경희도 나보다 별로 못하지 않을 것이라는 것이 내 생각이었다. 그런 그녀가 오늘 새삼 무엇을 의도하고 불현듯 오랜 시간 동안의 두절을 넘어 여기까지 왔을까 하는 데 생각이 이르자, 나는 갑자기 사는 일이 일면 구차하고 서글프게 느껴지기도 하였다.

"잘해 주시지, 백 선생님이?"

"흐흐, 잘 해주긴. 그저 그래. 성격이 그렇잖아, 본래 그 사람."

결혼한 박경희와의 관계가, 관사 오두막을 나누어 쓰며 같이 살던 시절 영양사 박경희와의 관계와 같을 수는 없었다. 자별히 서로 만날 이유와 기회를 따로 가졌을 리 없었다. 더구나 그 뒤 나도 결혼 이후 얼마 되지 않아 남편을 따라 경기도로 옮긴 뒤에는 간간이 바람결에 들려오던 소식의 부스러기조차 돈절하게 되었으므로 더욱 그러했다. 그런 그녀가 그녀의 남편에 이어 부자연스러움을 무릅쓰고 나를 만나려고 한 것은 확실히 흔하게 있을 수 있는 일은 아닐 터이었다. 그러한 탓에 실제 만난 자리에서 과연 박경희가 무슨 말을 꺼내나 하는 것에 나는 촉각을 곤두세우지 않을 수 없었는데 정작 그녀는 쉬이 용건이라 할 만한 것을 입 밖으로 꺼내지 않았다.

한동안 자연스레 서로 간의 침묵이 이어졌다. 피차 빈말이나 진배없는 치렛말 이후 한동안 어색하다면 어색하다 할 침묵이 이어진 것이다. 그러자 잠시 후 마치 그것을 깨기 위해서이기라도 하듯 유순심 씨가 자기 이야기를 꺼냈다.

"저…, 그만뒀어. 나 학교 식당 일. 금년 초부터."

유순심 씨의 그 말에 나는 자신도 모르는 사이 옆에 앉아있는 박경희를 잠시 돌아보았다. 박경희는 나와 눈길이 마주치자 잠시 알 듯 모를 듯 난감한 표정을 지어 보였다. 나는 다시 유순심 씨를 향해 눈길을 돌리고 마치 그 말에 되묻기라도 하듯 그녀의 처지고 주름진 눈 속을 가만히 들여다보며 의아하다는 투로 중얼거리듯 말했다.

"왜요? 그래도 오래 해왔던 일인데…."

"아그들 가게가 바뻐서. 글고도 또…, 도와줘야 히서. 여그도…."

유순심 씨는 마치 자신감 없는 남의 이야기를 전하는 것처럼 다소 우물쭈물 말꼬리를 가늘게 사렸다. 사실 그녀는 그렇게 미적대 듯 말했고 나는 모르고 묻는 듯 말했지만, 이미 그녀가 사실상 잘렸다는 것을 지난번 유순심 씨의 아들이자 공노인의 손자이기도 한 나의 옛 제자 수만과의 전화 통화를 통해 들어 알고 있었다. 당시만 해도 조리원은 임용권자가 교장이라 연초에 재임용하지 않으면 그걸로 끝이었다.

"그럴 것 없어요, 유여사! 어차피 여기서는 다 아는 일인데 뭘."

박경희가 마침맞게 좋은 이야깃거리를 만났다는 듯이 거들고 들어왔다.

285

"아녀, 참말로. 나도 그만두려던 참였어, 마침 글 안 히도…."

"하지만, 어쩜 그럴 수가 있어요? 모르는 사이도 아니고. 어쩌면 남들보다 더 각별했으면 각별했어야 할 사이에 진짜 몹쓸 사람이 네요. 배애신 교장…. 좀 그런 사람인지 어느 정도 익히 알았지만 이렇게까지 인지는 몰랐네. "

박경희는 마치 자기가 금방 다시 당한 일이라도 되는 것처럼 분 개와 함께 긴 탄식을 섞어 살짝 목소리를 높였다.

"내가 인사를 못혔어, 명절에. 부임 때도 못혔는디 명절 때도 못혔으니 얼매나 괘씸혔겠는가? 글 안 히도 그런 디에 밝은 사람 이…. 사실, 인연은 무신 각별하달 것도 없제. 쪼깐 섬에서 잠깐 같 이 한 학교 좀 있었당 것이 뭔 벨 것이당가, 무신 벼실도 아니고."

"하긴, 유명하긴 했지. 오죽하면 배여시라고 했을까. 시내 학교 서 같이 근무헐 적에 그 책상 앞에만 선물더미가 산을 이루던 생각 이 나네! 근데 왜 인사를 안 했어요, 그 여자 인사 좋아하는 줄 잘 아시면서?"

"아니, 좀 그렇더라고. 뭐 초면도 아닌디 조리원 또 시키 주라는 뇌물 같어서 좀 속 보이는 짓 같어서 말여. 그렇다고 안 줄라고 혔 던 것은 아녀. 그래서 올해 또 인사철 좀 지나서 줄라고 혔지. 그러 면 서로 좋찮여? 서로 떳떳허고…. 사실 그 앞 교장한티는 인사 같 은 것 안 혔어도 써주기만 잘 혔거든."

"아녜요, 속으로는 더 섭섭해했는지도 몰라요. 그 교장도 다 마

찬가지 아닌가요, 사람은 누구나? 혹 모르죠. 그 교장이 새 교장한
테 '아무개 괘씸하다, 인사도 없다 잘라라' 그랬는지도 오히려. 호
호호…."

"아녀, 그 건 아닐 거여. 둘 사이가 별로 니냐 내냐 허는 좋은 사
이는 아닐 팅께. 앞 교장을 밀어내다시피 허고 들왔으니께."

"하이고 순진한 양반. 초록은 동색이란 말도 못 들었어요? 다 똑
같애 교장들은. 마찬가지더라구, 장학사 거쳐 고속으로 교장 된 내
친구 년도 그래!"

"아녀, 그건 내가 알어…. 음식 솜씨를 젤 우선 혔거든, 그 냥반
은."

그 섬으로 처음 부임했을 때 배애신은 벌써 그 학교의 교무주임
이었다. 이미 시내 학교에서 다년간의 명성을 떨치고 이제 승진을
위해 도서 벽지로 점수를 따러 다니던 끝에, 막판에 이르러 근평까
지 아울러 겸사겸사 해결 중이던 유능한 중견 여교사가 바로 그녀
였던 것이다. 시내에서는 혹독하게 학생들을 공부시키기로 유명했
지만 그 섬에서 내가 본 모습은 그렇지 않았다. 아마 소문이 잘못
났던지 아니면 거기서는 그럴 필요가 없어서였겠지만 나는 당시
구태여 그것을 가려보려고 하지는 않았었다.

다만 그 당시로써는 대부분의 여교사들이 가사 부담과 남성 위
주의 직장 문화로 인해 승진은 대체로 관심 밖이던 시절, 여교사가
어쩌면 그렇게 교직 사정에 밝고 또 남교사들과 막판까지 경쟁하

면서 승진에 의욕을 불태울 수 있는가 하는 점이 내게는 몹시 경이로웠을 뿐이었고, 또 교사들 중에서는 당시만 해도 거의 찾아보기 어려웠던 자가용 지프차를 장만해서 뱃머리까지 출퇴근을 하는 것이 잠시 부러웠을 따름이었다.

"근데, 유여사 시아버지 그 노인 냥반은 좀 어떠우? 지금도 섬에 살아 계시지, 혼자? 아직도 게서 농사짓고 고기 잡고 하시나?"

넓고 둥근 접시 위에 동심원 모양으로 가지런히 놓인 생선회 한 점을 젓가락으로 집어 들다 말고 박경희는 문득 생각났다는 표정으로 선뜻 시선을 옮겨 유순심 씨의 얼굴을 마주 보았다. 금세 와달의 비탈진 해변을 뒤로 약한 햇볕을 등지고 손을 흔들어 주던 공노인의 몹시 주름진 얼굴 모습이 유순심 씨의 상대적으로 덜 주름진 얼굴 위로 오버랩 되었다.

"응. 헌다고 허시기는 허는 갭인디…. 별로, 요새는 몸이 좀 안 좋다고 히서…."

유순심 씨는 자신의 주름진 눈가에 와닿는 박경희의 눈길을 피하기라도 하듯 고개를 살폿 숙이면서 말꼬리를 흐렸다.

"하긴…. 연세가 몇이신데 일 놓으실 때도 되었지."

"여그 내 손자들도 있고, 애들 내외가 힘드니께 여긴 내가 도와줘야 되고…. 그 노친네는 당신 자신이 여그 와 봐야 아그들 짐만 된다고 안 오실락히여. 또 헐 일 없어 답답허기도 허다고 두루두루 그러고 그리서…."

288

유순심 씨의 말을 들으면서 어디서 자주 들어보는 말인 듯하다는 생각을 하다가 그 생각을 떨쳐버리기라도 하듯 다시 상 위에 생선회 접시를 바라보자, 이십몇 년 전 그 옛날 어느 겨울날 공노인 아니 공 씨가 꼭 오늘 접시 위에 있는 요놈하고 똑같이 생긴 광어 두 마리를 학교에 가져온 일이 어제 일처럼 생각났다.

백야도는 '해변 산중'이라는 그곳의 별칭이 말해주듯 섬이기는 하지만 본래 어선도 별로 없고 수산물 양식도 그다지 없는데다가 어패류도 안 나는 말이 '반농반어'이고, 실제로는 주로 마늘과 고구마 등의 밭농사에 의지해서 살아가는 가난한 섬이었다. 그중에서도 더 빈궁한 축에 속하는 공 씨네가 아마도 드물게 얻는 희귀한 어획임이 분명한, 모처럼 잡은 물고기를 내다 팔지 않고 아비 없이 편모슬하에서 학교에 다니는 손자 수만이 학교 선생님들 드리겠다고 학교에 가져온 것이었다.

"광어는 겨울이 제철이지라. 글 안 히도, 생각이 간절혔는디, 용왕님이 도와 주신능게비요. 마침 잡게 되아서 불나게 갖고 왔네요. 회로 드시라고라. 싱싱헐 때 잡숴야 제맛잉게라⋯."

유순심 씨의 아들 수만이 운영하는 횟집에 앉아 그야말로 속살을 드러낸 광어 한 접시를 마주하니 새삼 그 옛날 수만네 할아버지의 광어를 생각하지 않을 수 없던 것이었다. 약속 장소를 정할 때 다른 곳으로 잡지 말고 수만네 가게로 하라고 내가 그 휴대폰 속 목소리에다 대고 두 번 세 번 강조해서 말하기를 참 잘했다고 생각했다.

어느 정도는 의례적인 겉치레 같아 거북할 수 있고, 또 아는 만큼 신경이 쓰이는 점이 있긴 하지만 한편으로는 나도 그때의 아이들이 어떤 성인이 되어 어떻게 사는지 자못 궁금했던 것이다.

수만이 돌산대교 언덕 밑에서 '새서울'이란 횟집을 한다는 소식은 풍문에 진즉 들었지만 정작 한 번도 가보지 못했다. 백야도의 그 학교에서 내가 근무하던 그 시절 유순심 씨의 아들 수만은 내가 가르친 아이 중의 하나이기도 했다. 내가 담임을 맡기도 했지만 사실 학생이나 교사나 피차간 몇 명 안 되는 까닭에 네 담임 내 담임 따질 것도 없이 피차 서로 훤히 잘 알고 있었다. 그 학교가 당시 여천군 내에서 단 둘밖에 없던 급식학교였던 그때 유순심 씨는 급식 아줌마로 시작해서 이내 붙박이 조리원으로 근무했던 공수만이란 아이의 학자모였던 것이다. 그 섬학교에서 불가피 관사 살이 교사로 근무하던 시절은 이와 같은 일들 때문인지 섬을 떠난 뒤에도 한참 동안 부채감 같은 것으로 내 등덜미 한켠에 묵직하게 남아있었던 모양이었다.

이때까지도 박경희는 아직 별다른 용건을 꺼내지 않았고, 이윽고 수만 부부가 들어오면서 화제는 옛 아이들 이야기로 물길이 돌려졌다. 창밖으로 어두운 하늘을 머리맡에 이고 연륙교의 주탑이 이십몇 년 전과 똑같은 자세로 거대한 두 다리를 버티고 서서 말없이 조명을 받으며 우리를 내려다보고 있었다.

"웬걸요. 다 외지로 나갔지요. 상수하고 중곤이 대식이는 서울서 살고, 문심이 선희는 광주서 사는데 나머지는 잘 모르겠어요. 이곳 여수 여천 바닥에서 사는 사람도 지금은 저희 부부밖에 없네요."

저녁 식사 손님들을 맞는 피크타임이 한차례 지나자 유순심 씨가 주방으로 들어가고, 해삼과 전복 등을 담은 몇 개의 접시가 정갈하게 올려진 쟁반을 들고 수만 부부가 나란히 우리가 있는 칸막이 방안으로 들어왔다. 반가운 인사말을 실은 그만그만한 덕담 끝에 나는 그 시절 섬 아이들의 근황을 물었다. 그러자 그는 곧 고개를 가로저으며 그렇게 말했던 것이다. 나는 찬찬히 그의 어깨너머로 서쪽 바다를 향해 난 창문 밖을 건너다보았다. 통유리로 된 전망창에는, 반사되는 실내의 불빛에 섞여 어느새 붉은 노을이 횟집 뜨락 동백나무 끝에 걸린 수평선으로 내려앉은 모습이 서려 있었다.

나는 문득 창밖을 향했던 시선을 돌려 그들을 번갈아 바라보았다. 옛 제자라고는 얼른 믿어지지 않을 만큼 이제 어른이 되어버린 그들 부부를 바라보면서 이들이 아이였던 시절을 되짚어보자, 내 아슴한 기억의 지평 너머로 긴가민가한 영상들이 빠르게 내달렸다. 처음엔 다소 낯설어 보이기까지 하던 두 사람의 얼굴이 비로소 교실과 운동장 그리고 교정의 나무들을 배경으로 흑백사진 같은 얼굴로 되살아났다. 이십 수년의 세월을 거슬러 교정과 교실 안팎을 오가며 함께 부대꼈던 얼굴들이 우수수 먼지를 털며 내 시선 위로 홀연 걸어 나왔다. 때로는 흐드러지는 웃음으로 피어나고 때로는 겨울 바다처럼 춥고 황량하게 꺾이던 아이들의 모습이 마치 꿈결처럼 시야에 어렸다.

내가 그 시절의 영순을 특별히 기억하는 것은 아마도 관급 급식이 없던 어느 토요일 오후 방과 후 지도 때문에 아이들에게 도시락을 싸오라고 했던 날의 일 때문일 것이었다.

그 시절 이곳은 고기잡이도 농사도 변변치 않은 섬사람들의 살림살이는 대체로 가난했고 학교에 다니는 아이들은 대부분 집안 형편이 어려웠다. 연근해에 해산물이 별로 나지 않는데다가 섬은 백호산의 가파른 경사가 내달리는 비탈 지형으로 이루어져 쓸만한 농경지도 자연히 희소했기 때문이었다. 물론 섬에는 부유한 집들이 아주 없는 건 아니었지만 그런 집 아이들은 일찌감치 광주나 여수, 순천 등지로 내보내 도회지 학교를 다니고 있었기 때문에 그들은 이 학교와는 별개일 수밖에 없었다.

그러나 그와 같이 가난한 섬치고는 아이들의 얼굴은 주위 다른 학교 아이들에 비해 알아보게 혈색이 돌고 낯빛이 환했다. 이는 당시 도서 벽지 급식학교의 눈에 띄는 효과였다. 아이들은 학교에 다니기 시작하면서 얼굴에 버짐이 없어지고 머리에 기계충이 사라졌다. 육지 아이들도 버짐과 기계충을 흔하게 달고 살던 그 시절, 아이들은 작은 차이이긴 했지만 오히려 그 뭍의 아이들보다 키가 더 컸고 몸무게도 더 무거웠다. 도에서 장학사들이 내려오면 꼭 들렀다 가는 것 외엔 급식학교여서 불편할 것은 없었다.

물론 그때까지 짜장과 카레 그리고 물에 푼 가루우유를 먹어본 적이 없는 저학년 아이들은 예의 그 짜장이나 카레, 특히 우유를 못 먹고 심지어 설사와 함께 토하기까지 하는 일도 적잖이 있었다. 뿐만 아니라 심지어 돼지고기도 처음 먹어보는 아이들이 있었다. 그러나 그것도 잠시, 몇 주 후면 모두 적응을 했고 중상급 학년이 되면 모두 다 잘 먹게 되었다. 개중에는 학교에서 먹는 급식 점심이 하루 중 유일한 식사인 아이들도 있어서 상당수 아이들이 밥 먹기 위해 학교 온다고 해도 과언이 아니다시피 하기도 하였다. 아이들에게 그때 학교는 공부하는 곳이기 이전에 이미 밥 먹는 즐거움이 있는 곳이었고, 규칙과 통제가 있는 곳이기 이전에 동무들과 어울려 노는 즐거움이 있는 곳이었고, 낯선 어른들에 대한 거리감과 두려움 대신 도회지에서 온 선생님들을 선망의 눈으로 보는 기쁨이 있는 곳이었던 것이다.

다른 오락거리나 갈 곳이 없는 섬 아이들은 농번기가 아니면 토요일, 일요일에도 학교에 나와서 많이 놀았다. 좁은 섬에서 아이들은 금방 산에 갔다가도 학교로 왔고, 해변에 갔다가도 학교로 왔다. 남자아이들은 주로 고무공을 따라 별로 넓지 않은 섬 학교 운동장 이 구석 저 구석을 이리저리 몰고 몰리며 뛰어다녔고, 여자아이들은 고무줄 놀이나 술래잡기 등을 하며 놀았다. 나는 보통 격주로 집에 다녀왔는데, 집에 가지 않고 관사에 머무르는 주말에는 교장의 명에 따라 고학년 학습 지도를 하곤 했다. 주로 한글과 사칙연산 같은 것이었는데 급식학교였지만 토요일엔 급식이 없었으므로 점심 도시락을 싸오도록 해야 했다.

"우리 밥 먹는 거 보시면 안 돼요, 선생님. 선생님이 먼저 교무실 가시면 먹을께요."

이윽고 점심시간이 되자, 지금 수만이의 아내가 된 바로 그 영순이가 아이들을 대표해서 몹시 난처한 표정으로 내가 교무실로 가기만을 기다리다가 어렵게 입을 열어 조심스레 말했다.

교실을 나와 교무실로 가면서 보니 여느 토요일, 일요일과 다름없이 손바닥만 한 운동장과 교정 여기저기에 저학년 아이들이 돌치기와 고무줄 놀이, 땅뺏기 놀이 등을 하며 놀고 있었다. 나는 무심코 그 아이들을 이제 밥 먹을 시간이라고 각자 집으로 쫓아 보냈다. 아이들은 스실사실 내 눈치를 보면서 고무줄을 걷어 감고 학교 울타리 밖으로 빠져나갔다.

교무실에 들렀다가 관사로 가기 위해 다시 복도로 나왔다. 아이들이 궁금해 다시 돌아와 교실 문을 살짝 열고 들어서니 밥을 먹던 아이들이 모두 몸을 돌리고 두 팔로 도시락을 가렸다. 무슨 영문인지 알 리 없었던 나는 무슨 일인가 싶어 물색없이 굳이 아이들의 도시락을 살펴볼 수밖에 없었는데 곧 후회하고 말았다. 울상이 된 아이들의 가녀린 팔이 가리고 있는 그림자 아래 도시락 안은 거의 전부가 까만 꽁보리밥이거나 잘잘한 고구마에 반찬은 대체로 무짠지 하나였던 것이다. 아연 당황한 얼굴로 돌아서는 내 등 뒤로 어쩔 줄 몰라 하는 영순이의 모습이 눈에 밟혔다.

미안한 마음으로 교실을 나와 관사로 가면서 보니 집으로 돌아간 줄 알았던 저학년 아이들이 교무실에서 잘 안 보이게끔 울타리 뒤에 숨어서 놀고 있었다. 점심을 거르고 학교에서 놀고 있었던 것이었다. 결국 나는 그때 아이들이 의식되어 도시락에 담긴 하얀 쌀밥을 제대로 먹을 수가 없었다.

처음 이 학교에 부임할 적이었을 것이다. 지방도로라고는 하지만 비포장 협로에 고물 버스는 비만 오면 진창이 되는 안포리 고갯마루 부근에서 종종 멈춰 서곤 했다. 그때도 하필 늦겨울 비라고 해야 할지 이른 봄비라고 해야 할지, 비 때문에 길은 진창이 되고 예의 그 고갯마루에 버스는 멈추어 섰다. 승객들이 모두 내려 우르르 떼거리로 버스 꽁무니에 붙어서 밀어도 보고, 또 운전기사와 조수가 얼굴에 새까만 기름을 묻히면서 차 밑을 들락날락 애를 썼지만 여천여객 시외버스는 끝내 진창길을 빠져나오지 못했다.

마음으로는 한나절도 넘게 느껴지는 두어 시간 가까이를 대책 없이 앉아 있던 끝에 몇몇은 짐을 챙겨 일어섰다. 나도 마냥 기다리고 있을 수만은 없어 걸어서라도 가려고 이고 지고 막 나서는데 놀랍게도 저만큼 남쪽 굽잇길에서 한 무리의 아이들 모습이 나타났다. 섬 아이들이 도선으로 좁은 목을 건너고 그 힛도 뱃머리에서 거기까지 걸어서 마중을 나왔던 것이다. 오늘 간다는 소식은 미리 전했지만 거기까지 올 줄은 생각도 못 하고 있던 터에, 짐을 주렁주렁 이고지고 둘러멘 채 난감한 모습으로 나서다가 만난 아이들의 마중은 눈물 나게 반가운 것이었다.

아침부터 비가 오자 십중팔구 또 전례대로 차가 못 오기가 쉬울 것이라고 판단한 교무주임이 아예 일찌감치 아이들을 보내 마중을 나온 것이었다. 아이들은 도선을 타고 섬에서 나와 도중에 버스가 멈춰 선 진창길까지 걷고 걸어서 거기까지 와서 나와 만난 것이었다. 그날 아이들은 그렇게 와서 내 대신, 관사 내 자취방을 채울 잡동사니 짐들을 하나씩 나누어 이고 지고 들고 메고 나섰다. 그리고 그 구불구불 바다를 끼고 도는 화양반도의 남쪽 해안선 비포장길을 아직 좀처럼 멈추지 않고 내리는 빗속에서 그 짐들을 들고 걸었다. 그 아이들이 수만이, 영순이, 상수, 중곤이, 대식이, 문심이, 선희, 용배 그리고 또 민재, 상숙이, 재필이, 미자 같은 아이들이었는데, 이십여 년이 지난 아직도 이름과 얼굴 그리고 그 작고 어여쁜 모습들이 기억에 선연히 떠올랐다.

"그럼 섬에는 아무도 안 남아 있겠구나…."

나는 그때 왜 그 아이들에게 좀 더 잘 해주지 못했나 싶은 생각에 잠시 회한에 젖어 있다가, 곧 미안함 반 아쉬움 반이 섞인 마음으로 중얼거리듯 낮게 말했다.

"예… 아니, 그렇진 않고 하나 있습니다. 용배가 삽니다. 거기 아직요."

"아, 맞아 그렇지."

"거기서 마늘 농사도 하고 고구마 농사도 하고, 괜찮아요. 잘 삽니다."

나는 스스로 잠시 생각해 보았다. 이미 와달에서 용배를 보고 오고도 왜 무의식적으로 아무도 안 남아 있겠다고 여겼는지 몰랐다. 그러나 얼마 생각지 않아 이내 나는 머리를 끄덕였다. 그것은 아마도 용배가 다른 아이들과는 달리 지적 발달이 더딘 특별한 아이이어서 무의식적으로 그를 빼놓고 생각한 것일지도 모르겠다는 데 생각이 미쳤기 때문이었다.

"그래, 용배가 거기 살더구나. 그렇지 않아도 이번에 섬에 들어가 보니까 할아버지도 거기 그대로 사시던데?"

수만은 이 말에는 아무 대답도 하지 않고 껍질을 깐 왕새우 접시를 내 앞으로 옮겨 놓았다. 나는 사실 그의 할아버지 공노인에 대해서 무엇을 묻고자 한 것은 아니었고, 다만 그 물음인즉 이어지는 용배 생각에 곁달아 의례적으로 겹 붙인 치렛말에 불과했다. 따라서 더 이상 재우쳐 묻지 않았다.

내가 이 학교에 교사로 처음 부임해서 맡은 반, 4학년이 되었을 때까지도 용배는 한글을 제대로 읽지 못하고 사칙연산마저 제대로 못 하던 한참 늦된 아이였다. 나는 곧, 학교가 문을 닫던 그해 겨울의 차갑고 메마른 바람 소리를 기억했다. 거기 쌀쌀한 바람결 속 백호산 비탈길에 마늘과 고구마 자루를 메고 키 작은 열한 살배기 용배가 홀로 서 있었다.

가정방문은 때로 곤혹스러운 것이었다. 미리 예고한 것이라고는 하지만 전혀 뜻밖의 일처럼 황망해 하거나 난처해하는 학부모들을 자연스러운 척 심상하게 대면해야 하는 일이 내게는 전혀 자연스럽지가 못했기 때문이었다. 외부에 열고 싶지 않아 하는 그들 삶의 울타리 속을 막무가내로 밀고 들어가 본의 아니게 날것인 그들의 빈곤과 궁핍의 속살을 보아야 하는 일은, 언제나 그들 못지않게 내게도 몹시 황망하고 난처한 일일 수밖에 없었다.

아이들이 내 뒤를 따라오고 있었다. 사실은 그들의 안내를 받아 집을 찾아가는 길이지만 해변을 끼고 굽어드는 밭둑길과 동네 고샅길을 아이들은 그렇게 뒤에서 따라오고 있었다. 고학년 아이들은 난감해 하고 부끄러워하는 축이었지만, 저학년 아이들은 되레 살짝 들뜨고 언뜻 감격에 찬 모습이기도 했다. 등 뒤에서 아이들이 저희들끼리 소리를 죽여 말을 주고받는 것이 들렸다.

"야그혀, 니가?"

"아냐, 니가 말혀!"

"그럼, 니가 말씀드리라 수만아!"

아이들이 서로의 어깨를 어깨로 밀고 당기면서 각기 앞서거니 뒤서거니 내 뒤를 따르고 있었다. 나는 이내 그들이 무엇을 두고 서로 미루는지를 알아챘다.

"그래, 누가 선생님 가방 좀 들어다 줄래?"

그제서야 수만이 내 가방을 받아들고 의기양양하게 앞서 걷기 시작하고 용배와 영순이, 상수 등이 그 뒤를 따라 내 앞으로 뛰듯 이 걷기 시작했다. 코를 잘 흘리고 다녀서 별명이 코찔찔이인 용배 의 기꺼운 목소리가 마치 콧노래와도 같이 아이들 등 뒤로 통통 튀 었다.

"우리 선생님, '닭 알' 줘야지~, 우리 집은."

그날 저녁이었다. 막 어스름이 내릴 무렵에야 관사로 돌아와 얼 굴과 발을 씻고 방 안으로 들어왔다. 오래된 관사는 겨우 함석으로 바꾸어 덮은 지붕 아래 가운데 부엌 하나, 좌우 양쪽으로 방 두 개 가 장지문으로 딸린 구조였는데 그 모습이 영락없는 오막살이 초 가삼간이었다. 부엌에서 쪽문으로 이어져 있는 박경희가 쓰는 옆 방은 그녀가 아직 돌아오지 않는지 고요했다.

몇 동네 안 된다고는 하지만 종일 걸어 피곤한 다리를 관사 방 아 랫목에 뻗고 벽에 비스듬히 등을 기댄 채 쉬고 있을 때였다. 방문밖 에 인기척과 함께 어누룩한 아이의 목소리가 내 귓전을 울렸다.

"선생님. 선생님, 계서요?"

전혀 예기치 못했던 터라 놀란 채 나도 모르게 다급히 일어서 문을 열었다. 토방 위에 용배가 자루를 메고 서 있었다. 비죽비죽 어설프게 자란 머리털과 코 흘린 자국이 미처 다 가시지 않은 볼에 상기된 빛을 띤 채 아이는 나를 보고 있었다.

"아니 네가…, 웬 일이니?"

엉거주춤 문밖으로 나서다 말고 나는 문지방 위에 멈춰 섰다. 아이는 주저주저하면서 등에 멘 자루를 한 뼘짜리 쪽마루 위에 조심스럽게 올려놓았다.

"선생님 드릴라고요…."

자루 안에는 고구마 한 보따리와 마늘 한 보자기가 각기 따로 싸여 들어 있었다. 보따리를 풀어보니 그만그만한 고구마가 깨끗하게 잘 손질되어 들어 있었고, 보자기에는 곱게 깐 자잘한 마늘들이 가는 몸체에 하얀 맨살을 드러낸 채 소담스럽게 담겨 있었다. 여기 사람들은 대체로 평지가 드물고 구릉이 많은 이 지역 특성상 비탈밭에서 고구마와 마늘 등을 주로 재배했다. 고구마이건 마늘이건 좋은 것들은 추려서 시장에 내고, 팔 수 없는 작은 것 처진 것들을 가용으로 집에서 식구들 먹으려고 남겨두게 되는데 그중에서 또, 선생님 드린다고 괜찮은 걸 골라 담아 온 것이었다. 선생님에게 뭘 주고 싶어 하는 아이를 위해 당혹스러움을 애써 추스르며 그 고구마와 마늘을 급하게 추리고 다듬었을 용배 엄마의 손길이 거기 고

스란히 담겨 있었다.

이 사태를 어떻게 수습해야 할지 망연해 있는데 아이가 멈칫멈칫하더니 양쪽 위 주머니에서 달걀 두 개를 꺼내 놓았다. 무어라고 말을 하려는데 아이는 꾸뻑 인사를 남기고 다급히 돌아섰다.

"안녕히 계서요, 선생님!"

붙잡을 새도 없이 아이는 벌써 관사 앞 계단을 뛰어 내려가 저만큼 멀리 내달리고 있었다. 와달에서 여기까지 상당히 먼 길을 자루를 메고 혼자서 그 작은 발로 타박타박 걸어왔을 아이의 뒷모습은 금세 계단 아래 어둠 너머로 사라져 버렸다. 뭐라도 먹여서 보냈어야 했는데 하는 뒤늦은 생각에 나는 한동안 마루 위에 놓인 자루만 망연히 바라보았다.

9

이십 수년 전, 학생 수가 줄어든 학교를 통폐합하는 일이 도서가 많은 서남해의 해안 지역을 휩쓸기 시작할 때였다. 없애버린 학교의 인건비와 운영비를 중심학교의 질 높은 교육에 투자한다는 야심찬 계산이었다. 이와 같은 비교 우위적 명분은 그전보다 살기가 좀 나아지면서 오히려 더 각박하게 나라 전체를 휩쓸고 있었다. 사정이 그러하였으므로 그 회오리가 이곳이라고 피해 갈 리는 없었다. 아니 피해 가기는커녕 되레 도서 벽지가 본래의 그 타깃이었으므로 궁벽한 이 섬이야말로 그 일차적 대상이 아닐 수 없었다.

정책적 홍보와 회유는 집요해서 얼마 안 가 처음엔 폐교에 부정적이던 학부모들이 먼저 태도가 바뀌었다. 원하는 시내 학교로의 전학을 용이하게 대신 시켜주는 데다 학비는 물론 시내 주거비까지 지원하겠다는 제의는 솔깃한 것이었다. 자녀를 시내에 따로 살리면서 큰 학교에서 공부시키는 일은 사실 이 섬에서는 부모라면 누구나 선망하던 일이었다. 예전 같으면 있는 사람들에게나 가능했던, 그래서 아무나 엄두를 낼 수 없었던 일이었던 것이다. 전교생이라야 몇십 명도 채 안 되는 섬 학교에 자녀들을 보내야 하는 그들은 자기네 아이들의 학업 수준을 불안해했다. 그러던 터에 오히려 돈을 받아 가면서 자녀들을 시내의 큰 학교에 보내고, 많은 아이들 가운데에서 자기 자녀의 객관적 성적 좌표를 확인해 보는 일은 평소 바라 마지않던 것이었다. 그리하여 그들은 곧 동의서에 도장을 찍었다.

개교 당시 학교 부지의 대부분과 많은 돈을 희사했던 시아버지 마삼락이 극구 반대하고, 여타 조금씩 땅과 금품과 노역을 제공했던 나이 든 노년의 주민 몇몇이 '이 학교가 어떻게 세운 학교냐'면서 반대했지만 역부족이었다. 금전적 지원과 함께 시내의 좀 더 나은 교육여건을 선망하던 그들의 옛 자녀이자 이제는 각 가정 살림의 주역인 해당 학부모들의 열망을 꺾지 못했다.

사실 나는 그때, 교육 당국이 다른 어떤 교육 사안보다도 더 지

대한 관심으로 폐교 정책을 더 강력하고 야심 차게 추진한다는 인상을 받았는데, 왜 꼭 그래야 하는지 의아했다. 물론 예산을 보다 더 많이, 보다 더 넉넉하게 쓸 수 있다는 것은 그 예산 집행의 계선에 손닿는 모든 이들에게 더없이 매력적인 일이긴 할 것이었다. 총액의 증액이란 지난한 것일 수밖에 없는 것일 터에 그런 증액 없이 기왕 확보된 예산의 용도만 바꾸면 되니 구미가 강하게 당기지 않을 수 없었을 것이다. 더구나 돈에 관련된 것은 설사 명분이 좀 약하더라도 그 돈이라는 것의 속성상 그 추진은 더없이 집요해지기 마련 아니던가.

그러나 아무리 그래도 그렇지 이 학교로 말하자면 섬이라고는 하지만 나름의 역사와 전통이 있는 면 소재지의 학교이고, 한때는 전국을 통틀어 뭍 아이들이 섬으로 통학하는 단 하나의 학교였었다. 꼭 그 때문이 아니더라도 주민들의 애정과 함께 염원이 서린 학교이자 거의 모든 면에서 소외된 섬의 그나마 문화 중심으로 활력을 주는 역할을 하고 있는 학교를, 꼭 그 돈 아니라도 궁색하지만은 않은 도시학교의 여유를 위해 그렇게 꼭 없애야만 하는 것인지 의문스러웠다. 눈에 보이는 작은 금전적 이익을 위해 그 돈의 액수만으로는 결코 환산할 수 없는 물심양면의 가치를 저토록 헌신짝 마냥 버려버린다는 말인가 하는 생각을 했다.

그러나 교직원들은 아무런 의견도 내지 못했다. 당국은 그들의 의견을 묻지도 않았고 필요로 하지도 않았다. 교장은 좀 더 여건이 나은 학교로의 전보를 기대했고 교감은 이미 공석 중이었으며, 승진에 필요한 섬 점수 때문에 애써 이 학교에 온 남교사들은 점수가 더 높은 곳으로 갈 준비를 하고 있었다. 어쩌다 여기 근무하게 된 나 같은 여교사들은 이 기회에 통근하기 좋은 시내 학교로 옮기는 것도 나쁘지 않다고 여길 뿐이었다.

그러나 그 이런저런 사정이야 아쨌든, 다만 한 가지 아이들이 시내 학교에 가서 잘 지내며 더 건강히 잘 크고 친구도 많이 사귀며 공부도 더 열심히 해서, 성적도 오르고 품성도 더 좋아졌다면 그보다 더 좋은 일은 없을 것이다. 그러나 그 결과는 대체로 신통치 않았다. 외톨이로 지진아가 되거나 부적응자가 되는 경우도 많았고 문제아가 되는 경우도 없지 않았다. 물론 사람은 제각각이어서 어떤 사람은 성공하고 어떤 사람은 실패하며 어떤 사람은 그저 그만하고 어떤 사람은 그게 그거일 수 있는 법이어서, 일률적으로 단정해서 말할 수는 없을 것이었다. 그리고 그러한 가운데 나는 단지 그때의 아이들 중에서 우선 용배를 먼저 떠올렸던 것이다.

"학교는 잘 다녔었니…, 용배는?"

마치 생각이 그 그림자를 끌어내듯 나는 지나가는 말처럼 중얼거리듯, 다른 아이들보다 지능이 낮아 매사에 뒤처지기는 했지만 그는 종종 내게 웃음을 주던 천진한 아이였으므로, 그러나 지적 능력의 지체는 어쩔 수 없는 것이어서 결국 남들과 같은 정상적인 학교생활, 교우생활이 어려웠으리라고 생각하면서 나는 무심코 그렇게 물었다.

"아뇨, 중퇴했어요. 다닐 수가 없었어요, 견디지 못한 거죠. 결국. 우리한테도 만만치 않았거든요. 무서운 선배도 나쁜 애들도 많았어요. 옮긴 시내 학교는 공포 그 자체였습니다. 물론 나중엔 그런대로 괜찮아졌습니다만. 공부야, 어차피 아니었고."

나는 더 이상 묻지 않았다. 아이들이 자기 품성과 역량에 따라 제각기 각개약진 했겠지만, 일반적으로 시내 학교에서 약자가 겪었어야 할 우여곡절은 짐작이 되었기 때문이었다. 아이들 사이의 서열화와 편 가르기 그리고 거기 수반되는 따돌림이나 폭력 같은 것이 어느 시대에나 있던 것이기는 하되, 교직생활 이십여 년이 훌쩍 넘은 내가 보아온 바에 따르면, 이 나라에서 그것은 이제 좀처럼 빠져나오기 어려운 수렁 같은 것이 되고 말았다. 그것은 이미 되돌리기 어려운 진행성을 가지고 간단없이 심화되고 또 재생산되고 있었기 때문이었다.

"그래, 용배…. 그래서 용배가 섬으로 돌아갔구나."

나는 마음속으로 생각하였다.

'아, 그래서 지금도 마늘농사 고구마농사 지으면서 거기 사는 거구나. 그래, 마늘농사 고구마농사는 널 차별하지도 따돌리지도 놀리지도 않고, 네 수고와 믿음을 배신하는 법 없이 네 땀방울만큼, 아니 어쩌면 그보다 더 많은 것을 네게 돌려주겠지….'

10

"도대체 어디 가신 거야, 그럼⋯. 아직까지?"

"언제는 알리고 다니셨던가요, 우리한테?"

"경우가 다르잖아, 이번에는!"

"그거야 당신 입장이지, 아버님 입장은 아니잖아요?"

"뭐야? 그걸 말이라고⋯. 휴, 어쨌든 그렇더라도 이건 아니지. 분명히 주신다고 해 놓고선 그냥 이렇게 장시간 함흥차사가 되어 버리면 어떻게 하라는 거야⋯. 내 일은?"

남편은 화를 내려다 말고 잠시 말을 끊었다가 시무룩한 목소리를 내 앞으로 던져놓으며 좌우로 두어 번 머리를 흔들었다. 사실, 여느 때 같으면 노인이 시골집을 나선 후에는 대체로 한 주에 적어도 한 번꼴은 행적이 들려오곤 했다. 평소 노인은 한 번 출타했다 하면 여러 날 몇 주씩 친척네와 친지네 내지는 관광지나 병원 등 이곳저곳을 돌아다니다 오곤 하기는 했지만 그렇다고 그 소재가 끊기는 법은 없었다. 그때마다 의당 주로 부산 사는 시누이네를 통해서, 또 가끔은 광주의 시동생네로부터 좋든 싫든 연락이 왔던 것이다.

특히 아버지라고 하면 좌불안석으로 벌벌 떨지 않고는 못 견디다시피 하는 부산 시누이를 통해서는 부단히 연락이 오곤 했는데, 그것은 은연중 남편과 나를 타박하는 속뜻도 담겨 있는 것이었다. 사실 부산 사는 시누이는 좀 지나치다 싶을 정도로 노인의 침식과 안부를 걱정하고 근황과 소재를 챙겨서 그때마다 번번이 우리를 곤혹스럽게 만들곤 했다. 역시 부모를 챙기는 데는 딸만 한 아들이 없다는 말이 맞는지도 몰랐지만, 그녀의 그와 같은 남다른 오지랖과 부지런함은 나와 남편의 평범하거나 아니면 평균 이하인 부모에 대한 보살핌을 상대적으로 형편없이 무성의한 것으로 만들어 버리고 마는 것이어서, 결코 우리에게 달가울 수 없었다.

그러나 입장을 바꾸어보면 아주 이해가 가지 않는 것은 아니었다. 나의 경우 친정 부모님이 두 분 다 세상을 뜬 지 오래되어 이제는 아무런 느낌조차 없었지만, 생각해보건대 출가한 딸 입장에서 홀로 사는 부모가 애틋하고 안 잊히는 것은 사실일 터이다. 그러니만큼 전화로라도 늘상 노인에게 연락을 해서 무슨 말이라도 주고받아야만 직성이 풀리는 시누이 입장에서, 노인의 안부와 관련하여 그토록 남편과 나를 채근하다시피 하는 것은 어쩌면 아주 당연한 일이었다.

"부산 아가씨네에 한 번 물어보세요. 아가씨가 아버님하고는 늘 연락하고 지내잖아요."

"해 봤어, 이미. 근데 안 오셨대, 어디 계신지도 모르고."

"부러 모른 척하는 거 아니예요, 알면서도? 부산 아가씨가 싫어했잖아요, 당신 그 땅 팔아먹으려고 하는 거? 지난번에도 한 번 알고 길길이 뛰는 바람에 결국 없던 걸로 하고 말았잖아요. 따지고 보면 아가씨 몫도 포함되어 있다고 할 수 있는 건데 거기…. 게다가 아가씬 당신 때문에 학교 진학도 고등학교로 끝낸 사람이잖아요? 가고 싶은 대학도 못 가고…."

사실 그런 점에서 본다면 부산 시누이는 남편에 대해서는 피해자라면 피해자일 수도 있는 처지일 것이었다. 옛날 시골에서 항용 흔한 일이긴 했지만 그녀 역시 기울어진 가세의 우울한 그늘을 벗어나지 못했다. 이미 구멍 난 집안 형편은 남편 한 사람의 서울 유학도 힘에 겨운 것이었기 때문이었다.

"다 된 밥에 코 빠트린다더니. 어떡하지 이걸? 날짜는 코앞인데 벌써…."

"혹시…, 모른다고 하라고 그렇게 시키신 건 아닐까요, 아버님이 일부러? 그 땅 팔기 싫어하셨잖아요."

"하지 마, 그런 말! 아마 나보다 더 바랄 거야, 대학으로 가는 일이라면."

"과연 그럴까요? 마지막 남은 땅을 팔아 없애면서까지? 더구나 그렇다고 해서 꼭 된다는 보장이 있는 것도 아니고."

"무슨 소리? 아니야…. 그렇더라도 곧 생각이 바뀌실 거야. 일단 내가 대학으로 가게 되면 말이지. 누구보다 기뻐할 테고 결국 이해하실 거야, 모두 다…."

자주 말없이 출타하고, 한 번 출타했다 하면 상당한 시간 동안을 소식 없이 지내다 돌아오는 노인이어서 이번에도 특별히 별다를 것은 없었다. 그러나 그 인감과 위임장 문제가 시일을 다투어 재촉으로 다가오다 보니, 새삼 노인의 소재 여하는 남편의 눈에 쌍심지를 켜게 하였다.

"그러게 평소에 그렇게 아버님께 관심을 가졌어 봐요. 그랬으면 이번 일도 쉽게 풀렸을 거 아녜요? 그리고 무엇보다도 소재를 몰라서 애태우는 일은 없었을 테구요, 최소한."

말을 하다 보니 나도 다소 마음에 없는 말을 했지만, 그러나 내가 보기에 남편은 진정 노인의 안위보다는 그저 그의 인감과 위임장에만 관심이 있는 것처럼 보였다. 나는 차마 입 밖으로 내뱉진 못했지만 평소에 그토록 부친에게 무관심하고 냉정하던 그가, 저렇듯 자기 필요할 때는 부친의 소재에 애를 태우는 모습이야말로 참으로 비루한 것이라고 말하고 싶었다. 부모는 언제부터 쓰고 나면 버리는 물건이 되어버렸는가. 아래로 자식을 두지 못한 나와 남편이 부모의 심정을 속속들이 알 수야 없는 일이었지만, 물질적 이익을 위해서라면 그 상대가 누구인가를 막론하고 어떠한 기만과 배신도 거침없이 감행되는 시대, 허위와 위선으로 가득 찬 감탄고토와 배은망덕의 시대를 살아내야 하는 노부모들이야말로 삶을 도둑질 당한 기분이 아닐까 하는 생각이 들었다.

물론, 남편이 저렇듯 안절부절 어쩔 줄 몰라 하는 것은 시일이 촉박한 탓이기는 했다. 남편의 뒤에는 백윤식의 재촉이 있었을 것이다. 백윤식과 박경희가 끝내 내게는 말하지 못했지만 종당에 남편에게 재촉한 내용은, 혹시나 하면서도 한편으로 예상한 것처럼

'대기업에서 시세보다 두 배의 고가로 매입하는 이 둘도 없는 기회가 사라지기 전에 빨리 와달의 땅'을 팔아라 하는 것이었다. 언필칭 대기업의 용역을 맡아 중개료 플러스 얼마를 약속받은 백윤식이 그 회사로부터 요구받은 시일이 촉박하자, 마침내 의도를 드러내고 남편을 부추겨 목하 시한을 재촉하고 있는 것은 대체로 틀림없어 보였다. 게다가 남편 입장에서도 전임 채용 전형 기한 마감이 다가오고 있어서 그전에 손을 쓰기 위해서는 가급적 빠른 일 처리로, 거기 필요한 돈을 확보하는 일이 시급한 시기였던 것이다.

그런데 정작 키를 쥐고 있는 노인이 거기 필요한 인감과 위임장을 주겠다고 말만 하고서 정작 그것을 줘야 할 시간이 다가오자, 온다 간다는 말 한마디 없이 종적을 감추어 연락이 두절되어 버린 것이다. 사정이 그러하니 남편으로서는 애가 타지 않을 수 없을 것이다. 인감과 위임장이 없으면 땅을 팔 수 없고, 땅을 못 팔면 그 돈을 만들 수 없고, 그 돈을 만들지 못하면 남편이 그토록 몽매에도 소원하는 그 자리에 가는 일을 도모할 수 없으니 답답한 것이다.

하필 그 시점에서 노인이 자취를 감춘 것은 무엇 때문일까. 주지 않겠다고 마음먹었으면 '줄 수 없다'고 다시 말하면 그만이고, 주겠다고 작심했으면 그까짓 것 주면 그만일 텐데…. 혹시 노인도 고민하고 있는 것은 아닐까. 알코올중독자가 빈 술잔 기울이듯 평생에 가세 기울이는 일만 해 온 사람이 한순간 문득 제정신이 돌아와 이제만큼은 마지막 남은 땅 한 조각 그것만이라도 지닌 채 생을 마감하고 싶은 소망을 가지게 되었다면, 그것은 분명 다른 어느 때보다도 지금 더욱 강고할 수도 있을 것이었다.

그러나 한 번 실망하기는 했지만 그래도 큰 기대를 걸었던 아들이 오랜 시간의 권토중래 끝에 바야흐로 '대학 교수님'이 될 수 있다는데, 그리고 그런 기회란 본디 그리 자주 오는 게 아닌데. 그렇게 생각하면 한때 배움과 지식을 동경하던 노인으로서는 이번 기회가 쉽사리 저버리기 어려운 강렬한 유혹일 수도 있었을 것이다.

생각해 보면 노인의 경우, '그 땅 한 조각 가까스로 지니고 죽은들 결국은 아들 손에 들어갈 땅이 아닌가. 그러하니 그 아들이 저토록 절실히 그것을 필요로 할 때 주는 것이 좋지 않은가. 나중에 받아봐야 이미 때를 놓쳐 쓸모도 없을 때 물려주면 뭐 하나, 인생은 다 때가 있는 것인데. 땅이란 팔 수도 있지만 나중에 다시 살 수도 있는 것인데다 경험으로 보건대 쓸모로 보더라도 없다가도 있고 있다가도 없는 것인데, 그리고 스스로 돌아보더라도 인생은 한 번 흘러가면 그뿐, 하늘이 두 쪽 나도 결코 돌이킬 수 없는 것이지 않던가. 그러나 그래도 생전에 그것만큼은 지니고 생의 끝을 마감하고 싶어, 내 목숨이 나고 자라고 늙은 곳 아닌가…', 이런 번민에 한참 잠겨 있는 중인지도 몰랐다.

11

"응, 나야. 올라와 그냥! 해결됐어. 인감하고 위임장."

고민만 하다가 돌연 휭하니 먼저 안산 집으로 올라가 버린 남편이 전에 없이 밝은 소리로 전화를 해 왔다. 살짝 달뜬듯한 음성이 마치 휴대폰 밖으로 금세 뛰쳐나오기라도 할 것처럼 내 귓전으로 통통 튀고 있었다.

"오셨어요? 아버님이 직접? 아님, 필요 없게 된 건가…?"

"아냐, 그래, 왔다 가셨어. 손수 주시고 싶었다는군. 내게 직접."

"어디 계셨었대요, 그 간에?"

"그건 알아 뭐해, 이제사? 나 바쁘니까 나중에 얘기해, 그건!"

"그럼 아직 머물러는 계세요? 안산 집에, 아버님 지금?"

"아냐, 내려가셨어 바로. 평택 친구분 집에 가신다면서."

"그럼 거기 계셨었나, 그 간에도…? 그 친구분 주소는 알아났어요, 평택?"

"아, 몰라! 나 바뻐, 전화 끊어."

남편은 지금 한가하게 그런 이야기 따위는 할 겨를이 없다는 듯 내 말은 당최 듣는 둥 마는 둥 서둘러 전화를 끊어버렸다. 나는 속으로 '이런 고약한 인사 같으니라고, 아무리 일이 급해도 그렇지' 하고 혀를 찼지만 그렇다고 해서 다시 전화를 해서 캐묻거나 하고 싶지는 않았다. 나도 내 나름 뒤틀린 심사가 없지 않아 그런 그의 태도를 다소 마음에 들지 않아 했을 뿐이지, 따지고 보면 나라고 해서 그간의 노인의 행적이 딱히 궁금하거나 염려되었던 것만은 아니기 때문이었다.

노인이 장시간의 고민을 끝내고 마침내 아들의 뜻을 돕기로 과감히 결단하신 모양이라고 나는 편하게 생각했다. 그러나 그럼에도 불구하고 남편의 상기된 목소리는 어쩐지 곱게 느껴지지 않아 짐짓 퉁명스럽게 묻는다는 것이 겨우 노인의 그간 소재를 묻는 것에 그치고 말았다. 결국 남편의 일희일비적 작태에 냉소로 어필한다는 것이 내 애초의 의도와는 다르게 노인을 타박하는 식이 되어버린 셈이었다. 저절로 생각이 거기에 이르자 나도 모르게 쓴웃음을 지었다.

사실 아버님도 기왕 줄 인감이라면 일찌감치 제때 줘버렸으면 여러 사람 고생 안 시켰을 텐데 하는 원망스러운 생각이 마음 한편에 이미 고개를 쳐들고 있었다. 비록, 노인의 옛날 학교 부지 희사 등을 한창때의 치기가 섞인 섣부른 행동이라고 폄하하는 사람도 없지는 않았지만, 남들을 위한 학교를 유치하는 데에도 땅과 돈을 기부할 정도로 학교와 학력에 동경이 컸던 사람이 바로 노인이었다. 그런데 하물며 자기 아들이 최고 학부의 선생, 그 이름마저도 고고하기 이를 데 없는 교수님이 된다는데 그런 기회를 자신 때문에 놓치도록 외면할 수는 없었을 것이다. 더구나 그토록 애정을 가졌던 그 학교마저 폐교된 지 이미 오래인 지금, 고향이라고는 하지만 노인은 어느 것 하나 그 안에 깃들어 마음 붙일 것이 없던 차일 것이었다.

늙은이들은 스실사실 하나씩 둘씩 앞서거니 뒤서거니 덧없이
세상을 뜨고, 젊은이들은 거개가 도회지로 나간 지 이미 오래였다.
진즉에 아이들 소리가 끊긴 섬에서 어느덧 황폐해진 학교를 보며
노인 마삼락은 외롭고 허무했을 것이다. 아무것도 그 허전함과 무
상감을 대치할 만한 것이 바이없을 때 과거 자신에게는 오로지 가
닿을 수 없는 먼 동경이었을 뿐인 그 꿈을 만났으니 아들을 통해서
나마 그 꿈을 이룰 수 있다면 뭐가 아까울 것이 있겠는가.

마침내 노인은 그렇게 결단했을 것이라고 나는 생각하였다. 만
약 그런 게 아니라면 무엇 때문에 굳이 노인이 직접 안산 집까지
찾아와서 남편에게 그때까지 그렇게 깊이 사려두던 인감과 위임장
을 주고 갔겠는가.

그러나 그와 같은 확신에 찬 추정에도 불구하고 인감 앞에 그처
럼 소리 없이 사라지실 때는 언제고 이제 와서 예고도 없이, 그것
도 공교롭게 일부러 내가 없을 때를 고르기라도 한 것처럼 안산 집
에까지 왕림하신 모습은 분명 멋진 모양새는 아니었다. 그 신출귀
몰이라고 해야 할지 변전무상이라고 해야 할지 종잡기 어려운 노
인의 행보를 나는 쉬 이해하기 어려웠다. 다만, 젊은 시절부터 본
디 돌아다니기를 좋아하여 바람처럼 휘리릭 가고 오기를 예사로
자주 하였으니 평소 같으면 그러려니 하지 못할 일은 아니었다. 게
다가 당신의 그런 이력 속에는 수도권이 되었든 고향 일원이 되었

든 여기저기 우리가 알지 못하는 노인의 지인들도 많을 수 있을 것이다. 그러나 아들과 미묘한 입장 차이의 갈등이라면 갈등이랄 수도 있는 간극이 생긴 시점에서, 노인의 그 바람 같은 나들이는 결코 오해의 여지가 없는 것이라고 할 수 없었다.

더구나 그동안 행방을 몰라 애태우고 불안해하다가 이제는 저처럼 희희낙락해 하고 있는 남편의 모습을 돌아보면 그것은 더욱 분명해졌다. 내가 정작 불안을 느껴야 했던 것은 사실 갑작스러운 인감의 인도 그 자체보다도, 그 이후 노인의 행주좌와를 쉬이 예측할 수 없다는 데에 그 원인이 있을 것이었다. 생각해보건대 남편이 정말 불안스러워해야 할 일에는 무감한 채 목전의 이익에만 전전긍긍해 하는 것은 주객이 전도된 모습에 다르지 않았다. 그 불안감은 애초에는 인감과 위임장 때문에 시작된 것이었을지 모르지만, 그 근원은 예전 같지 않은 노인의 안위에 있었고, 그 실제적인 정체는 그다음 노인의 행동 향배에 있는 것이었다. 그래서 보다 심각히 여겨야 할 불안의 근원에서 문제가 점점 커져 그 결과가 어디로 튈지 모르는 판국에 인감 하나 손에 넣었다고, 그게 약인지 독인지 모르고 그저 얄팍한 득의에만 차있을 그가 딱하기만 했다.

비록 속으로는 우선 당장 인감과 위임장을 얻은 것이 이루 말할수 없이 흐뭇하고 가슴 벅찬 것이었을지라도, 그래도 겉으로는 아버지의 건강과 안부를 걱정하는 척이라도 했어야 옳을 것이었다. 아마도 노인이 왔다가 인감을 주고 다시 떠나갈 때까지 남편이 노인에게 그간의 근황이나 심신의 불편에 대해서 한 마디라도 제대로 따뜻이 물어보았을지 자못 의문스러웠다. 그저 그사이 목을 빼고 기다리던 인감과 위임장만을 돈 생길 일이랍시고 덥석 입에 물고, 그것만이 그저 좋아서 정신 못 차리는 모습이 전화 속 목소리만 갖고도 마치 그가 목전에 있는 것처럼 선연히 그려졌다.

이제 남편은 그 인감과 위임장으로 마지막 남은 와달의 땅을 수월히 팔 것이다. 그리고 계획한 대로 그 땅 판 돈으로 전임이 되기 위한 작업을 할 것이다. 기대와 같이 순조롭게 일이 진행된다면 그는 정말로 전임이 될 수도 있을 것이다. 그러나 만약 모든 일이 그가 낙관하는 대로 그렇게 무난히 이루어져 그가 마침내 그 꿈에도 그리던 대학 선생이 되었다고 할지라도, 만약 바로 그 때문에 아버지를 잃는다면 그것이 얼마나 명예로울 수 있을 것이며, 얼마나 긍정적인 의미가 있을 것인지 나는 머리를 가로젓지 않을 수 없었다. 남편 마응덕은 아무래도 줄을 잘못 잡은 게 아닌지 모르겠다는 생각을 하면서 나는 다시 안산 집으로 돌아가기 위해 여수 외곽을 돌아 고속도로 쪽으로 차의 방향을 돌렸다.

12

"뭐예요? 뭔 소리예요, 사라지다니. 연락이 안 된단 말예요?"

"그렇다니까…. 맡기지 말았어야 했는데, 서류를 그러니까….

아아!"

부랴부랴 여수로 내려간 남편은 전화기 속에서 이미 자지러지고 있었다. 우선 짚이는 곳에서부터 시작하여 백방으로 수소문해 보았으나 인감과 위임장을 포함한 서류 일체를 받아 간 백윤식 그 자신은 물론 아내 박경희까지 모두 종적이 없다는 것이었다.

"그러니까…. 좀 직접 하지 그랬어요, 일을. 아무리 바쁘고 귀찮아도."

느닷없는 소식에 말은 그렇게 했지마는 그 상황에서는 아마 나라도 그렇게 하고 말았을 것이었다. 남편으로부터 백윤식에게 문서와 인감 등을 모두 챙겨서 넘겨주었다는 말을 들었을 때도 나는 그저 보통으로 여겨 그러려니 하고 말았던 것이다. 부동산 거래에서 중개사를 믿지 않고 어떻게 무엇을 사고 팔 수 있단 말인가. 더욱이 그 학교 선생이라는 게 휴가를 내고 무슨 일을 보러 다닌다는 게 사실 그다지 용이하고 마음 편한 일이 아니었다.

자리를 비우려면 우선 수업을 바꾸어야 하는데, 그 수업을 바꾸는 일만 해도 예전과 달리 불가능할 때가 많았다. 영어, 수학 등 시수 비중이 많은 과목 수업이 수준별로 반을 쪼개 학생들을 이합집산시켜, 그 시간들만 다시 반을 편성해서 수업을 하는 통에 그것을 바꾸려면 학교 전체 시간표가 흔들렸다. 게다가 바꾸었다고 해도 그 바꾼 시간만큼 다른 날에 모두 보강을 해주어야 하는데 그것도 죽을 맛이었겠지만, 특히 남편의 경우 대학 출강 때문에 거의 시간 여유가 없었다.

사정이 그러한 만큼 학교 밖으로 직접 무슨 일을 보러 다니기가 만만치 않은 것이 사실이었고, 그러다 보니 설사 백윤식이 아니더라도 믿을 만한 사람만 있다면 그에게 이 일을 맡겨서 진행하려고 했을 것이다. 게다가 모르는 사람도 아니고 중간에 한동안 친소의 부침이 아예 없었던 것은 아니었지만, 그래도 어쨌든 고향 친구에 한때는 직장 동료에 그렇게 안팎으로 오랜 세월 안면을 이어왔으니, 이처럼 일을 믿고 맡기는 것이 그다지 부자연스러운 일은 아니었다. 게다가 그가 명퇴 후 힘들게 자격증 따고 나름 자금 투자해서 사무실 내어 이 일을 할 적에는 장사 한두 번 하고 말자는 것은 아니지 않겠는가. 더구나 그 일이란 게 공신력을 밑천 삼아 하는 일 아니던가.

그러나 상황은 생각보다 나빴다. 남편만 당한 것이 아니었기 때문이다. 물론 그 방면에 빈틈없이 똑 부러지거나 조심성과 의심이 많은 측들은 말려들지 않았겠지만, 누가 바보랴 싶어도 피해자는 많았고 개중에는 그들 내외의 일가친척 친지들도 적지 않았다. 백윤식이 들먹였던 그 원매자라는 기업을 수소문해서 어렵사리 전화를 연결해 문의해 보았으나 곧장 사실무근이란 차가운 대답만 돌아왔을 뿐이었다.

"그런 일은 하지 않습니다. 우리 회사는 그런 곳이 아닙니다. 끊습니다."

"그래 그렇겠지, 그러나 언제는 니들이 한다고 하고 했냐. 이 사기꾼들아!"

머리끝까지 치밀어 오른 울화와 충격으로 남편은 입에서 나오는 대로 험한 말을 내뱉었으나 전화는 진즉 끊겨져 있었다. 그 기업도 정직한 것인지 아닌지 알 수 없었지만, 그 점에서는 부동산 업자들도 마찬가지였다. 없는 동향도 있는 것처럼, 없는 정보도 있는 것처럼, 없는 프로젝트, 없는 개발계획도 있는 것처럼 조작해서 분위기를 띄우고 바람을 잡아 매매 바람을 일으켜서 종국에는 누군가가 피해를 고스란히 입게 만드는 일이 어디 한두 번이던가.

매각을 원하는 자에게 매물과 서류를 넘겨받아 이런저런 구실로 시일을 끌기도 하고, 드물기는 하나 일정 규모 이상이 되면 헐값에 팔아치우거나 담보로 넘겨 중간에 돈을 가로채고 사라지는 일까지도 있다는 것이다. 거기다가 각종 거짓 제한적 정보와 허위 특혜를 미끼로 원매자에게 가능한 한 법정 계약금보다 훨씬 많은 선금을 받아 챙긴 뒤라면 더 말할 나위가 없는 것이었다.

아무튼 이 일로 남편 마응덕은 몹시 낙심했고 깊이 상심했다. 마치 방향타가 부러진 난파선처럼 부동산 거래 사고라는 풍랑의 거센 물살 위에서 상하좌우로 갈피를 잡지 못하고 흔들렸다. 정신 나간 사람처럼 멍하니 넋을 놓고 있다가도 돌연 맹렬히 책상과 서랍을 뒤져대는가 하면, 집에 오자마자 여기저기 전화를 해대다가 초저녁부터 술에 취해 널브러져 있기도 하였다.

나는 한편으로 그러한 그가 충분히 이해되고 더욱 측은해 보이기까지 하였다. 그러나 내가 진정으로 바라는 것은 그러한 이해나 연민의 차원을 넘어서 그가 이 상황을 계기 삼아 새로운 방향으로 삶의 행로를 틀어가는 것이었다. 만약 그가 이 기회에 허황한 욕심을 버리고 현재의 생활에도 얼마든지 기쁨이 있을 수 있을 뿐만 아니라, 오히려 그 기쁨이 현실적으로 더 가능하고 실리적이고 본질적인 것이라는 것을 알게 되기를 진심으로 기대했다.

13

그 며칠 후 집으로 작은 등기 소포 우편물 하나가 도착했다. 그것은 뜻밖에 노인으로부터 온 것이었다. 놀랍게도 그 안에는 남편이 지난번에 직접 받았다던 그 인감과 위임장이 들어 있었다.

"어떻게 된 거예요, 이게? 직접 주고 가셨다면서요. 지난번에 아버님이?"

"그거? 사실은 그냥 만든 거야, 내가…."

"위조했단 말이예요, 그럼? 아버님 인감을? 제정신이에요, 당신?"

"어떡하나 그럼? 날짜는 다가오는데 연락은 안 되고."

"근데 나한텐 아무 말도 안 했어요, 왜?"

"말하기 싫었어. 알아서 좋을 것도 없고, 또 좋은 일도 아니고…."

"범죄라구요. 몰라요? 그거? 감옥에 갈 수도 있다는 거?"

"이해하실 거야 아버지는…. 만약 내가 교수만 되면 결국 좋아하실 거라구."

"당신 생각일 수도 있죠, 그건."

"설사 그렇더라도…. 설마 날 고소하겠어, 아버지가? 아버진 날 고소 못해."

남편은 그렇게도 전임이 되고 싶었을까? 시간당 3만 원 남짓의 금액으로 착취당하는 겸업 강사에서, 그런 시간 강사들 덕에 여유로운 시간과 보수를 누리는 것으로 보일 수도 있는 교수라는 지위로의 면천이 그렇게도 간절한 것이었을까? 나는 순간 스스로가 깊이를 알 수 없는 무력감 속으로 빠져드는 것을 느꼈다. 그리고 곧이어 주당 보통 강의 시수 6시간에 연봉 720만 원짜리 하루살이 시간 강사나, 주당 기본 강의 9시간에 연봉 7,200만 원짜리 정년 보장 전임이나 비루하기는 마찬가지라는 생각이 들었다.

그리고 동시에 이 비루한 남자를 위해서 내가 해줄 수 있는 일이 아무것도 없다는 것을 절감하고 다시 한번 낙담했다. 차라리 나도 남편 마웅덕과 똑같이 비루해질 수 있었으면 이런 무력감은 느끼지 않을 수 있었을지도 모르겠는 생각이 들기도 했다. 그를 비루한 삶에서 끌어내 줄 수도, 그렇다고 똑같이 비루해질 수도 없는 내 모습은 그와 같은 견고한 상황 앞에 그 또한 차라리 환멸스러운 것이었다.

"나한테까지 거짓말을 해요? 아무리 그렇다고!"

"교도소를 가더라도 혼자 가야지. 나 혼자."

"교도소라구요? 이젠, 당신 자신까지 속이고 싶은 거예요?"

"그만해 이제 제발. 이게 왔으니 된 거 아냐? 그 대신 그사이 나 힘들었던 거…, 그것도 좀 생각해 주면 안 되나?"

그래 딴은 힘들었을 것이었다. 백윤식과 박경희가 중요한 고비에서 잠적해 버린 통에 우선 당장 돈 만드는 일이 막연해져 버렸으니 마치 가려던 길이 절벽에 막힌 것 같았을 것이고, 그 서류의 인감과 위임장이 가짜이다 보니 그것이 드러날지 모른다는 우려로 앞일에 대한 불안감은, 마치 바람 부는 날의 낭떠러지 끝에 매달린 달걀 한 알과도 같았을 것이다. 아니, 만약 전임이 되고자 하는 허욕만 포기해 버린다면 차라리 가짜이니 잘된 일이라고 생각할 수 있었을지도 모르겠다.

사실, 그들이 경찰에 잡히지 않는다면 더 말하고 말고 할 것도 없고, 설령 잡힌다 하더라도 진짜 인감은 가친께서 지금도 직접 가지고 있노라고, 사용된 가짜는 사기꾼들이 위조한 것으로 자신은 전혀 알지 못하는 거라고, 매각 의사가 있어 서류를 주기는 하였으나 아버지의 반대로 철회할 수밖에 없었던 것이라고 그렇게 밀고 나가려고 했을지도 또한 모르겠다.

그러나 그중 어느 것이 되었든 또는 그 다가 되었든, 그에게 그것은 어차피 괴롭고 힘든 고민이었을 것이다. 그러나 그것은 그의 개인적인 입장이었을 뿐, 세상이 객관적으로 보기에 그것은 자기 행동에 따른 당연한 과보이지, 저렇듯 역정을 내며 타의 이해를 강요할 성격의 것은 아니라고 생각되었다. 자기로 인한 나의 배신감은 아랑곳없이 자신에 대한 이해만을 바라는 그의 태도는 나를 깊은 절망감으로 몰아넣었다.

그러나 정작 더욱더 나를 아연실색하지 않을 수 없게 만든 일은 거기서 한발 더 나아간 남편의 발 빠른 행보였다. 그는 내가 생각한 것보다 가일층 민첩하고 가일층 더 의지적인 사람이었다. 가끔씩 이렇게 내가 생각조차 못 하는 일을 아무렇지도 않게 기동력 있게 하는 것을 보면 새삼 남편이 정말 대단한 사람이라는 생각을 하게 했다. 이런 것도 백척간두에서 진일보하는 것이라면 진일보하는 것일 터, 그것은 얄팍한 환멸의 대상이라기보다는 깊은 동경의 대상이어야 옳을 것 같다는 터무니없이 황당한 생각까지 들게 했다.

남편은 부랴부랴 노인으로부터 보내온 진짜 인감과 위임장을 챙겼다. 그리고는 그것을 갖고 중개사무실로 향했다. 한편으로 중개사와 함께 원매자의 관재 담당을 만나러 가고, 다른 한편으로는 집 근처 저축은행으로 달려가 시급히 담보대출을 신청했다. 시일이 촉박한 만큼 먼저 돈을 융통해서 일을 도모하고자 함이었다. 언제 낙백한 모습으로 넋을 잃고 있었는가 싶게 아연 활기를 띠고 부지런히 나도는 것이 마치 옷자락에서까지 바람 소리가 날 것만 같

왔다. 진짜 인감을 가지고 하는 일이니 이제야말로 합법이라는 자
신이 생긴 것인지, 기왕 손에 오물을 묻힌 몸이니 이제야말로 더
못할 일도 더 겁날 일도 없다는 것인지, 하여튼 목표에 대한 그의
열망과 집착은 실로 무서운 것이라고 아니할 수 없었다.

　남편이 버리고 간 등기소포 우편의 겉봉투가 거실 바닥에 댕그
라니 떨어져 있었다. 나는 복잡한 심정으로 마치 남편이 버리고 간
노인의 헌 옷가지를 주워들듯 그것을 집어 들었다. 발송 봉투는 국
립암센타의 것이었고 소인에 찍힌 발송 우체국은 그 병원이 있는
일산의 한 우체국이었다.

14

　"아부지 소식 좀 있어요? 요즈음 통 연락이 안 되네요⋯."

　전화기 속에서 부산 시누이의 목소리가 울상을 짓고 있었다. 나
는 가능한 한 어눌하게 목소리를 내리깔며 궁색한 대답을 더듬을
수밖에 없었다.

　"글쎄요. 난 잘⋯."

　"어젠 광주 동생네하고도 통화했는데 모른대요, 자기도⋯. 서울
고모네도 그렇고⋯. 거기도 안 다녀가셨대요."

　"아마 또, 어디 훨훨 돌아다니시나 보죠, 뭘. 워낙 그런 분이시
니⋯."

"그래도 저하곤 연락이 되곤 했는데…. 아무튼 연락주세요. 소식 오는 대로."

그 사이 부산 사는 시누이의 전화는 며칠 사이 계속 걸려오고 있었다. 그러나 나는 노인에 대해서는 아무 말도 해 줄 수가 없었다. 특히 노인의 병원 행적에 대해서는 더욱이나 나조차도 생각을 추스르지 못하고 있었기 때문이기도 했다. 나는 그날, 망설이던 끝에 빈 발송 봉투를 들고 내키지 않는 발걸음을 옮겨 일산에 있는 국립 암센타까지 찾아갔다. 접수 창구와 원무과를 오가며 겨우 확인했지만 노인은 이미 퇴원하고 나간 후였다.

진료를 담당했던 의사를 수소문해서 만나볼까 하다가 그만두었다. 알고 싶지 않았다. 자기보호에 충실한 인간 존재의 무의식은 때로 의식보다 똑똑한 법이었다. 병명이 무엇이든 진행 정도가 얼마이든 내가 할 수 있는 일은 없을 것이다. 아니, 있다고 해도 그것이 무엇이든 하고 싶지 않았다고 하는 것이 더 적절한 표현일지도 모르겠다. 그것이 병명이 되었든 진행 정도가 되었든 알면 아는 만큼 부담은 더 커질 것이고, 커진 부담만큼 나는 더 곤혹스러워질 것이다. 그런 만큼 내 마음은 더욱 불편해질 것이 분명했다. 나는 잠시 로비 대합실 의자에 앉아서 다른 대안과 변수를 더듬으며 호흡을 고르긴 했지만 결국 발길을 돌리고 말았다. 가락가락 꼼꼼히 이치를 따져 본다고 해서 몸이 따라가는 것은 결코 아니었다.

남편은 내가 병원에 다녀왔다고 말했지만 그저 시큰둥하게 신문만 내려다보고 있을 뿐 아무런 관심도 보이지 않았다. 혹시 그가 잘 못 들었는지 의심스러워 나는 다시 한 번, 병원에 갔으나 노인은 벌써 퇴원하고 없어 만나지 못했노라고 다소 큰 소리로 말했다.

"안 계시더라구요. 벌써 퇴원하고 나가신 뒤였어요."

그러자 남편은 신문에서 시선을 돌려 내 얼굴을 돌아보며 치켜뜨는 눈과 함께 퉁명스러운 대답으로 거칠거칠한 목소리를 퉁겨냈다.

"거길 뭐하러 가, 그러길래?"

"아니, 걱정되지도 않아요, 당신은?"

"진즉 알고 있었어 나는…. 연락이 왔더라구, 인감 보냈다고…."

"미리 알고 있었다구요? 그럼…, 날 위해서 말 안 했나요, 또?"

"아니야. 벌써 퇴원도 했다고 하더라구."

"고맙지도 않았어요? 그렇게 기다리던 인감까지 보내줬는데?"

"그런 소리 하지 마! 아버지가 날 얼마나 날 애먹였어? 진즉 줬으면 서로 좋을 일을. 더구나, 기왕 내 것이 될 걸 가지고 말야. 내가 얼마나 마음고생을 한 줄 알아? 안 해도 될 짓까지 하면서 말이야."

"겨우 그것 때문에 모른 체해요? 편찮으신 아버지를?"

"그러면. 뭘 어떻게 할 수 있는데? 한창때 가엾은 우리 어머니를 그 시골구석에 버려두어 병들어 죽게 하고, 자기는 면 소재지에서 딴 살림 산 아버지를 내가 어떻게 해야 하는데? 나는 평생 잊을 수 없어, 평생."

"……."

나는 그에게 '거기서 컸잖아요, 당신? 그 집을 자랑스러워하지 않았나요, 와달 오두막은 입에 담지도 않았잖아요?'라고 되물으려 다 잠시 망설이는 사이 그의 신음 같기도 하고 비명 같기도 한 목소리가 삐걱거리며 새어 나왔다.

"그리고…, 말은 바로 해야지. 그 땅은 아버지 땅이 아니야, 우리 어머니 땅이지! 죽은 우리 어머니. 그 피땀이, 그 한이 서린 땅이라 고! 말이 나왔으니 말이지만…."

다음 날도 부산 시누이의 전화는 어김없이 걸려 왔으나 남편 역 시 노인의 행적에 대해서는 침묵으로 일관했다. 인감에 대한 이야 기도 병원 이야기도 하지 않았다. 물론, 안부 전화 따위에 신경을 쓸 여유는 남편에게 응당 없었을 것이다. 모든 신경이 자기가 도모 하는 일에 깡그리 몰려 있는 판이니 아무 소리도 귀에 들어오지 않 을 것이었다. 그리고 설령 그런 여유가 있다고 해도 자기 욕심을 위해서 아버지의 마지막 땅을 그처럼 가로챘다고 말해야 하는 일 이 기꺼울 수는 없을 것이다. 마찬가지로 노인의 안부에 관한 것이 라면 그처럼 쌍심지를 켜고 오빠를 몰아세우는 일 따위는 아무것 도 아닌 누이에게 공연스레 병원 이야기를 해서 평지풍파를 일으 킬 이유는 더더욱 없었을 것이었다.

노인의 안부를 안타까이 궁금해하는 시누이의 전화 내용으로 보아 그녀는 아직 노인의 병원 행적을 전혀 모르는 듯했고, 나도 그녀가 아직 모르고 있는 병원 이야기를 굳이 내 입으로 먼저 꺼내지 않았다. 병원 이야기로 인하여 그녀가 몰고 올 질문과 힐난의 파고의 맨 앞에 나서고 싶지 않았던 것이다. 생각건대 그것은 정말로 참담한 일이었지만, 나는 남편의 노인에 대한 행태를 환멸스러워하면서도 결국 그와 하나도 다를 바 없는 공모자 내지는 방조자의 모습에서 한 치도 비켜나 있지 않은 셈이었다.

남편은 저축은행에서 먼저 빌린 돈으로 마침내 그 '일'이라는 것을 마치고 난 뒤로는 한결 안정되어 보이는 모습을 보이기는 했다. 그러나 일견 겉으로는 후련해 하고 편안해 하는 듯 보였지만 가만히 들여다보면, 한편으로는 바람 빠진 풍선처럼 무력한 체념 같기도 하고 다른 한편으로는 끈 떨어진 가오리연처럼 주인 잃은 불안으로 지향 없이 흔들리는 것 같기도 하였다.

"내가 할 수 있는 것은 다 했어…. 이제, 남은 것은 기다리는 일뿐…."

그의 말에 처음으로 쓸쓸함이 묻어 나오는 것이 느껴졌다.

15

"네, 올케언니 저예요, 부산. 아부지 소식 없어요, 아직?"

328

남편이 응모한 대학의 전임강사 신규 임용자 발표가 있던 날 저녁에도 부산 사는 시누이의 전화는 어김없이 걸려왔다. 남편이 임용 문제에 몸과 마음이 팔려 있는 동안, '설마 별일 없겠지'라는 식으로 편리하게 미루어 온 문제를 이제는 더 이상 다른 핑계로 모른 체하기 어려운 시점에 이르렀다는 것을 나는 새삼 느껴야 했다. 그러나 막상 시누이의 물음에 어찌 대답해야 할지 곤혹스러워 잠시 망설이던 나는 결국 할 수 없이 뻔한 대답을 했다.

"없네요, 아직…. 연락 없었어요? 아가씨한테도…?"

"다 안 오셨대요. 알만한 곳은 다 연락해 봤는데, 다 연락도 없으셨다고…."

"다른 일 때문에 정신이 없어서요. 오빠가 지금…."

"신경 좀 써주셨으면 좋겠어요, 다른 일, 그 오빠 일도 좋지만…. 전 더 걱정돼요, 아부지가 건강도 안 좋으시니…."

노인의 건강 이야기가 나왔지만 나는 아무 말도 하지 않았다. 판도라의 상자가 될지도 모르는 그 문제는 가능하다면 뒤로 미루고 싶어 하는 내 잠재의식 때문이었는지도 모르겠다. 나의 침묵에 탐탁지 않아 하는 시누이의 표정이 당장 눈앞에 보이는 듯했지만, 그러나 시누이도 그 이상 내게 싫은 소리를 더 곁달지는 않았다. 약간의 침묵만 뒤끝으로 남겨 놓은 채 그녀는 일단 전화를 끊었다.

남편 마웅덕은 임용되지 못했다. 일부러 전액 현금으로 건넸던 돈이 고스란히 현금 그대로 되돌아왔을 때 이미 그것은 통보된 셈이었다. 돈이 그대로 되돌아왔으니 그나마 다행한 일이라고 여겨야 할까. 남편은 매우 낙심해했지만 나는 아무 느낌도 없었다. 남편처럼 낙심하기에는 내가 바라던 바가 아니었을 뿐만 아니라 애초에 기대가 없었고, 그렇다고 혼자 기뻐하기에는 결과가 막상 즐거운 일일 수만은 없는 것이었기 때문이었다.

"더 단위가 큰놈이 있었던 게야⋯. 나보다 돈이든 힘이든."

"모르잖아요. 어떻게 꼭 그렇게 단정을 해요? 그리고, 설사 그렇더라도 좋게 생각하세요. 긍정적으로⋯. 투명하고 공정하게 적임자를 임용했을 거라고."

"그럼⋯, 실력 없는 부적임자란 말인가, 나는?"

"그야, 당신 표현대로라면 그 실력이란 게 딸린 거겠죠. 난 인연이라고 생각하지만. 당신 늘 말하잖았어요, 다 실력이라고. 돈도 빽도 심지어 운까지도. 두뇌만이 실력인 세상이야말로 얼마나 차갑고 불공평한 세상이냐고. 얼마나 정나미 떨어지게 메마른 인간미 없는 세상이냐고 하던 게 당신 아니던가요? 하지만 생각해 보세요. 당신이 뭘 할 수 있지요, 그런 세상에서? 남달리 돈이 많은가요, 든든한 권력 뒷배가 있나요, 하다못해 인간적 친화력이라도 있나요? 그나마 믿을 거라곤 머리와 자기 노력밖에 없는 사람이⋯."

그러자 남편은 더 이상 아무런 말도 하지 않았다. 어느 때 같았으면 펄펄 뛰면서 마치 금세 기절이라도 할 것처럼 광분에 못 이겨

할 그가, 아무 말도 없는 것이었다. 흡사 다른 세상에 잠깐 가 있는 것처럼 생소하게 느껴지는 그의 침묵이 잠시 이어지자, 나는 곧 내가 한 말을 후회했다. 아무 말도 위로가 되지 못할 이 마당에 되레 그의 심기를 불편하게나 했으면 했지 득 될 것이 없는 말을 했다 싶은 생각이 들었다. 그런데다가 비록 내 좁은 체험 영역 속에서의 몇몇 경우에 불과한 것이었을지라도, 머리 꽤나 좋다는 실력 꽤나 있다는 그래서 비록 작은 것이라 할지라도, 그 분야의 권력 한 조각을 틀어쥔 몇몇 사람들의 그 견고한 안하무인의 공격적이고 폭력적인 오만과 독선은 항상 나를 슬프게 하는 충격이었기 때문이었다.

기실 지금, 그보다도 큰 문제는 시아버지의 행방이었다. 남편의 임용 문제 때문에 미루고 있었지만 다시금 노인의 행방이 묘연해진 것이 어언 달포가 넘어가고 있었다. 주로 부산 시누이를 통해서이긴 했지만, 여느 때 같으면 노인이 시골집을 나선 후에는 대체로 한 주에 적어도 한 번꼴은 행적이 들려오곤 했다. 평소 노인은 한번 출타했다 하면 여러 날, 몇 주씩 이곳저곳을 돌아다니다 오곤 하기는 했다. 그러나 그때마다 의당, 광주 시동생네와는 달리 부산 사는 시누이네로부터는 좋든 싫든 연락이 왔던 것이다.

부산 시누이는 워낙 평소에도 좀 지나치다 싶을 정도로 노인의 침식과 안부를 걱정하고 근황과 소재를 챙겨 버릇하는 사람이다 보니 평소에는 좀 극성이라는 생각을 들게 하곤 했지만, 이번 경우에는 그러한 극성이 조금도 지나치게 여겨지지 않을 만큼 실제로 상황이 심각했다. 더구나 노인이 병원을 다녀갔고 몸이 편찮으시다는 걸 뒤늦게 알게 된 시누이가 이토록 전에 없이 달포가 넘는 긴 시간 동안의 두절을 못 견뎌 하는 것은 당연한 일일 것이었다.

노인이 지인들을 찾아 또 몇 주일 머물다 오는 경우 다른 때보다 소식이 좀 뜸한 편이기는 했지만, 이토록 긴 시간 동안 행적이 드러나지 않은 적은 없었다. 이와 같은 노인의 잠적이 혹시 마지못해 인감과 위임장을 떠나보낸 것과 관계있는 것일까. 노인은 마지막 남은 재산이랄 수도 있는 그것을 잃고 그토록 허전했던 것일 수도 있었다. 지난번 뜻밖에 받아든 그것을 추켜들고 즐거워하던 남편은 그것을 통해 뜻하던 바도 이루지 못한 지금 무슨 생각을 하고 있을까. 내가 그 깊은 속을 다 헤아릴 수는 없을 것이다. 그러나 그도 한 노인을 아버지로 둔 아들 된 자의 한 사람으로서 당위적 책무감과 그에 따른 불안감이 아주 없지는 않을 것이었다.

남편은 결국 경찰에 실종 신고를 냈고 그사이 나는 일단 공노인에게 전화를 넣어 노인의 집을 좀 꼼꼼히 살펴봐 줄 것을 부탁했다.

"글안히도 부산서 먼첨 전화가 왔는디, 여러 번 말여…. 그리고 전에 마주사가 나한티 헌 말도 있고. 하이튼 너무 걱정은 말어, 내 곧 가서 샅샅이 뒤져볼 팅께. 그런디, 거 빈집에 뭐가 있으까 싶기는 싶네?"

16

　시아버지 마삼락이 발견된 그 날은 하루 종일 푸실푸실한 비가 오락가락하는 궂은 날이었다. 흐린 회색빛 구름과 시야를 감싸 안은 비안개는 하늘과 바다의 경계를 모호하게 가리고 있었다. 시리게 푸르던 남해의 하늘도 그저 망망한 초록빛이던 보돌 바다도 그리고 청청한 숲으로 학교를 안아주던 백호산 자락도 그저 한 가지 흐리텁텁한 비안개 장막일 뿐이었다. 노인은 그 폐허 속에 묻혀 그 존재조차도 잊혀진 듯한 폐교 속, 반나마 무너진 숙직실 안에서 천정으로부터 한 방울씩 떨어지는 빗물을 맞고 있었던 것이었다.

　경찰에 의해 백윤식과 박경희가 수배되었다는 소식을 듣고 나와 남편 마웅덕은 안산 집을 출발한 지 네댓 시간 만에 막 여수 초입에 들어서려는 찰나에 그 소식을 들었다. 그리고서는 부랴부랴 차의 방향을 곧바로 백야의 폐교로 돌려 내려왔다. 지난번 그 와달 몽돌밭 동네에 갔다 나오면서 백윤식을 만나려고 차를 세웠던 길섶 반대편 노건에 주차를 했다. 남편이 마저 내리기를 기다려 길을 건너 폐교 쪽으로 가파른 언덕 비탈길을 내려가자 공노인과 용배가 교사 뒤편에서 이미 우리를 기다리고 있었다.

　공노인으로부터 휴대폰을 통해 비수처럼 선뜩하게 날아드는 그 소식을 들은 그때부터 남편은 부쩍 허둥거리는 모습을 감추지 못했지만, 나는 마음이 오히려 더욱 차분하게 가라앉고 있는 것을 느졌다. 그것은 어쩐지 올 것이 오고야 말았다는 적중감 같은 것, 또는 예전부터 예견해 왔던 일을 결국 불가피 맞닥뜨리고만 낭패감 같은 것이었다. 그것들은 마치 물속으로 가라앉는 무거운 맷돌처럼 가슴을 눌러왔다. 그러면서 그 무거움 한편으로 순간 섬뜩한 두려움 같은 것이 진저리를 치며 빠르게 지나갔다.

공노인은 우리를 만나자마자 마치 잘못한 것이라도 있는 사람처럼 면목없어 하는 목소리로 조심스럽게 말했다.

"유서 아닐까 싶어서…. 화장해서 학교 숙직실 자리에 뿌려 달라 하신 것이…."

"어디서 발견했단 말인가요. 그걸?"

"부산 딸네에서랑 자네한테서랑 전화를 받고 집에 들어가 봉께 이런 게 있더라고, 방 가운디…."

공노인은 남편에게 반으로 접힌 종이쪽 한 장을 내밀었다. 남편은 알아보게 떨리는 손으로 황망히 그것을 받았을 뿐 펼쳐보지를 못하고 있었다. 그러자 공노인과 용배는 더 기다리지 않고 숙직실 쪽으로 앞장서 걸음을 옮겼다.

공노인과 용배를 따라 나무와 덤불이 앞을 막는 옛 교사 뒤쪽으로 들어서자 시야를 가린 나뭇가지와 줄기들이 앞을 막아섰다. 공노인과 용배는 그것들을 이리저리 젖혀가며 숲 안쪽으로 들어갔다. 바닥에도 무릎 높이가 넘게 자란 잡풀과 허리 높이를 넘는 갈대 등이 우거져 있었는데 그것을 헤치고 몇 걸음 나아가 모퉁이를 돌자, 한쪽 모서리가 무너지다 만 나지막한 콘크리트 구조물이 보였다. 널빤지로 엉성하게 빗장을 질러놓은 틈 사이로 출입문은 이미 망가진 채로 빼꼼히 공간을 내주고 있었고, 그 안쪽은 어둑한 그늘이 거무스름히 입을 벌리고 있었다.

출입문을 들어서자 실내는 다시 부엌을 통해 숙직실 방안으로 드나드는 밀창문으로 이어져 있었는데, 그 구조는 옛날 모습 그대로 이긴 했지만 외면해버린 세월의 더께에 쌓인 탓인지 그 분위기는 익숙했던 옛날의 그것이 아니었다. 어딘지 낯설게 보이려고 애를 쓰고 있는 것 같아 보이기조차 하였는데 그것이 이미 폐건물이 된 그 살풍경한 모습 때문이었는지, 아니면 이 상황에서 도피하고 싶은 내 마음의 한 자락 때문이었는지는 분명하지 않았다.

공노인이 앞서서 그 밀창문을 열자 방 가운데 한 사람의 형체가 마치 잠자는 듯이 모로 누워 있는 것이 보였다. 구식 중절모에 오래된 모직 양복을 입은 채 단장의 손잡이 부분을 두 손을 모아 잡아 깍지 낀 채로 쥐고 비스듬히 옆으로 누워 있는 시아버지 마삼락이 눈을 감고 호흡을 끊은 채 거기 있었다. 항용 멀리 출타할 때면 차려입던 그 모습 그대로였다.

17

숙직실에서 나온 나는 풀숲에 묻힌 계단 아래로 담장이 있던 자리 뒤쪽을 어림해 보았다. 뒤미처 장의사에서 온 사람들이 노인의 육신을 수습하러 무너진 숙직실로 들어간 사이 나는 내가 어림하던 그 자리로 걸음을 옮겼다. 운동장 쪽으로 난 가파른 계단의 풀숲을 헤치며 내려와 무성히 자란 나뭇가지를 헤치고 담장이 있던 쪽으로 갔다. 그 너머에 관사 세 동이 있던 담장은 풀숲에 일부 가려져 있긴 했지만 대체로 옛모습 그대로 그 자리에 있었다. 출입문이 있던 담장 사이 빈틈을 지나 뒤안으로 들어서자 한 동은 아예 무너지고 다른 한 동은 반파 상태였는데, 마침 내가 한때 살았던 사동은 그나마 형체를 유지하고 있었다.

다가가 잘 열리지 않는 문을 힘주어 밀쳐 열었다. 방바닥에 흩어진 쓰레기 잔해들이 쉽사리 문이 열리는 것을 막고 있었다. 그것들을 발로 밀치고 들어가 문득 고개를 들자 벽지가 반나마 찢겨져 나간 바람벽이 마주 서 있었고, 그 벽 위 눈 맞춤한 높이에 걸린 낡은 달력 한 장이 물끄러미 나를 바라보고 있는 것이 보였다.

이십몇 년 전의 달력 마지막 달 12월 치 한 장이 마치 그 세월 동안 내가 돌아오기를 기다리기라도 한 듯, 옛날 그때 그 모습 그대로 내가 이 방을 떠나온 그 날에 멈추어진 채 아직까지 기기 덩그렇게 매달려 있었다.